Karina Ewald

BITTERWASSER

Ein Bad-Gastein-Krimi

Servus

FSC
www.fsc.org
MIX
Papier aus verantwortungsvollen Quellen
FSC® C083411

1. Auflage 2022

Dieses Werk wurde vermittelt durch die Michael Meller Literary Agency, München.

Medieninhaber, Verleger und Herausgeber:
Red Bull Media House GmbH
Oberst-Lepperdinger-Straße 11–15
5071 Wals bei Salzburg, Österreich

Satz: MEDIA DESIGN: RIZNER.AT
Gesetzt aus der Palatino, Courier, Bauer Bodoni
Umschlaggestaltung: www.b3k-design.de, Andrea Schneider, diceindustries
Umschlagmotive: © trabantos / shutterstock.com; © Alex Polo / shutterstock.com
Karte Innenklappe: Nina Andritzky
Printed by CPI books GmbH, Germany
ISBN: 978-3-7104-0310-1

PROLOG

Der Tag, an dem alles angefangen hat, war ein Mittwoch.

Am Mittwoch bin ich meistens im Schwan, das ist das alte Kaffeehaus am Mozartplatz mit den Kristalllustern und den Biedermeiersesseln. Normal sind da auch nur Touristen, aber so früh im Jahr ist unter der Woche nicht viel los, und ich hab meine Ruh.

Ich bestell mir immer eine Melange, obwohl ich sonst keinen Kaffee trink, weil die Melange ist wirklich gut im Schwan. Und dazu die Torte des Tages, das ist mittwochs immer die Topfentorte mit frischen Marillen. Im Frühjahr halt frisch aus der Dose.

Nur an diesem Mittwoch ist es nichts geworden mit meiner Ruh, weil auch die Monika da war, die Chefin vom Frisiersalon »Haar-Moni« in der Badbergstraße. Eine herzensgute Frau, nur eine furchtbare Tratschen, wie man bei uns sagt. Ich geh ja nie zu ihr, weil sie am Mittwoch zu hat, wenn ich freihab, und weil sie mir zu viel redet, die Moni. Aber alle anderen schon, deshalb kennt sie auch einen jeden.

Am Anfang hab ich mich geärgert, wie sie sich ungefragt zu mir gesetzt hat. Aber dann war ich doch froh, weil sie mir was erzählt hat. Die Leut, hat sie gesagt, die wollen nicht, dass ich aufhöre. Die wollen, dass ich weitermache, weil das ja wichtig wär, was ich mach. Und weil's außer mir ja keiner so macht.

»Das weiß ich doch«, hab ich gesagt, »aber das liegt jetzt nicht mehr in meiner Hand.« Wenn die Großkopferten da oben das nicht wollen, wer bin ich denn, dass ich das ändern

könnt? »Ich hab ja nicht studiert, darum kann ich halt auch nicht so weitermachen wie bisher.«

»Das ist aber schad«, hat die Monika geantwortet. »Da wird vielen Leuten was fehlen bei uns in Gastein.« Sie sagt »Goschdei« und nicht »Gastein«.

Und dann hat s' grantig dreing'schaut, die Monika, und gemeint: »Da kommt so a hochnaserte Person aus der Großstadt zu uns und glaubt, sie könnt einfach alles kaputt machen. Eine Schande ist das.«

Da hab ich endlich begriffen, dass es ja wirklich nur eine einzige Person ist, wegen der mein Lebenswerk vor dem Ende steht. Und die Schuld dran ist, dass ich meine Berufung verlier. Da hab ich dann auch gewusst, was ich tun muss. Weil es gibt Sachen, die sind größer als ich, und manchmal muss man Opfer bringen für das, woran man glaubt.

Also hab ich weitergemacht und auf den richtigen Moment gewartet. Weil jemanden umbringen ist ja leicht, aber so, dass man net direkt als Erstes an mich denkt, das erfordert ein bisserl mehr Planung.

Neue Aussichten

»San Sie die Frau Magister Halbach?«

Carolin Halbach stellte ihre Koffer ab und wandte sich um. Ein kleiner Mann mit schütterem Bart kam energisch auf sie zu, Haar und Arbeitskittel eisengrau, doch voller Tatkraft in jeder Bewegung. Die wenigen anderen Fahrgäste, die hier ausgestiegen waren, machten ihm Platz, manche grüßten. Zischend schlossen sich die Türen des Waggons, der Zug setzte sich wieder in Bewegung.

»Ich bin der Brunneder, habe die Ehre!« Der Graubart griff mit der Linken nach einem der Koffer und streckte ihr gleichzeitig die Rechte hin. Sein Händedruck war schnell und kräftig, sein Lächeln verschmitzt und voller Falten.

»Herr Brunneder«, wiederholte Carolin. »Guten Tag. Sehr erfreut.« Sie hatte nicht damit gerechnet, abgeholt zu werden, fand es eine wirklich aufmerksame Geste, aber sie hatte keine Ahnung, wer der graue Mann war.

Offenbar deutete er ihre ratlose Miene richtig. »Ich bin der Hausmeister«, erklärte er. »Die Annamirl hat g'sagt, ich soll Sie abholen, weil sich das so gehört und weil Sie ja bei uns wohnen.«

»Annamirl?« Carolin fühlte sich wie im falschen Film.

»Die Frau Bürgermeister. Tschuldigung. Frau Annemarie Axamer. Die was Sie eing'stellt hat.«

»Ah.« Nun verstand Carolin. »Und wieso wohne ich bei Ihnen?«

Herr Brunneder grinste, und die Lachfalten um seine Augen vertieften sich. »Haus Sonnenschein, das ist die Pension von meiner Frau. Da hat Ihnen die Annamirl doch ein Zimmer reserviert. Also die Frau Bürgermeister.«

»Ach so.« Carolin griff nach dem zweiten Koffer. »Dann richten Sie ihr bitte meinen Dank aus. Das ist sehr freundlich.«

»Das können S' ihr gleich selber sagen. Ich hab den Auftrag, Sie sofort zu ihr zu bringen.«

»Also ich …« Carolin sah ihn irritiert an. »Hat das nicht Zeit bis morgen?«, fragte sie. »Wenn es Ihnen nichts ausmacht, würde ich meine künftige Chefin lieber ausgeschlafen kennenlernen.«

»Naa.« Herr Brunneder schüttelte den Kopf. »Net bös sein.« Er nahm ihr den zweiten Koffer aus der Hand und deutete mit dem Kinn die Richtung an. »Aber sie hat gemeint, Sie müssen sich das gleich heut Abend noch anschauen. Das wär wirklich wichtig, hat sie gesagt.«

Der Mann setzte sich in Bewegung. Er sah nicht so aus, als ließe er sich das ausreden, also resignierte sie, rückte ihren Rucksack zurecht und folgte ihm. Trotz der beiden schweren Koffer war er schneller als sie, und sie beschleunigte ihren Schritt, bevor sie ihn mitsamt ihrer Habe aus den Augen verlor.

Am Ende des Bahnhofsgebäudes wurde ein Durchgang zu einem Parkplatz sichtbar, hier hatte ihr Chauffeur seinen blauen Lieferwagen abgestellt. Die Seitentür zierte ein stilisierter silberner Krug, darüber prangte der Schriftzug »Gemeinde Bad Gastein«.

Während Herr Brunneder ihre Koffer in den Wagen wuchtete, knöpfte Carolin ihren Trenchcoat zu. Für Mitte

April war es ziemlich kühl, deutlich kälter als in Düsseldorf, von wo sie heute Morgen aufgebrochen war. Der Himmel war grau, und ein eisiger Wind wehte ihr die kurzen dunklen Locken ins Gesicht. Auf der anderen Straßenseite schaute sie auf eine bröckelnde Mauer, ein rostiges Vordach und schäbige Schaufenster im Stil der Achtzigerjahre – auch das war kein sehr einladender Anblick.

Immerhin gab es Berge: Hinter dem Bahnhof erhoben sich hellgrüne Matten und walddunkle Hänge im letzten Tageslicht, auf den Gipfeln lag noch Schnee. Aber wo war die beeindruckende Kulisse, die sie hierhergelockt hatte? Wo die versprochenen Prachtbauten aus dem Jugendstil, die sie auf den Fotos gesehen hatte, und wo der berühmte Wasserfall?

Sie wandte sich ab und bemerkte, dass Herr Brunneder auf sie wartete, die Hand auffordernd an der geöffneten Beifahrertür. Sie stieg ein, er warf die Tür hinter ihr ins Schloss und kam um das Auto herum.

Ein Mann mit Hut und silbergrauem Pferdeschwanz stieg in das Auto, das neben Herrn Brunneders Wagen stand. Sie erkannte ihn wieder, er hatte ab Salzburg im selben Waggon ein paar Plätze weiter gesessen. Er setzte sein Auto zurück, Brunneder ließ das Seitenfenster herunter und rief ihm etwas zu, der andere antwortete, doch von dem darauf folgenden Wortwechsel verstand Carolin so gut wie nichts. Offenbar kannten sich die beiden, und sie sprachen einen Dialekt, den sie erst noch lernen musste.

Endlich gab der andere den Weg frei, und neugierig sah sie sich um, während Herr Brunneder den Wagen auf die Straße lenkte. Aber der erste Anblick ihrer neuen

Heimat blieb enttäuschend – es sah nicht anders aus als in jedem x-beliebigen alpinen Urlaubsort: ein Sportgeschäft, ein Souvenirladen, eine Skischule und die unvermeidliche »Lederhosenbar«. Es waren kaum Menschen unterwegs, der Ort wirkte wie ausgestorben.

»Es wird gleich besser«, versprach ihr Fahrer, als könnte er wirklich ihre Gedanken lesen. »Ich bin auch net von hier, a Zuagroaster, wie sie hier sagen. Ich hab im ersten Moment genauso blöd g'schaut wie Sie jetzt grad.«

Eigentlich sollte sie ihn fragen, woher er kam, aber sie fühlte sich von ihm, seiner Tüchtigkeit und all dem Neuen gerade ein wenig überfordert und war froh, dass er schwieg. Nicht zum ersten Mal fragte sie sich, ob es nicht doch ein Fehler gewesen war, diesen Job anzunehmen. Routiniert verbot sie sich diesen Gedanken, so wie jedes Mal in den letzten drei Monaten, seit sie den Arbeitsvertrag für die Leitung der neu zu eröffnenden Gemeindebibliothek von Bad Gastein unterzeichnet hatte.

Ursprünglich hatte sie ganz andere Pläne gehabt. Sie hatte sich um die Stelle der Leitung der Düsseldorfer Zentralbibliothek beworben und fest mit einer Zusage gerechnet. Schließlich arbeitete sie schon seit gut fünfzehn Jahren dort, hatte vor einigen Jahren die Abteilungsleitung Belletristik übernommen, und sogar ihr scheidender Vorgesetzter hielt sie für mehr als qualifiziert für diese Aufgabe.

Aber dann wurde im letzten Moment von höherer Stelle anders entschieden. Man wies sie höflich, aber bestimmt darauf hin, dass ausdrücklich ein abgeschlossenes Studium im Fachbereich Bibliothekswesen gefordert war, und da sie außer reichlich Erfahrung nur ihren Abschluss in Literaturwissenschaften vorweisen konnte, ging der Posten an einen diplomierten Bibliothekar aus dem Münsterland. Sie wusste, dass die Entscheidung nichts über ihre fachliche Eignung aussagte, aber nach dieser Ablehnung konnte sie keine rechte Motivation mehr aufbringen und begann kurz darauf, sich nach anderen Möglichkeiten umzusehen.

Eine Anzeige im bibliotheksinternen Stellenportal weckte sofort ihre Aufmerksamkeit: »Dort arbeiten, wo andere Urlaub machen.« Der Aufbau einer neuen Bibliothek als Teil einer Kultur- und Veranstaltungsstätte in einer Fremdenverkehrsgemeinde in Österreich – der Job versprach eine echte Herausforderung und klang wie für sie gemacht. Und als sie begann, sich mit Bad Gastein und seiner Geschichte zu befassen, gefiel ihr das, was sie fand, immer besser. Der morbide Charme der alten Gebäude aus der Belle Époque, die jahrzehntelang dem Zahn der Zeit preisgegeben waren, die geschichtsträchtigen Fassaden, die alle Berühmtheiten ihrer Zeit gesehen hatten, die Thermalquellen, der Wasserfall und nicht zuletzt die vielfältigen sportlichen Möglichkeiten der Umgebung, die sie reizten – sie musste nicht lange überlegen.

Kurzerhand bewarb sie sich und wurde umgehend zu einem Vorstellungsgespräch per Videocall eingeladen. Eine rührige Bürgermeisterin, ein behäbiger Tourismusbeauftragter mit sonorer Stimme und der jung-dynamische Leiter des Veranstaltungsmanagements befragten sie ausführlich zu ihrem Woher und Wohin und hielten sie am Ende offenbar für geeignet, die Verantwortung für dieses Projekt zu übernehmen. Und es war, das wurde extra mehrfach betont, eine große Verantwortung, denn das neue Kulturzentrum im denkmalgeschützten Rahmen war ein überaus wichtiger Teil des neuen Tourismuskonzepts des Ortes und dürfe keinesfalls scheitern.

Privat gab es nichts, was sie in Düsseldorf hielt. Ihre beste Freundin war vor einigen Monaten nach Frankreich gezogen, ihre letzte ernsthafte Beziehung war vor über einem Jahr ersatzlos in die Brüche gegangen, und Familie hatte sie kaum noch, nur ihren jüngeren Bruder, aber der war ständig unterwegs, und sie sahen sich selten. Ihr vierzigster Geburtstag vor einigen Monaten hatte sie aufgeschreckt und den Wunsch nach Veränderung beflügelt. Wenn nicht jetzt, wann dann? Dieser Satz war zu ihrem Mantra geworden, wann immer ihr Zweifel über ihre Entscheidung kamen, und das rezitierte sie auch jetzt stumm vor sich hin.

Herr Brunneder setzte den Blinker und bog in eine schmale Straße ein, die steil bergab führte. Nun erinnerte sich Carolin daran, dass der Bahnhof oben im »neuen« Dorf lag – das historische Ortszentrum mit seinen prunkvollen Hotels aus der Kaiserzeit und dem imposanten Wasserfall befand sich tief unter ihr. Vermutlich waren sie dorthin unterwegs. Sie setzte sich aufrecht hin und vertrieb die düsteren Gedanken. Auf einmal war sie hellwach und voller Vorfreude.

Die Straße wurde immer enger und steiler, zuletzt schwang sie sich um eine nass glänzende Felswand herum, und ihr Fahrer bog in die Zufahrt zu einem kleinen Parkhaus ein. Er hielt eine Plastikkarte aus dem Fenster, die Schranke ging hoch, und er steuerte den Wagen in eine leere Parkbucht mit einem Schild »Reserviert für Gemeinde«.

»Wir sind gleich da«, sagte er und stieg aus.

Carolin beeilte sich, aus dem Auto zu kommen, bevor er ihr wieder die Tür aufhalten konnte. Direkt neben dem Gemeindeparkplatz befand sich ein Aufzug, und während sie warteten, warf sie einen Blick aus der breiten Fensteröffnung. Unwillkürlich hielt sie den Atem an. Das Parkhaus klebte wie ein Schwalbennest hoch oben über dem Tal, und sie schaute hinunter auf eine Kirche mit spitzem Turm, auf Häuser, die mehr über- als nebeneinander erbaut zu sein schienen, auf rostig-rote Dächer und – endlich – auf die ersten Jugendstilfassaden, die Zeugnis ablegten von vergangenen glanzvollen Tagen.

»Das ist ja mal ein Anblick«, entfuhr es ihr. »So etwas haben wir in Düsseldorf nicht.«

Brunneder grinste, dann war der Aufzug da, und es ging nach unten. Weit nach unten. »Elf Stockwerke«, erklärte ihr Begleiter. »Das ist der schnellste Weg hinunter zum Straubinger Platz.«

Das Parkhaus entließ sie direkt ins Herz von Bad Gastein. Ein eigenartiges Rauschen lag in der kalten Luft, prasselnd und widerhallend im Fels über ihr, das musste der Wasserfall sein. Eine Gruppe ältlicher Wanderer in bunten Funktionsjacken überquerte mit klappernden Stöcken die Straße, ein kleiner Lastwagen hupte, und als er weiterfuhr, erblickte Carolin zum ersten Mal ihren neuen Arbeitsplatz. Unwillkürlich blieb sie stehen.

Die ehemalige Stadthalle war ein lang gestreckter Betonbau aus den Siebzigerjahren, ein architektonischer Fremdkörper vor der Kulisse der umgebenden Gebäude aus der Belle Époque, aber vielleicht gerade deshalb so beeindruckend. Das kantige Flachdach mit den vier gläsernen Kuppeln und der viereckige Platz davor bildeten die einzigen waagrechten Flächen zwischen all den hochstrebenden Fassaden der früheren Prunkbauten, die inmitten des steilen Alpentals nicht weniger deplatziert wirkten.

Die Gemeinde hatte das denkmalgeschützte Gebäude nach Jahren des ungenutzten Leerstands zurückgekauft und von Grund auf renoviert. Die grauen Betonwände waren geblieben, aber neue Glasfronten und vom Dach herabwucherndes Grün, das die strengen Linien durchbrach, ließen das klobige Bauwerk fast luftig wirken. Der Vorplatz war mit Bänken gesäumt, und matt polierte Edelstahltafeln am Eingang wiesen auf die neue Nutzung hin: links das Kulturbüro, rechts ein Café, oben der Dachgarten, im Gebäude die Lounge, der Eventsaal und das Medienzentrum. Mit dem tristen Bunker, den Carolin aus dem Internet kannte, hatte das hier nichts mehr gemein.

Ihr Fahrer wirkte so stolz, als wäre die Veränderung ganz allein sein Werk. »Verstehen S' jetzt, warum die Frau Axamer Ihnen das gleich heut noch zeigen wollt?«

Carolin nickte stumm, ihr fehlten die Worte, aber ihr Herz schlug auf einmal schneller. Das war wirklich und wahrhaftig großartig.

Brunneder machte eine auffordernde Geste, sie überquerten den Platz und hielten auf den Eingang zu. In der breiten Glastür erblickte Carolin ihr Spiegelbild: Brunneder klein und grau, im Schatten kaum sichtbar in dem dunklen Glas, sie ein Stück dahinter, groß und schlank in ihrem hellen Mantel. Dann zerbrach das Bild, die Tür ging auf, und die Bürgermeisterin kam ihnen entgegen.

Frau Axamer war untersetzt, kleiner, als Carolin nach dem Videocall erwartet hatte, und wirkte sehr energisch.

Ihr dunkelblondes Haar trug sie in einem dicken Zopf, dazu Rock und Bluse mit dezenten Trachtenmotiven, was ihr ausgesprochen gut stand und Carolin ihr von der Reise zerknittertes Äußeres nur noch bewusster machte. Unwillkürlich fuhr sie sich durchs Haar und strich ihren Trenchcoat glatt, dann schalt sie sich selbst dafür. Was erwartete ihre künftige Chefin denn, wenn sie sie direkt vom Bahnhof zu sich zitierte?

»Frau Magister, es freut mich, Sie endlich persönlich kennenzulernen.« Die Bürgermeisterin schüttelte ihr förmlich die Hand. Ihre Fingernägel waren kurz, aber sorgfältig manikürt. »Hatten Sie eine gute Reise?«

»Vielen Dank. Ich freue mich auch sehr«, erwiderte Carolin und bemühte sich um eine herzliche Miene.

»Kommen Sie herein«, bat Frau Axamer. »Verzeihen Sie, dass ich Sie direkt vom Bahnhof herbringen hab lassen.« Sie lächelte entschuldigend. »Aber ich wollte nicht, dass Sie heute Abend mit einem falschen Eindruck schlafen gehen.«

»Das habe ich schon verstanden.« Diesmal erwiderte sie das Lächeln ehrlich. Seit sie die ehemalige Stadthalle im neuen Glanz gesehen hatte, konnte sie die Intention der Bürgermeisterin ein klein wenig nachvollziehen. »Was Sie hier geleistet haben, ist wirklich beeindruckend.«

Sie folgte ihrer Chefin ins Gebäude und brauchte einen Augenblick, um sich an das dämmrige Licht zu gewöhnen. Draußen war es noch hell gewesen, doch in dem großen Raum war es trotz der vielen Glasscheiben recht dunkel. Genau in der Mitte führte ein breiter Treppenabgang nach unten. Knallrot gepolsterte Sofas schmiegten sich an massive Säulen aus Beton und zogen sich ringsum an den Wänden und Fenstern entlang. Linker Hand war der Raum von staubigen Plastikplanen begrenzt, es roch nach Farbe.

Die Bürgermeisterin nickte zu Brunneder, der hinter Carolin an der Glastür stand. »Unseren Herrn Brunneder haben Sie ja schon kennengelernt. Er ist der Facility Manager und Leiter der Haustechnik hier am Gebäude.«

»Hausmeister, Annamirl, einfach nur Hausmeister.«

Die Bürgermeisterin bedachte ihn mit einem strafenden Blick. »Du sollst mich im Dienst doch nicht duzen.«

Er sah demonstrativ auf die Uhr. »Es ist gleich sechs, ich hab schon lang dienstfrei.«

Frau Axamer verdrehte die Augen, dann wandte sie sich an Carolin und deutete nach links zu den Planen. »Hier drüben ist unser großer Eventsaal«, sagte sie. »Da wird noch gebaut, deshalb können wir nicht rein. Aber Sie können sich die Dimensionen schon vorstellen, nicht wahr?«

»Ja, natürlich.« Carolin nickte. »Mein Bruder ist Veranstaltungstechniker. Der hätte hieran seine helle Freude.«

»Das ist schön.« Frau Axamer wedelte unverbindlich mit der Hand und wandte sich der großen Treppe zu. »Kommen Sie, ich zeige Ihnen jetzt Ihre künftige Wirkungsstätte.«

Beim Versuch, ihr im gleichen Tempo zu folgen, stolperte Carolin beinahe über das graue Malervlies, das die Treppe bedeckte.

Im Untergeschoß sah es ähnlich aus wie oben im Foyer, nur dass die Sitzgelegenheiten hier aus gemütlichen Sesseln bestanden, die sich um kleinere und größere Tische gruppierten, und es weniger Fenster gab.

»Das ist unsere Leselounge«, verkündete Frau Axamer und klang wie eine Fremdenführerin, was sie ja auch irgendwie war. »Es gibt hier freies WLAN, damit kann man über unsere App digitale Inhalte abrufen. Alles ganz modern und auf dem neuesten Stand der Technik.«

Von dieser App hatte Carolin schon gehört, aber in Düsseldorf hatte man kein Geld für das System ausgeben wollen. Hier war ganz offensichtlich an nichts gespart worden.

»Da hinten sind die Garderoben für das Veranstaltungszentrum und der Zugang zum Zuschauerraum«, fuhr die Bürgermeisterin fort und deutete nach links, wo die gleichen staubigen Plastikplanen hingen wie oben. »Und hier geht es in unsere Bibliothek.« Sie wandte sich zu den dunklen Glastüren auf der rechten Seite.

Brunneder war ihnen gefolgt. Er zog einen Schlüsselbund aus der Tasche und hielt eine Chipkarte an ein Lesegerät. Mit einem leisen Zischen glitten die Türen zur Seite, und LED-Spots an der Decke schalteten sich wie durch Zauberhand ein.

»Bitte schön.«

Die beiden ließen Carolin den Vortritt, und mit angehaltenem Atem setzte sie den ersten Fuß in ihr künftiges Reich. Ein dunkler Fußboden dämpfte ihre Schritte. Vor ihr befand sich ein geschwungener Tresen mit zwei Bildschirmen, an der linken Wand waren zwei Selbstverbuchungsterminals angeschlossen. Ein großer Wegweiser stand genau in der Mitte des Eingangsbereichs und verwies auf Heimatsaal, Bücher, Spiele, Filme und Verwaltung.

»Unser Medienzentrum umfasst drei Stockwerke«, erklärte Frau Axamer, noch immer im Tourguide-Modus. »Hier auf der obersten Ebene befinden sich die Ausleihe, die Büros, die Computerterminals und der Ausstellungsbereich. Ein Stockwerk tiefer dann die Bücher und der Lesesaal. Ganz unten sind die Spiele, DVDs und Hörbücher.«

»Ist denn schon alles fertig bestückt?«, wollte Carolin wissen.

»Teilweise.« Frau Axamer zog eine entschuldigende Miene. »Wir haben natürlich den Bestand aus der bisherigen Gemeindebücherei übernommen. Der Herr Pettenkofler von der Stadtbücherei in Sankt Johann hat den Heimatbereich ausgestattet, weil wir uns gedacht haben, dass Sie sich da nicht so auskennen werden. Aber für den Rest haben Sie selbstverständlich freie Hand innerhalb unseres Budgets.« Sie beugte sich ein wenig vor und senkte die Stimme. »Ich würde mich freuen, wenn Sie auch ein paar Bestsellerautoren erwerben. Verstaubte Klassiker haben wir hier in Gastein schon genug.«

»Ja, natürlich.« Carolin nickte zustimmend. »Sie meinen so etwas wie die Kluftinger-Krimis oder Sebastian Fitzek?«

»Ich dachte eher an Diana Gabaldon und Rebecca Gablé.«

»Ah, ich verstehe.« Carolin schmunzelte. »Das werden wir bestimmt hinbekommen.«

Herr Brunneder sperrte eine unscheinbare Tür neben dem Tresen auf und drückte auf einen Lichtschalter, doch nichts passierte.

»Naa, net scho wieder«, hörte Carolin ihn murmeln. Er verschwand in der Dunkelheit, es klapperte hohl, dann klickte es zwei Mal, und das Licht ging an. Der Hausmeister schloss ein Wandpaneel und kam wieder zu ihnen.

»Schon wieder eine Sicherung?«, fragte Frau Axamer.

Er nickte. »I werd no narrisch damit«, sagte er und verzog die Mundwinkel.

Die Lampen erhellten einen kurzen Gang, von dem einige Türen abgingen. An der ersten blieb die Bürgermeisterin stehen, und Herr Brunneder zückte ein weiteres Mal seinen Schlüsselbund. An dem Schild neben der Tür stand Carolins Name: Mag. Carolin Halbach. Der Titel sah fremd aus, noch nie hatte sie jemand »Frau Magister« genannt, aber sie hatte schon mitbekommen, dass sie sich hier in Österreich wohl oder übel daran gewöhnen musste.

Das Büro war größer als ihr letztes in Düsseldorf, sah aber ansonsten nicht viel anders aus: alles modern in Weiß und Grau gehalten, ein Schreibtisch, ein kleiner Besprechungstisch, ein großer Schrank an der Wand und daneben das obligatorische Bücherregal, noch leer und auf Befüllung wartend. Den einzigen Kontrast bildete eines der tomatenroten Sofas, das den Weg vom Foyer hier herunter gefunden hatte und wie ein verirrter Farbfleck wirkte. Sie strich mit den Fingern über den samtigen Stoff. Alles roch noch sehr neu.

Brunneder durchquerte den Raum und zog den hellgrauen Lamellenvorhang zur Seite. Carolin schnappte nach Luft. Das breite Fenster ging auf einen überdachten Balkon hinaus und bot einen phänomenalen Ausblick über das gesamte Tal. Die letzten Sonnenstrahlen fielen durch einen schmalen Streifen zwischen Wolkendecke und Bergrücken und tauchten die Landschaft in rosafarbenes Licht. Die Häuser auf den umliegenden Hängen wirkten wie verstreutes Spielzeug. Hinter dem Balkon ging es senkrecht hinunter, die Bäume, auf deren Wipfel sie blickte, lagen schon im Schatten. Zwischen den Zweigen blinkten Lichter, und sie erahnte weitere Gebäude am Fuß des Steilhangs. Sie drehte sich zu den anderen um.

»Die Aussicht ist wirklich großartig«, sagte sie.

»Freut mich, dass es Ihnen gefällt.« Die Bürgermeisterin lächelte und winkte sie wieder hinaus auf den Flur. »Nebenan ist das Büro Ihrer Mitarbeiterinnen«, erklärte sie und deutete auf die offen stehende Tür neben der ihren. »Und hier ist die Kaffeeküche. Darf ich Ihnen etwas anbieten? Kaffee, Tee, Wein oder ein Glas Sekt? Oder einen Zirbengeist?«

Zirbengeist? Das klang nach Schnaps, um Gottes willen, nein. »Am liebsten ein Tonic, wenn Sie das haben.«

»Tonic Water?« Die Bürgermeisterin sah den Hausmeister fragend an, der schüttelte den Kopf.

»Ich glaub, wir haben nur normales Wasser«, sagte er.

»Kein Problem«, beeilte sich Carolin zu versichern. »Ich nehme auch Wasser.«

Die Küche war klein, eine verglaste Tür führte hinaus auf den Balkon, auf dessen Brüstung ein Aschenbecher stand. Die Bürgermeisterin schenkte ihr eigenhändig ein Glas Mineralwasser ein, und dankbar trank sie das Glas in einem Zug leer.

»Da hinten ist dem Herrn Brunneder sein Reich«, sagte Frau Axamer und wies zum Ende des Ganges. »Die Haustechnik.«

Carolin nickte und unterdrückte ein Gähnen, aber der Bürgermeisterin entging es nicht. »Sie sind bestimmt erschöpft von der langen Fahrt.« Sie sah auf die Uhr. »Der Herr Brunneder bringt sie jetzt zu Ihrem Quartier.« Sie lächelte aufmunternd. »Wir sehen uns morgen um acht bei mir im Büro im Gemeindeamt, da erledigen wir den Papierkram, und dann stelle ich Ihnen Ihre Mitarbeiterinnen vor.«

»In Ordnung.« Carolin war tatsächlich müde, obwohl sie den ganzen Tag nur gesessen hatte. Aber vor allem litt sie unter Reizüberflutung und hatte nach den vielen neuen Eindrücken das Bedürfnis nach ein wenig Zeit für sich.

Draußen auf dem Vorplatz brannten inzwischen die Straßenlaternen. Frau Axamer legte ihr eine Hand auf die Schulter und drückte sie kurz. »Es wird Ihnen bestimmt bei uns gefallen.«

Carolin war sich auf einmal nicht mehr so sicher, all das erschien ihr plötzlich viel zu fremd. Aber sie rang sich ein Lächeln ab. »Das glaube ich auch«, sagte sie mit mehr Zuversicht, als sie empfand, und folgte Herrn Brunneder über die Straße zum Parkhaus.

Wasser glitzerte auf einer dunklen Felswand, überall tropfte es. Sie fuhren die elf Etagen wieder nach oben, Brunneder schloss den Wagen auf, und Carolin warf noch einen letzten Blick über die Brüstung. Die Abenddämmerung war hereingebrochen, und im Tal und auf den Hängen blinkten hell erleuchtete Fenster wie vom Firmament gefallene Sterne. Schön sah das aus.

Schließlich wandte sie sich ab. Herr Brunneder stand wartend neben dem Auto und hielt ihr schon wieder die Beifahrertür auf. Rasch stieg sie ein, er warf die Tür hinter ihr ins Schloss, setzte sich ans Steuer und ließ den Wagen an.

Haus Sonnenschein befand sich im oberen Teil des Dorfs und erwies sich als schmuckes, sonnengelb gestrichenes

Haus mit einem dunkel vertäfelten Dachfirst. Ein schwerer Holzbalkon schien das Erdgeschoß fast zu erdrücken.

»Wir sind da«, sagte ihr Fahrer unnötigerweise.

Eine rundliche, kleine Frau mit sehr kurzen grauen Haaren trat aus dem Haus. Sie trug weite Hosen, dazu einen vermutlich handgestrickten Pullover und darüber eine knallbunte geblümte Schürze. Carolin musste unwillkürlich an eine Matrjoschka denken, es fehlte nur noch das Kopftuch.

»Das ist die Rosi, meine Frau«, stellte Herr Brunneder sie vor.

Frau Brunneder kam näher und musterte sie prüfend. »Sie sind also die Neue. Ich hab Sie mir anders vorgestellt.« Sie hielt ihr die Hand hin. »Ich bin die Rosi.«

Anders gut oder anders schlecht? Carolin konnte es Frau Brunneders Miene nicht entnehmen. Sie schüttelte die dargebotene Hand. »Carolin Halbach. Ich freue mich, Sie kennenzulernen.«

Herr Brunneder hatte die beiden Koffer schon aus dem Auto gehoben und trug sie ins Haus. Sie schulterte den Rucksack und folgte ihm.

Frau Brunneder lief mit kurzen Schritten neben ihr her. »Ich hab Ihnen das Appartement ganz oben gegeben«, sagte sie. »Da haben Sie ein wenig mehr Ruh, wenn das Haus voll ist.«

»Danke«, antwortete Carolin herzlich. »Das ist sehr freundlich von Ihnen.« Ruhe, das war das richtige Stichwort.

»Gehen S' nur mit.« Rosi Brunneder deutete hinter ihrem Mann die Treppe hoch. »Der Peter zeigt's Ihnen.«

Über ausgetretene Stufen ging es nach oben und einen Flur mit knarrenden Dielen und rustikalen Holztüren entlang. Blank polierte Messingschilder mit Nummern und außen steckende Schlüssel mit klobigen Anhängern wiesen sie als Fremdenzimmer aus. An den Wänden hingen fein gestickte Bilder in dunklen Rahmen, es roch nach altem Holz und frischer Bettwäsche.

Am Ende des Ganges führte eine weitere Treppe schmal und steil nach oben, die an einer schmucklosen Tür ohne Nummer endete. Herr Brunneder schloss auf und winkte sie herein.

Die Möbel waren alt und passten nicht so recht zusammen: rechts an der Wand ein Bettsofa, das halbwegs bequem aussah, davor ein potthässlicher Couchtisch aus den Achtzigern, daneben eine schön geschnitzte Kommode, auf der ein Fernseher thronte. Vor dem breiten Fenster hingen helle Vorhänge, davor stand ein einfacher Holztisch vom Typ IKEA, darauf eine Vase mit bunten Tulpen, eine nette Geste ihrer Zimmerwirtin. Der Holzgeruch war hier noch deutlicher, denn die komplette Dachschräge war mit rötlichen Holzpaneelen vertäfelt. Insgesamt wirkte es sehr gemütlich.

An der anderen Wand gab es eine winzige Küchenzeile sowie eine weitere Tür in der Ecke, die Brunneder aufstieß. »Das ist das Schlafzimmer«, sagte er.

Carolin stellte den Rucksack ab und durchquerte den Raum. Das zweite Zimmer war klein, ein Wandschrank und ein Doppelbett füllten es fast völlig aus. Auch hier war die Decke vertäfelt. Bunte Vorhänge vor dem Fenster und karierte Bettwäsche versprühten ländlichen Charme.

Hinter einer schmalen Tür gab es noch ein kleines Badezimmer, Dusche, Waschbecken, Toilette, mehr Platz war hier nicht, aber mehr würde sie auch nicht benötigen.

Peter Brunneder lehnte im Türrahmen. »Brauchen S' noch was?«, fragte er.

»Erst einmal nicht, danke.« Caro atmete tief durch. »Es ist sehr schön.«

Wirklich schön war es zwar nicht, aber doch irgendwie heimelig, sodass man sich hier wohlfühlen konnte. Abgesehen davon war das völlig egal, denn sie würde ja nicht lange hier wohnen, nur die erste Zeit, bis sie sich eingewöhnt und etwas Eigenes gefunden hatte. Dafür war es mehr als ausreichend.

Er nickte, und wieder hatte sie das Gefühl, er lese ihre Gedanken. »Wollen S' noch was essen? Die Rosi hätt Kasnocken g'macht.«

Kasnocken kannte Carolin nicht, aber bei der Vorstellung, dafür dieses Zimmer heute noch einmal verlassen zu müssen, verging ihr jeglicher Appetit. Sie schüttelte den Kopf. »Danke, das ist wirklich sehr nett. Aber ich habe im Zug gegessen und würde lieber gleich schlafen gehen.«

»Ist schon recht.« Er wandte sich zum Gehen. »Frühstück gibt's ab sieben, ich bring's Ihnen dann rauf.«

»Das ist nicht nötig, ich komme schon klar.«

»Na gut, dann schlafen S' gut, Frau Magister.«

»Gute Nacht, Herr Brunneder. Und danke für alles.«

Die Tür fiel ins Schloss, endlich war sie allein. Carolin zog ihren Mantel aus, bewegte die verspannten Schultern und genoss die plötzliche Stille. Dann ging sie ins Wohnzimmer zurück und öffnete das Fenster. Es war fußbodentief und in Wahrheit eine Tür, die auf einen kleinen Balkon mit geschnitztem Geländer führte. Sie trat hinaus und nahm einen tiefen Atemzug. Die Luft war frisch und kalt und prickelte auf ihren erhitzten Wangen. Die Nacht war hereingebrochen, die Straßenlaternen brannten, auf der anderen Straßenseite ging eine Frau mit ihrem Dackel spazieren. Sie nickte grüßend zu ihr herüber, Carolin hob die Hand.

Auf dem Balkon stand ein altersgrauer hölzerner Klappstuhl. Carolin drückte prüfend gegen Lehne und Sitz, bevor sie sich vorsichtig darauf niederließ und sich in ihre Jacke wickelte. Ruhig war es hier. Zwar hörte man von Zeit zu Zeit das Motorengeräusch eines Autos in der Ferne, aber ansonsten war es völlig still.

Einen Moment lang verspürte sie Lust auf eine Zigarette, dabei hatte sie das Rauchen schon vor einigen Jahren aufgegeben. Offenbar steckte sie all das Neue beileibe nicht so locker weg, wie sie nach außen hin vorgab. Natürlich würde sie deshalb nicht wieder anfangen, aber sie beschloss, das Zweitbeste in dieser Situation zu tun. Sie zog ihr Handy aus der Tasche und rief ihren kleinen Bruder an.

»Schwesterherz!« Paul klang ehrlich erfreut. »Hast du das Dorf der unbeugsamen Pinzgauer erobert?«

Carolin musste lachen. »Gib mir ein paar Tage, ich bin doch gerade erst angekommen.« Sie setzte sich bequem zurecht. »Außerdem sind wir im Pongau, nicht im Pinzgau.«

»G'hüpft wie g'hatscht«, antwortete Paul in einer so schlechten Imitation des österreichischen Idioms, dass es sogar Carolin auffiel.

»Lass das bloß nicht die Leute hier hören«, sagte sie.

»Natürlich nicht, was denkst du denn. Ich kenne meine Grenzen.« Er lachte leise. »Aber jetzt erzähl, wie ist es?«

»Es ist ...«, sie zögerte und suchte nach den richtigen Worten, »... überraschend groß. Ich kannte Bad Gastein ja nur von Bildern. In Wirklichkeit ist es noch viel beeindruckender.«

»Muss es wohl sein, wenn du deinen Job in der Stadt dafür aufgibst, um eine Dorfbücherei zu leiten.«

»Eine Dorfbücherei?«, entgegnete sie in gespielter Entrüstung. »Paul, du hast ja keine Ahnung.«

»Was ist es denn sonst?«

»Die Bibliothek ist der Beginn einer neuen Ära in Bad Gastein!«

»Eine neue Ära? In einem Skidorf in den Alpen von Ära zu sprechen, ist wohl ein bisschen hoch gegriffen.«

»Du verstehst das nicht.« Carolin richtete sich unwillkürlich auf. »Die Verantwortlichen wollen weg von Schlagerfeten und Après-Ski-Eimersaufen und sich stattdessen auf Kultur und Geschichte fokussieren. Und meine Bibliothek ist ein Teil des neuen kulturellen Zentrums.«

»Na, ob der Plan aufgeht?« Ihr Bruder klang zweifelnd. »Ich weiß nicht.«

»Ich glaube, du unterschätzt die Atmosphäre dieses Ortes. Das ist hier so einmalig, es wäre geradezu ein Frevel, das nicht zu nutzen.«

»Du meinst, als Alleinstellungsmerkmal? Hm, ja, vielleicht hast du recht. Ich kann es mir wirklich nicht vorstellen.«

»Du müsstest es sehen.« Carolin geriet ins Schwärmen. »Diese riesigen Gebäude aus der Belle Époque und mittendrin die alte Stadthalle, in der sich jetzt das Kulturzentrum befindet. Ich sage dir, das wird großartig.«

»Wenn du so begeistert bist, dann wird es das bestimmt.« Seine Stimme war warm.

»Das hoffe ich sehr.« Carolin war ernst geworden. »Ich möchte hier auf keinen Fall scheitern.«

»Das wirst du nicht, Caro. Scheitern kommt in deinem Wortschatz doch gar nicht vor.«

»Das ist lieb, wenn du das sagst, aber du weißt, dass das nicht stimmt.« Sie sagte es leichthin, aber die Erinnerung an die Ablehnung in Düsseldorf versetzte ihr immer noch einen Stich. »Lass uns nicht nur von mir sprechen. Wo steckst du gerade?«

»Wir sind in Berlin«, antwortete ihr Bruder. »Wir haben ab morgen einen großen Gig im Tiergarten. Mehrere Konzerte, viele Bühnen, das wird eine anstrengende Woche.«

»Vielleicht hast du ja mal ein Engagement in Österreich, dann kannst du mich besuchen.«

»Das mache ich ganz bestimmt.« Im Hintergrund waren Geräusche zu vernehmen. »Du, Caro, ich muss Schluss machen. Wir hören uns, ja? Halt die Ohren steif!«

»Mach ich. Tschüss Paul!«

Carolin beendete das Gespräch und blieb noch einen Augenblick sitzen, das Telefon in der Hand. Es hatte gutgetan, seine Stimme zu hören, aber tatsächlich fühlte sie sich nun noch einsamer als zuvor. Schließlich stand sie auf und ging zurück ins Zimmer.

Lauter reizende Damen

Carolin erwachte vom krächzenden Ruf eines Vogels. Sie blieb noch einen Augenblick liegen und genoss die Wärme des Federbetts und den Duft von Holz, der ihr heute Morgen noch intensiver erschien. Der Vogel krächzte schon wieder, als wollte er sie aus dem Bett scheuchen. Sie schlug die Decke zurück und stellte die nackten Füße auf den Fußboden. Im Zimmer war es empfindlich kalt. Sie hatte das Fenster über Nacht einen Spalt weit geöffnet gelassen und nicht bedacht, dass sie auf tausend Metern Höhe mit anderen Temperaturen zu rechnen hatte. Fröstelnd lief sie zum Fenster.

Der Vogel flog vom Balkongeländer auf. Sie hatte aufgrund des Schreis eine Krähe erwartet, aber er war braun und weiß, kaum größer als eine Amsel. Erneut ließ er sein heiseres Krächzen ertönen, bevor er in einem weiten Bogen zu einem Nadelbaum im Garten segelte. Sie schloss das Fenster mit Nachdruck, drehte den Heizkörper hoch und ging ins Bad.

Nach einer heißen Dusche waren ihre Füße wieder warm. Nackt, wie sie war, ging sie an den Kleiderschrank, den sie am Vorabend noch eingeräumt hatte, bevor sie wie ein Stein ins Bett gefallen war. Sie entschied sich für ihr übliches Joboutfit, dunkle Jeans und helle Bluse, heute kombiniert mit einem seriös wirkenden Leinensakko – schließlich stand ihr gleich der offizielle Antrittsbesuch im Gemeindeamt bevor. Dunkelgraue Wimperntusche betonte das Blau ihrer Augen, und ihr Lippenstift war so tomatenrot wie das Tuch, das sie sich passend zur Farbe der Sofas in der Bibliothek um den Hals schlang. Zuletzt kontrollierte sie ihr Aussehen im Spiegel auf der Innenseite der Schranktür, fand es zufriedenstellend und fuhr sich ein letztes Mal mit den Fingern durch die Haare, die sich noch feucht in alle Richtungen kringelten.

Eine kurze Inspektion der Schränke und Schubladen in der Miniküche dämpfte allerdings ihre Laune. Ein paar Teller, ein Topf, drei bunte Tassen, die nicht zusammenpassten, und etwas Besteck, das war alles. Es gab weder Kaffee noch Tee und auch sonst nichts, das sich als Frühstück eignete. Nun bereute sie, dass sie Herrn Brunneders Angebot, ihr das Frühstück zu bringen, gestern Abend so vorschnell abgelehnt hatte, und sie verließ ihr Zimmer.

Im Haus war es auffallend still. Falls es außer ihr noch andere Gäste gab, schliefen sie offenbar noch oder waren bereits unterwegs. Der Eindruck setzte sich im Frühstücksraum fort, einem hellen Raum mit vielen Fenstern und breiten Terrassentüren, durch die sie auf einen großen Garten blickte. Kein einziger Tisch war gedeckt, das Buffet war leer. Sie schaute auf die Uhr, es war kurz vor halb acht. Unschlüssig blieb sie in der Tür stehen.

Schritte ertönten, sie drehte sich um, Frau Brunneder stand hinter ihr. »Wollen S' jetzt doch was?«

Carolin wies auf das leere Buffet. »Ich dachte, es gibt hier Frühstück«, sagte sie.

»Normal eh«, antwortete Rosi Brunneder. »Aber wir haben grad keine Gäst außer Ihnen, und weil Sie g'sagt haben, Sie wollen nix, hab ich nix hergerichtet.«

»Ach so.« Caro wandte sich ab. »Das wusste ich nicht.«

Frau Brunneder hielt sie am Ärmel fest. »Jetzt kommen S' halt in die Küche. Einen Kaffee kriegen S' bei mir immer.«

Die Küche der Brunneders war groß, aber trotz des Pensionsbetriebs sah es hier kaum anders aus als in einem Privathaushalt: eine ganz normale Einbauküche mit abgenutzten hellen Fronten, ein schöner alter Küchenschrank und eine massive Eckbank, auf die Frau Brunneder wies.

»Setzen S' Ihnen. Ich bring Ihnen was.«

»Danke, Frau Brunneder.«

»Und sagen S' Rosi zu mir. Die Frau Brunneder war mei Schwiegermutter.«

Caro schmunzelte und streckte ihre langen Beine aus. Gemütlich war es hier. Die Küche war aufgeräumtes Chaos aus Tiegeln und Tassen, Vorratsdosen, Küchengeräten, Gewürzgläsern und Kochbüchern. Es roch nach Kaffee und frisch gebackenem Brot. Frau Brunneder, nein, Rosi holte Geschirr mit Blumenmuster aus dem Küchenschrank und schnitt Brotscheiben ab. Butter, Marmelade, Milch und Honig wanderten auf den Tisch, und Carolin griff herzhaft zu. Das Brot war noch warm, die Butter schmolz zu gelblichen Seen und vermischte sich mit dem goldenen Honig. Sie hatte schon lange kein so gutes Brot mehr gegessen.

Als sie das sagte, lächelte Rosi erfreut. »Das back ich selber. Wenn Gäst da sind, back ich jeden Tag. Schön, dass es Ihnen schmeckt.«

Caro nickte mit vollem Mund und nahm einen Schluck Kaffee.

Draußen vor dem Fenster ertönte erneut das unmelodische Krächzen, das sie zuvor geweckt hatte. »Was ist das für ein Vogel?«, wollte sie wissen.

»Das ist ein Zirbengratsch«, erklärte Rosi. »Ein Tannenhäher. Der wohnt da drüben in meiner Zirben.« Sie öffnete das Fenster und legte ein paar Erdnüsse auf das Fensterbrett. Dann trat sie einen Schritt zurück.

Der Vogel flog heran und ließ sich vor dem Fenster nieder. Er war braun-weiß gesprenkelt, nicht so bunt wie sein größerer Verwandter, der Eichelhäher, den Caro aus den Wäldern rund um Düsseldorf kannte. Er legte den Kopf schief und musterte sie aus schwarz glänzenden Augen. Schließlich hüpfte er zu den Erdnüssen und pickte daran herum.

Rosi schloss das Fenster, der Vogel flatterte davon, eine Nuss im Schnabel. »Der kommt jeden Morgen und holt sich sein Frühstück«, sagte sie. »Grad so wie die anderen Gäst.« Sie hob die Kaffeekanne. »Wollen S' noch einen?«

»Ja, bitte.« Carolin hielt ihr die Tasse hin, und Frau Brunneder füllte sie auf.

»Sie müssen aber gleich los, die Annamirl hat keine Freud, wenn s' warten muss.«

»Ich bin schnell zu Fuß«, entgegnete Carolin. »Und zum Gemeindeamt ist es ja nicht weit.«

»Das ist wahr.« Rosi stellte Butter und Milch zurück in den Kühlschrank.

»Kennen Sie Frau Axamer gut?«, fragte Carolin.

»Die Annamirl is des Patenkind von meiner Schwester«, erklärte ihre Zimmerwirtin. »Die war schon als Kind so umtriebig und hat's immer eilig g'habt. Aber sie hat's damit auch zu was 'bracht.«

»Das kann man wohl sagen.« Caro nickte zustimmend. »Dieses neue Tourismuskonzept ist wirklich genial.«

»Ich find's auch besser so. Dann kommen die Gäst vielleicht das ganze Jahr über und net nur im Winter zum

Schifoan. Weil nur vom Kurbetrieb kann unsereins ja net leben.« Rosi kam mit einem Lappen und wischte den Tisch ab. »Nur leider denken bei uns net alle so.«

»Wer sollte denn bitte etwas dagegen haben, wenn mehr Gäste kommen?«

»Na alle die mit den Diskotheken und den Schlagerbars und den Skihütten«, antwortete Rosi. »Die hätten sich g'wünscht, wenn der Plan von dem Vorbesitzer umg'setzt worden wär. Der wollt nämlich a Seilbahnstation aufm Dach von der Stadthalle bauen und die Schifoarer direkt vom Berg ins Ortszentrum bringen. Da hätten s' dann glei weiterfeiern können.«

»Dann bin ich aber froh, dass aus diesem Plan nichts geworden ist.« Carolin trank ihren Kaffee aus. »Wie hat Frau Axamer denn den Vorbesitzer dazu gebracht, die Stadthalle zu verkaufen?«

»Des soll Ihnen die Annamirl selber erzählen.« Rosis Gesicht wirkte auf einmal verschlossen. Sie deutete auf die Uhr. »Sie miassen jetzt gehen«, sagte sie.

Carolin sah sie verdutzt an. Offenbar gab es hier eine Sache, über die sie nicht sprechen wollte. Sie schob sich zwischen Tisch und Eckbank hervor. »Danke für das Frühstück, Rosi.«

»Schon recht, Frau Magister.«

Das Gemeindeamt lag ebenfalls im oberen Teil des Orts, höchstens zehn Minuten Fußweg vom Haus Sonnenschein entfernt. Carolin verspätete sich trotzdem, denn irgendwo bog sie falsch ab und fand sich auf einmal am Ufer der Gasteiner Ache wieder. Bis sie festgestellt hatte, dass sie in die falsche Richtung lief, hatte sie bereits die halbe Siedlung durchquert. Praktisch jedes Haus schien ein Hotel oder eine Pension zu beherbergen, und unwillkürlich fragte sie sich, wo hier die Leute eigentlich wohnten, wenn alles an Touristen vermietet war.

»Ah, die Frau Magister«, begrüßte die Bürgermeisterin sie, als sie um fünf Minuten nach acht etwas atemlos ihr Büro betrat. Frau Axamer deutete auf den runden Besprechungstisch in der Ecke, auf dem ein schmaler Heftordner lag. »Setzen wir uns doch hierhin. Kaffee oder Tee? Oder einen Zirbengeist?« Sie hob die Brauen und klimperte übertrieben mit den Wimpern, Carolin musste lachen.

»Kaffee, bitte. Und ich heiße Halbach, nicht Magister.«

Die Bürgermeisterin stutzte, dann hob sie die Schultern und lachte ebenfalls. »Natürlich, Frau Halbach.« Sie füllte eigenhändig die Tassen, schob ihr Zuckerdose und Kondensmilch hin, dann setzte sie sich neben Carolin und schlug den Ordner auf.

»Ich habe hier noch ein paar Dinge, die Sie unterschreiben müssen«, begann sie. »Nachher gehen wir noch durchs Amt, und ich stelle Ihnen die wichtigsten Mitarbeiter vor.«

Caro nippte an ihrem Kaffee, er war heiß und sehr stark, dann begann sie zu lesen. Die Vereinbarung für das Pensionszimmer war kurz und knapp, die Versicherungsunterlagen deutlich umfangreicher, und sie überflog nur die ersten Absätze. Frau Axamer schob ihr einen Kugelschreiber hin, und sie unterschrieb überall dort, wo die Bürgermeisterin hindeutete.

Zuletzt legte Frau Axamer einen dicken Schlüsselbund auf den Tisch. »Das ist jetzt Ihrer«, sagte sie. An dem silbernen Ring hing die gleiche Chipkarte, die schon Herr Brunneder gestern benutzt hatte, sowie einige weitere kleine und große Schlüssel. Die Liste, die sie dafür unterschrieb, ging über eine halbe Seite.

»Das liegt am Alter von diesem Gebäude«, erklärte Frau Axamer. »Gewachsene Strukturen, verstehen S'? Aber Sie haben damit überall Zutritt, wo Sie's brauchen.«

Zwei Stunden später war Carolin regelrecht außer Atem. Frau Axamer war mit ihr im Schnelldurchgang durchs Gemeindeamt geeilt und hatte ihr jeden vorgestellt, den sie trafen. Ihr schwirrte der Kopf von den vielen neuen Namen und Gesichtern, und im Augenblick konnte sie sich nicht vorstellen, wie sie sich das alles jemals merken sollte.

Kurz darauf saß sie im Auto der Bürgermeisterin, und sie waren auf dem Weg zur Bibliothek. »Keine Sorge«, beruhigte Frau Axamer sie und legte den Gang ein. »Sobald Sie mit der Arbeit anfangen, werden Sie ganz schnell wissen, wer für was zuständig ist.« Sie steuerte den Wagen auf die Straße und bog nach rechts ab. »Die wichtigsten zwei kommen eh erst jetzt.«

Sie wählte einen anderen Weg als Herr Brunneder gestern: eine kurvige Straße an steilen Felsen und an den Hang klebenden Häusern entlang, dann eng zwischen hohen Hotels hindurch und um eine steile Kurve zurück ins Zentrum. Sie parkte den Wagen direkt vor dem Kulturzentrum und winkte Carolin zum Eingang. »Sperren S' auf!«

Carolin zog ihren neuen Schlüsselbund aus der Tasche. Sie hielt die kleine Chipkarte an das Lesegerät, und mit leisem Zischen gab der Mechanismus die Tür frei. In dem dämmrigen Foyer ging es heute deutlich geräuschvoller zu als gestern Abend: Hammerschläge waren zu hören, das schnarrende Geräusch einer Bohrmaschine erklang, eine Männerstimme rief etwas, das sie nicht verstand.

»Das sind nur noch die letzten Arbeiten«, erklärte Frau Axamer. »Zur offiziellen Eröffnung in vier Wochen ist alles fertig.«

Carolin nickte und ging auf die Treppe zu. Ein Handwerker kam gerade herauf, in jeder Hand einen Farbeimer.

Die Glastüren zur Bibliothek waren geöffnet, dahinter brannte Licht. Eine junge Frau mit einer dichten kastanienroten Lockenmähne saß am Tresen und tippte auf der Tastatur, neben ihr stand eine ältere Frau und blickte angestrengt auf den Bildschirm. Die Jüngere sprang auf, als sie Carolin und die Bürgermeisterin kommen sah.

»Frau Halbach, darf ich Ihnen Ihre Mitarbeiterinnen vorstellen?« Frau Axamer wies auf die beiden Frauen. »Das hier ist unsere Herti.« Die Bürgermeisterin deutete auf die ältere der beiden. »Herta Krauskopf. Sie war bisher für die Gemeindebücherei an der Mittelschule verantwortlich.«

Mit ausgestreckter Hand ging Carolin auf sie zu. »Es freut mich sehr, Frau Krauskopf«, sagte sie herzlich. »Sie kennen sich bestimmt gut aus mit unserem Bestand.«

Herta Krauskopf war nicht sehr groß, und entgegen ihrem Namen war ihr Haar glatt und dünn und endete graublond und ohne Chic in Höhe ihres Kinns. Mit ihrem biederen Kleid und dem schlichten Kreuzanhänger, den sie um den Hals trug, wirkte sie ein bisschen wie aus der Zeit gefallen. Schlaff erwiderte sie den Händedruck und bewegte die Mundwinkel zu etwas, das man nur mit viel Fantasie als Lächeln deuten konnte. Sie wandte sich sofort wieder ab, ihre ganze Körperhaltung zeugte von Ablehnung.

Caro behielt ihr Lächeln bei, aber es war mehr als deutlich, dass die Ältere mit der Wahl der neuen Bibliotheksleitung nicht einverstanden war. Ob sie selbst auf den Posten spekuliert hatte oder ob etwas anderes dahintersteckte? Sie würde es herausfinden müssen, denn wenn die eine Hälfte ihrer beiden Mitarbeiterinnen sich weigerte, mit ihr zusammenzuarbeiten, würde es schwierig werden.

»Und das ist die Julia Gschwendtner«, fuhr Frau Axamer fort und deutete auf die jüngere Frau. Die Reaktion von Herta Krauskopf ignorierte sie gekonnt. »Sie hat bisher als Aushilfe in der Stadtbücherei in Sankt Johann gearbeitet und kommt jetzt neu zu uns.«

Hier war die Begrüßung spürbar herzlicher. Julia Gschwendtner schüttelte energisch Carolins Hand und erklärte in breitestem Dialekt: »Ich g'frei mi total auf die Arbeit mit Ihnen.« Dabei strahlte sie übers ganze Gesicht.

Neben Herta Krauskopfs auffallend konservativer Kleidung wirkte Julia Gschwendtner fast schon salopp. Sie trug einen gestreiften Pullover zu eng sitzenden Jeans und strotzte vor jugendlichem Tatendrang.

Carolin erwiderte das Lächeln enthusiastischer, als es die Situation erforderte, aber Julias Freude war ansteckend. »Ich freue mich auch, sehr sogar.«

Frau Axamer klatschte in die Hände. »Sehr schön. Dann lasse ich Sie jetzt allein, damit Sie sich kennenlernen können.« Sie wandte sich zu Carolin. »Die Frau Krauskopf gibt Ihnen Ihre Zugangsdaten zu unserem Intranet und zum Bibliotheksserver. Wenn Sie irgendwas brauchen oder Fragen haben, können Sie sich jederzeit an mich oder an den Herrn Brunneder wenden. Dem seine Handynummer hat auch die Frau Krauskopf.« Sie legte Carolin die Hand auf den Arm. »Und wenn Sie sich im Ort oder in der Gegend umschauen wollen, Frau Halbach, dann machen S' das ruhig. Das gehört zu Ihrer Arbeit dazu. Solang Sie bis zur Eröffnung fertig sind, red ich Ihnen nicht drein.«

Tod in der Bibliothek

Die nächsten Wochen waren mit Arbeit und Terminen ausgefüllt und verflogen wie im Nu. Jeden Morgen begann Carolin den Tag in der brunnederschen Küche und ließ sich von Rosi den neuesten Dorfklatsch erzählen. Zwar waren inzwischen auch andere Gäste im Haus und das Buffet im Frühstücksraum gut bestückt, aber Carolin genoss diese umsorgten Momente mit Rosi viel zu sehr, als dass sie darauf hätte verzichten mögen.

Danach machte sie sich in morgendlicher Kühle auf den Weg zu ihrer Arbeitsstelle: erst durch die Siedlung und die Karl-Heinrich-Waggerl-Straße entlang, dann über die Hohe Brücke, unter der die Gasteiner Ache über die Felsen in die Tiefe stürzte, und von da aus die vielen Treppen des Wasserfallwegs hinunter. Hier donnerte der Wasserfall über die Felsen, und die frische, feuchte Luft jenseits des Geländers machte Carolin endgültig wach. Zwanzig Minuten später war sie im Zentrum angekommen und betrat ihr Büro, wo kurze Zeit später Julia auftauchte, die sie inzwischen duzte, und ihr eine Tasse Kaffee brachte, schwarz und bitter, so wie sie es mochte.

Mit dem Kaffee hatten sie auch direkt am ersten Tag die Fronten abgesteckt, zumindest kam es Carolin so vor. Sie und Julia tranken Kaffee, während Frau Krauskopf dünnen russischen Tee bevorzugte und ihn prinzipiell nie mit ihnen zusammen, sondern ausschließlich allein an ihrem Schreibtisch trank.

Zwischendurch schneite hin und wieder die Bürgermeisterin herein und verbreitete geschäftige Aktivität. Oft brachte sie Besucher mit, Gönner und Sponsoren, die sich vom Fortgang der Arbeiten im Kulturzentrum persönlich überzeugen wollten. Besonders dem Leiter der Kurklinik, Professor Hutter, schien die Bibliothek ein persönliches Anliegen zu sein, denn es verging kaum eine Woche, in der er ihnen keinen Besuch abstattete.

Bei seinem ersten Auftauchen fand Carolin ihn gelinde gesagt gewöhnungsbedürftig. Er kam ihr viel zu nah, begrüßte sie mit Handkuss und ergriff mitten im Gespräch ihren Ellenbogen, als wollte er sie irgendwohin dirigieren. Fast schon brüsk machte sie sich los. Mit Julia flirtete er dagegen ungeniert, und Herta Krauskopf schmolz regelrecht dahin, sobald sie ihn sah. Offenbar war das so ein Österreicher-Ding, das sie nicht verstand, deshalb sagte sie nichts und bemühte sich um Höflichkeit.

Julia hatte sich als engagierte Kraft erwiesen, immer gut gelaunt und offensichtlich glücklich mit ihrer Aufgabe. Frau Krauskopf dagegen war im letzten Monat um keinen Deut zugänglicher geworden. Im Gegenteil, je besser sich Carolin einarbeitete, desto mehr schien sie sich in sich zurückzuziehen. Sie beantwortete Fragen und erledigte, was immer sie ihr auftrug, aber sie blieb wortkarg und zeigte keinerlei Eigeninitiative.

Inzwischen wusste sie auch, woher Frau Krauskopfs reservierte Haltung kam – Julia hatte es ihr direkt am zweiten Tag verraten. Herta Krauskopf war fast vierzig Jahre lang für die Schul- und Gemeindebücherei in der Mittelschule verantwortlich gewesen. Die Idee eines neuen Medienzentrums hatte sie von Anfang an abgelehnt, sie sah dafür keinen Bedarf, was auch damit zu tun haben mochte, dass man sie nie für die Leitung vorgesehen hatte. Warum sie trotzdem geblieben war, als man sie mitsamt dem Altbestand an Büchern in die neue Bibliothek übernommen hatte – Carolin wusste es nicht. In drei Tagen sollte die Bibliothek ihre Tore öffnen, und bis jetzt war ihr noch nichts eingefallen, womit sie Zugang zu Herta Krauskopf finden konnte.

Sie fuhr ihren Computer hoch und loggte sich auf dem Gemeindeserver ein. Heute Abend war ein offizieller Empfang in der Lounge geplant, zu dem die Bürgermeisterin fast einhundert Besucher geladen hatte. Ansprachen und Dankesreden, Sekt und Häppchen, eine Führung durch die Räume der Bibliothek und zuletzt eine Filmpräsentation im großen Eventsaal, der extra für das ausgesuchte Publikum bestuhlt worden war, obwohl die Bühnentechnik noch immer nicht funktionierte.

Tatsächlich hatten sich die Arbeiten im Eventzentrum verzögert, und Peter Brunneder schimpfte mit jedem Tag lauter über die vielen Kleinigkeiten, die nicht klappten und um die er sich als Hausmeister kümmern musste.

Carolin goss sich ein Glas Tonic ein, klickte die Datei mit ihrer Rede an, die sie später halten würde, und begann konzentriert zu lesen.

Einige Stunden später lehnte Carolin an einer der Säulen neben den Glastüren, die in die Bibliothek führten, und beobachtete die Menschen, die zwischen den roten Sofas herumschlenderten oder in lockeren Grüppchen um weiß gedeckte Stehtische zusammenstanden. Das war also die Prominenz von Bad Gastein. Den ein oder anderen der Honoratioren hatte sie bereits getroffen, aber es waren nicht viele, die sie kannte.

Servierkräfte in blauen Schürzen gingen zwischen den Leuten umher und boten Sekt und andere Getränke an. Alle trugen schwarze Schirmkappen und Stoffmasken mit dem Logo des Cateringunternehmens – seit der schrecklichen Pandemie hatte man auch im Gastgewerbe das Tragen von Masken beibehalten. Auf dem Tresen der Ausleihe war ein kleines Buffet angerichtet: Schnittchen mit Schinken und Röllchen aus Lachs, kunstvolle kleine Türme aus Käse und Früchten, zierliche Arrangements von buntem Gemüse, garniert mit kleinblättrigem Salat und grünen Kräutern. Alles sah frisch und appetitlich aus, die Gäste griffen herzhaft zu, aber Carolin war nervös wegen ihrer Rede und hätte im Augenblick keinen Bissen heruntergebracht.

Die Besucher waren fast alle in Tracht gekleidet oder trugen etwas, das Caro dafür hielt: silberne Knöpfe und jagdliche Farben bei den Herren, Ziernähte und blumige Stoffe bei den Damen. Sie fühlte sich ein wenig unpassend angezogen in ihrem dunklen Hosenanzug, aber immerhin hatte sie ein Tuch mit Streublumenmuster um den Hals, das ihr Rosi Brunneder noch aufgedrängt hatte – im Stillen dankte sie ihrer Zimmerwirtin dafür.

Julia stand auf einmal neben ihr, kaum wiederzuerkennen in einem hellen Dirndlkleid und mit gebändigter Frisur, und begrüßte sie herzlich. Zwei Schritte entfernt erblickte sie Frau Krauskopf in einem dunklen Trachtenkleid, das sie irgendwie fremd erscheinen ließ. Der einzige Schmuck, den sie trug, war das kleine silberne Kreuz in ihrem Ausschnitt. Sie nickte ihr wortlos zu, ihre Miene war genauso düster wie ihr Kleid.

Eine Kellnerin näherte sich mit einem Tablett voller Sektgläser. Auffordernd hielt sie ihnen das Tablett entgegen, Frau Krauskopf winkte ab, aber Julia nahm sich ein Glas. Carolin hatte zwar einen trockenen Mund, doch vor ihrer Rede würde sie bestimmt keinen Alkohol trinken. »Könnte ich vielleicht ein Tonic bekommen?«, fragte sie.

Die Kellnerin nickte unverbindlich und ging weiter zur nächsten Gruppe. Carolin hatte keine Ahnung, ob die Frau sie verstanden hatte. Sie sah ihr nach und erblickte die Bürgermeisterin in einem schicken Dirndl mit langem Rock, die sich angeregt mit einem silberhaarigen Herrn in Trachtenjacke und schwarzer Hose unterhielt – es war niemand anderer als der zudringliche Professor Hutter. Frau Axamer schien Carolins Blick zu spüren, sie hob die Hand und lächelte herüber.

Ein weiterer blau beschürzter Kellner kam vorbei, auf seinem Tablett standen ein Glas und eine kleine Flasche Tonic Water. Carolin trat erleichtert auf ihn zu, doch er schwenkte das Tablett von ihr weg, murmelte: »Sorry, das ist schon bestellt«, und eilte weiter, bevor sie antworten konnte. Er blieb bei Frau Axamer stehen, und Professor Hutter pflückte beiläufig Flasche und Glas vom Tablett, ohne sein Gespräch mit der Bürgermeisterin zu unterbrechen.

Julias Gesicht begann auf einmal zu strahlen. Verwundert sah sich Carolin nach dem Grund für ihr Mienenspiel um und entdeckte einen dunkelhaarigen Mann, der auf sie zukam. Seine Haare waren nach hinten gegelt, seine Oberlippe zierte ein exakt geschnittener Schnurrbart. Als einer der wenigen trug er keinen Trachtenanzug, sondern ein helles Sakko zu taubenblauen Hosen. Caro schätzte, dass er etwa in ihrem Alter war, aber er bemühte sich sichtlich, jünger zu wirken. Er legte Julia den Arm um die Schulter und gab ihr einen Kuss auf die Wange. Julia wurde knallrot.

Eine Kellnerin trat zu ihnen, auf ihrem Tablett balancierte sie eine neue Flasche Tonic Water samt Glas. Dankbar nahm Caro sie entgegen, schenkte sich ein und trank einen großen Schluck.

Julias Begleiter wandte sich an Carolin. »Sie müssen die Frau Magister Halbach sein«, sagte er und streckte ihr die Hand entgegen. »Freut mich, freut mich ausnehmend.«

Carolin stellte die Flasche ab und erwiderte seinen Händedruck. »Ja, die bin ich. Und Sie …«

»Entschuldigen S', ich hab mich gar nicht vorgestellt. Pechheim ist mein Name, Josef Pechheim.«

Carolin nickte. Sie hatte keine Ahnung, woher seine Begeisterung für ihre Anwesenheit kam, aber bevor sie ihn danach fragen konnte, ertönte ein klingendes Geräusch. Die Bürgermeisterin schlug mit einer Gabel gegen ihr Glas, die Gespräche verstummten. Frau Axamer ging zum Eingang der Bibliothek, stellte sich auf ein kleines Podest und klopfte probehalber an ein bereitstehendes Mikrofon.

»Sehr verehrte Damen und Herren, liebe Mitbürgerinnen und Mitbürger, liebe Gäste«, begann sie. »Ich heiße Sie herzlich in unserem neuen Kulturzentrum willkommen. Wie Sie alle wissen, hat Bad Gastein eine lange Geschichte. Doch der Glanz ist verblasst, und als ich das hier vor vier Jahren übernommen habe, war es sozusagen fünf vor zwölf.«

Caro blendete die Stimme aus und konzentrierte sich auf ihre eigene Rede, die sie in wenigen Minuten halten musste. Sie schloss die Augen und versuchte, sich an eine Entspannungsübung aus dem Yoga-Kurs zu erinnern, den sie vor Jahren einmal besucht hatte. Erst als das Wort »Bibliothek« fiel, hörte sie wieder zu. Nun war es gleich so weit.

»Wir wollen den Leuten etwas geben, das sie nur hier bei uns bekommen«, deklamierte Frau Axamer gerade. »Jugendstil zum Anfassen. Kultur als Freizeitangebot. Und unsere neue Bibliothek ist ein wichtiger Bestandteil des neuen Kulturzentrums. Sie erfüllt nicht nur einen Bildungsauftrag, sondern fördert auch das Miteinander von Bewohnern und Gästen in unserem Dorf.«

Die Bürgermeisterin deutete auf Caro. »Und nun darf ich Ihnen unsere neue Leiterin der Bibliothek vorstellen: Frau Magister Halbach. Sie kommt aus Düsseldorf, hat hervorragende Qualifikationen und bringt frischen Wind und neue Ideen nach Bad Gastein. Frau Magister, darf ich bitten?« Sie winkte, verhaltener Applaus erklang.

Carolin stellte ihr Glas beiseite und trat ans Mikrofon. Sie holte tief Luft, richtete ihren Blick auf einen Punkt hinter der letzten Reihe der Zuhörer und begann. Sie erzählte von Bibliotheken im Altertum, erklärte ihren Nutzen für Bildung und Kultur und erläuterte den augenblicklichen Bedeutungswandel. Als sie mit ehrlicher Begeisterung von Büchern und ihrem Wert für die Menschheit sprach, war sie in ihrem Element, und sie spürte, wie sie sicherer wurde. Sie stellte klar, dass es immer nur auf den Inhalt ankam und nicht darauf, ob ein Werk in Stein geritzt oder auf Papier gedruckt war oder gar in Form von Bits und Bytes durch den Äther flog. Sie legte ihre ganze Leidenschaft in diese Rede, und als sie endete, erntete sie stürmischen Applaus.

Frau Axamer strahlte übers ganze Gesicht. Sie drückte ihr die Hand und sagte leise: »Großartig, Frau Halbach, das war wirklich großartig.«

Carolin spürte, wie ihre Wangen heiß wurden. Sie deutete eine Verbeugung vor dem Publikum an und wollte die improvisierte Bühne schnell verlassen, aber die Bürgermeisterin hielt sie fest und machte eine weit ausholende Armbewegung zu den Glastüren der Bibliothek hin.

»Die Frau Magister wird Sie jetzt durch die Bibliothek führen. Bitte kommen Sie, kommen S' herein!«

Die Besucher drängelten in den Vorraum und verteilten sich auf den vorgegebenen Wegen. Der Großteil der Menschen strömte die Treppen hinab zu den Büchern, ein Teil ging zum Heimatsaal, in dem Herr Pettenkofler, der Leiter der Bibliothek von Sankt Johann, gerade eine lautstarke Miniaturführung begann.

Auf dem Tresen der Ausgabe standen noch die Platten mit den Resten des geplünderten Buffets. Jetzt verspürte Carolin Hunger, aber sehr appetitlich sahen die Häppchen nicht mehr aus: Die kleinen Türmchen waren umgefallen, der Salat lag zerpflückt und schlaff dazwischen. Sie nahm sich eine Weintraube und schob sie sich in den Mund, dann ging sie mit den Besuchern in Richtung Treppe.

Carolin hatte gerade den Rundgang durch den Lesesaal beendet, da kam oben Unruhe auf. Ein spitzer Schrei ertönte – das war die Bürgermeisterin! Pettenkoflers Stimme war verstummt, und Carolin war plötzlich alarmiert. Sie kehrte um und drängte sich zwischen den Leuten hindurch, die den Eingang zum Heimatsaal blockierten.

Ihr Blick fiel auf einen Mann, der mitten im Raum zusammengekrümmt auf dem dunklen Teppichboden lag. Es war der silberhaarige Professor Hutter, der Lieblingssponsor der Bürgermeisterin. Seine Augen waren panisch aufgerissen, seine Hand umklammerte den Hemdkragen unter der Trachtenjacke, er schien kaum Luft zu bekommen und atmete stoßweise.

Frau Axamer lehnte kreidebleich am Fenster und hatte die Hände vors Gesicht geschlagen. Einen Moment lang erstarrte auch Carolin, dann fing sie sich. »Ist hier ein Arzt anwesend?«, rief sie laut.

»Das ist doch der Arzt«, antwortete jemand aus dem Hintergrund.

Ein jüngerer Typ in bestickter Lederhose zog ein Handy aus der Tasche, doch anstatt um Hilfe zu telefonieren, richtete er es auf den Mann am Boden.

Carolin trat auf ihn zu und riss ihm das Telefon aus der Hand. »Das ist jetzt nicht Ihr Ernst«, fuhr sie ihn an. »Rufen Sie gefälligst den Notarzt oder wie das hier heißt.«

Eine Frau hielt ihr Telefon ans Ohr. »Ich mach das schon!«

Carolin ging in die Hocke und griff nach der Hand des Mannes, sie war eiskalt. »Ganz ruhig«, murmelte sie und bemühte sich, Zuversicht in ihre Stimme zu legen. »Hilfe ist schon unterwegs.«

»Die kommen mit der Rettung aus Bad Hofgastein«, sagte die Frau, die telefoniert hatte. »In zehn Minuten sind s' da.«

In diesem Moment krümmte sich Hutter zusammen, würgte und keuchte wimmernd auf. Carolin schüttelte seine Schulter und versuchte fieberhaft, sich zu erinnern, was man in solch einer Situation tun sollte. Sie öffnete seinen Kragen, sein Gesicht war schweißüberströmt, sein Mund bewegte sich, aber kein Ton kam über seine Lippen.

»Kann denn hier keiner Erste Hilfe leisten?«, rief sie mit wachsender Verzweiflung.

Julia Gschwendtner drängte sich durch die Leute und ließ sich neben ihr auf die Knie fallen. »Gehen S' weg, ich kümmer mich schon.« Sie fühlte seinen Puls, riss die Augen auf und sah Carolin erschrocken an. »Um Gott's willen, der stirbt!«

Carolin half ihr, den Professor auf den Rücken zu drehen. Seine Augen waren noch immer weit geöffnet, sein Blick war angstvoll und suchte ihr Gesicht. Jetzt war nichts mehr von seiner aufgesetzten Zudringlichkeit zu spüren, der Mann kämpfte um sein Leben.

Julia knöpfte das Hemd des Mannes auf und begann, rhythmisch mit den Handballen auf sein Brustbein zu drücken. Unfähig, sich zu bewegen, starrte Carolin auf das dichte, graue Brusthaar unter Julias Fingern und wünschte sich weit weg.

Es schien eine Ewigkeit zu dauern, bis endlich das Martinshorn zu hören war. Das Murmeln verstummte, die Menschen wichen auseinander, zwei rot gekleidete Sanitäter eilten herein, bepackt mit Rucksäcken und einem schweren Koffer. Der eine nickte Julia zu, sie machte ihm Platz, und er ging neben dem Mann in die Hocke, während sein Kollege den Koffer öffnete und einen Beatmungsschlauch entnahm.

Carolin erhob sich mit weichen Knien und wandte sich ab. Herr Brunneder war auf einmal neben ihr. Er legte ihr den Arm um die Schulter und führte sie nach draußen in den abgetrennten Bereich zu ihrem Büro. Dort ließ sie sich auf das rote Sofa sinken und schlug die Hände vors Gesicht. Hatte sie sich vor den Leuten noch um Fassung bemüht, konnte sie nun das Zittern ihrer Hände nicht mehr unterdrücken.

»Das ist so furchtbar«, flüsterte sie. »Glauben Sie, er wird wieder gesund?«

Brunneder reichte ihr ein Taschentuch und ein kleines Glas mit einer klaren Flüssigkeit. »Trinken S' des«, sagte er.

Sie gehorchte, ohne nachzudenken, Feuer brannte durch ihre Kehle, sie riss die Augen auf. »Was bitte ist das?«

»Zirbengeist«, antwortete er lakonisch und stellte die Flasche auf den Tisch. »Der hilft immer«, setzte er hinzu und verließ den Raum.

Carolin bekam nicht viel Zeit, um ihre Fassung wiederzugewinnen. Auf einen zweiten Zirbenschnaps verzichtete sie, aber sie suchte die Toilette auf und kühlte ihre geröteten Augen mit kaltem Wasser. Als sie aus der Tür trat, wartete Brunneder auf sie und sah sie mitfühlend an.

»Sie müssen kommen«, sagte er. »Die Polizei ist da, und die Annamirl fragt schon nach Ihnen.«

»Die Polizei?« Carolin hob die Augenbrauen. »Wieso das denn?«

»Die werden bei einem Notruf immer mit alarmiert. Außerdem kommt gleich der Hubschrauber.«

Carolin seufzte und folgte Brunneder hinaus in den Vorraum.

Die Sanitäter hatten den Mann offenbar schon abtransportiert, und Carolin hoffte inständig, dass es ihm inzwischen besser ging. Heimatsaal und Vorraum waren leer, die Besucher standen in Grüppchen draußen in der

Lounge zusammen. Es sah aus, als hätte sich die Lage ein wenig beruhigt.

Jemand hatte die letzten Brötchen vom Buffet auf einem Teller zusammengestellt, und sie erinnerten Carolin daran, dass sie seit heute Morgen nichts gegessen hatte. Aber durch die Glasscheiben des Eingangsbereichs sah sie schon die Bürgermeisterin, die offensichtlich auf sie wartete und sie zu sich winkte.

Ein korpulenter Polizist in Uniform hatte sich mit dem Rücken zu ihnen am Eingang postiert und achtete darauf, dass niemand mehr die Bibliothek betrat. Als sie sich ihm näherten, fuhr er herum.

»Wo kommen Sie denn her?« Unter buschigen Brauen starrte er Carolin misstrauisch an.

»Das ist die Frau Magister Halbach«, erklärte Brunneder. »Die neue Chefin von der Bibliothek.«

»Ah so.« Die Erklärung schien dem Beamten zu reichen. »Dann gehen S' nur durch zu den anderen.«

Carolin sah Brunneder verwundert an. »Wieso interessiert sich denn die Polizei für die Sache?«

»Normal eh nicht.« Der Polizist hatte ihre Frage gehört. »Aber wenn einer so plötzlich umfallt, dann schau'n mir halt genauer hin.«

Hinter den dunklen Scheiben der Panoramafenster irrlichterten Scheinwerfer durch die Nacht. Ein knatterndes Geräusch war zu hören, das musste der angekündigte Rettungshubschrauber sein. Carolin machte sich bewusst, dass sie sich trotz aller Infrastruktur auf tausend Metern Höhe befanden. Das nächste Krankenhaus war in Schwarzach, gut eine halbe Stunde zu fahren. Da war der Helikopter allemal besser geeignet, wenn es darum ging, einen Kranken schnellstmöglich zu versorgen.

Die Bürgermeisterin kam ihr entgegen, sie wirkte noch etwas blass, schien sich aber wieder gefasst zu haben. »Frau Halbach, wir sollten jetzt mit dem Programm weitermachen, was meinen Sie?«

Carolin sah sie ungläubig an. Soeben war Herr Hutter vor ihren Augen fast gestorben, niemand wusste, ob er überleben würde, aber wenn, dann wohl nur knapp, und sie sollten jetzt so tun, als wäre nichts gewesen?

Frau Axamer schien ihre Gedanken zu erraten. »Ich versteh Sie schon. Aber es hilft ja nichts. Dem Professor Hutter geht's davon auch nicht besser. Und die Leut würden aufhören zu reden.«

Caro blickte sich um. Die Besucher standen unschlüssig herum, einige hatten schon wieder Getränke in der Hand, andere gingen bereits zu den Aufzügen. Sie hob die Schultern. »Sie haben recht. Wir können es nicht so enden lassen.«

»Genau.« Frau Axamer gab Brunneder ein Zeichen, dann wandte sie sich um und klatschte in die Hände.

»Liebe Leute, liebe Gäste«, rief sie laut, »der Herr Professor Hutter ist auf dem Weg ins Spital, und wir drücken ihm alle die Daumen, dass es ihm bald wieder gut geht. Wir machen jetzt weiter mit unserer Filmvorführung im großen Eventsaal. Kommen Sie doch bitte mit, es fängt gleich an!«

Zügig hielt sie auf die Treppe nach unten zu, die Menschen setzten sich in Bewegung und folgten ihr, als ob sie nur darauf gewartet hätten, dass jemand das Kommando übernahm.

Carolin schloss sich ihnen an, doch als sie die Treppe erreichte, kam ein Mann in Polizeiuniform die Stufen vom Foyer herunter. Er war jünger als sein Kollege, sie schätzte ihn auf Mitte dreißig, er war schlank, nur wenig größer als sie und wirkte drahtig.

»Sind Sie die Frau Magister Halbach?«, fragte er und kam heran.

Sie nickte. »Die bin ich.«

»Revierinspektor Herzinger«, stellte er sich vor. »Die Frau Axamer hat gesagt, Sie waren bei ihm, wie es passiert ist?«

»Als ich dazugekommen bin, lag er schon auf dem Boden.« Carolin machte eine abwehrende Handbewegung. »Ich habe nur versucht zu helfen.«

»Ja eh.« Er sah sich um. »Können wir irgendwo in Ruhe reden?«

Die letzten Gäste verschwanden nach unten. Sie deutete auf den Eingang zur Bibliothek. »Gehen wir in mein Büro.«

Der andere Polizist bewachte noch immer wie ein Zerberus die Glastür. Herzinger nickte ihm im Vorbeigehen zu. »Der Hubschrauber ist weg«, sagte er. »Ich red nur noch kurz mit der Frau Magister, dann können wir fahren.«

In ihrem Büro angekommen, wies Carolin auf den kleinen Besprechungstisch. Der Beamte setzte sich, und sie nahm ihm gegenüber Platz. Im Sitzen wirkte er größer als im Stehen, stellte sie fest, und sie bemerkte Sommersprossen auf seiner Nase. Fragend sah sie ihn an. »Was wollen Sie denn wissen?«

Er nahm die Dienstmütze ab und legte sie auf den Tisch. »Haben S' den Mann denn gekannt?« Rotbraune Haare fielen ihm in die Stirn, an den Schläfen wurden sie schon grau.

Carolin schüttelte den Kopf. »Nein. Ich habe ihn nur zwei, drei Mal hier in der Bibliothek getroffen.«

»Aber Sie wissen, wer das ist?«

»Ja, natürlich. Das ist Professor Hutter, einer der Sponsoren des Kulturzentrums.«

Der Polizist nickte. »Er ist der medizinische Leiter der Kurklinik von Bad Gastein. Sehr beliebt, was man so hört, und vor allem ausgesprochen gesund.«

»So sah er vorhin nicht aus.«

»Deshalb wundert's mich ja. Bei ihm hätt man das nicht erwartet.«

Carolin zog die Schultern hoch. »Dazu kann ich Ihnen nichts sagen.«

»Eh nicht.« Er zog einen Stift und ein zusammengefaltetes Blatt Papier aus der Tasche, und sie bemerkte den schmalen Goldreif an seinem Ringfinger. »Können S' mir genau beschreiben, was passiert ist?«

»Wieso ist das wichtig?«

»Ich muss einen Bericht machen. Und wenn Sie mir was erzählen, brauch ich mir net so viel ausdenken, was ich schreib.«

»Okay.« Der Mann hatte einen eigenwilligen Humor, der ihr gefiel. »Als ich dazukam, lag Herr Hutter schon auf dem Boden«, begann sie. »Er hatte offenbar einen Anfall und hatte Probleme mit der Atmung. Julia Gschwendtner kam dann dazu und hat Erste Hilfe geleistet, bis die Sanitäter eintrafen.«

»Ist Ihnen irgendwas aufgefallen?«

Carolin blickte zur Decke und vergegenwärtigte sich die Szene erneut. Das Keuchen, die Angst im Gesicht des Arztes, die weit aufgerissenen Augen. Unwillkürlich schüttelte sie den Kopf, um die Bilder zu vertreiben. »Wie er mich angesehen hat«, sagte sie leise. »Das war das Schlimmste.«

»Er war bei Bewusstsein?« Der Polizist merkte auf. »Sind Sie sich da sicher?«

Carolin hob die Schultern. »Zumindest hatte er die ganze Zeit die Augen geöffnet. Selbst als er dann nicht mehr atmete und während der Herzmassage. Das war wirklich gruselig.«

Herr Herzinger strich seinen Zettel glatt und machte sich eine Notiz. »Das klingt eigentlich nicht nach einem Herzanfall«, murmelte er.

»Und seine Hand war eiskalt.«

Es klingelte in der Brusttasche des Polizisten. Er zog sein Telefon heraus und meldete sich. »Ja?«

Carolin beobachtete ihn unauffällig. Er hörte konzentriert zu, runzelte die Stirn, plötzlich wurde seine Miene starr. »Echt jetzt? Was hat er g'sagt?«

Er lauschte wieder, dann schien er in seinem Stuhl zusammenzusinken. Zuletzt sagte er: »Danke«, und sah Carolin bestürzt an. »Der Hutter hat es nicht geschafft. Bis sie mit ihm im Krankenhaus waren, war er schon tot.«

Obwohl Carolin es im Grunde erwartet hatte, traf es sie dennoch. Sie schloss einen Moment die Augen. »Das ist ja schrecklich«, sagte sie leise.

»Es ist nicht nur das«. Der Polizist schob den Stuhl zurück und erhob sich. »Der Arzt im Krankenhaus hat gemeint, dass das kein normaler Herzinfarkt war. Sie haben ihn in die Gerichtsmedizin gebracht.«

Carolins Augen wurden groß. »Was bedeutet das?«

»Das heißt, dass wir auch eine nicht natürliche Todesursache in Betracht ziehen müssen.« Er wandte sich zur Tür. »Kommen S', wir müssen sofort die Reste vom Buffet sicherstellen«, sagte er. »Und ich brauch die Adresse vom Catering und die Gästeliste.«

Carolin spürte Gänsehaut, sie schluckte schwer. »Sie glauben, die Häppchen haben etwas mit seinem Tod zu tun?«

»Ich glaub noch gar nichts. Aber wegschmeißen könn ma die Sachen nachher immer noch.«

Er trat hinaus auf den Flur, Carolin folgte ihm. Der Tresen der Bibliotheksausgabe, der zuvor als Theke für das Buffet gedient hatte, war nun leer.

»Wo ist das Zeug hin?«, fragte Herzinger. »War da grad nicht noch was da?«

Carolin deutete nach oben. »Das hat man bestimmt zurück in die Küche gebracht«, meinte sie. »Hoffentlich ist da noch jemand.«

Sie ging voran, die Treppe hinauf ins Erdgeschoß, der Polizist folgte ihr. Neben der Siebzigerjahre-Bar im Foyer gab es einen Durchgang zu einer geräumigen Vorbereitungsküche, die bei Veranstaltungen vom jeweiligen Cateringunternehmen oder auch vom Café des Zentrums genutzt werden konnte. Zu diesem Raum hatte Carolin keinen Schlüssel, sie klopfte laut gegen das Holz.

Wenig später öffnete ein untersetzter Mann. Er hatte helles, schütteres Haar und trug ein schwarzes T-Shirt mit dem Logo des Caterers, das sie vorhin schon auf dem Outfit des Personals gesehen hatte.

»Ja, bitte?«, fragte er und blinzelte.

Carolin erklärte ihr Anliegen, ohne ins Detail zu gehen. Er machte eine unwirsche Handbewegung, die sie als Einladung deutete.

Die Küche war strahlend hell erleuchtet. Zwei junge Frauen arbeiteten an der Spüle, ihre Masken hatten sie inzwischen abgenommen. Der Mann deutete auf die Anrichte, auf der ein weißer Teller mit den letzten Resten der Häppchen stand. Bei diesem Anblick wurde Carolin übel. Um ein Haar hätte sie vorhin noch eines davon gegessen. Was, wenn sie wirklich verdorben waren? Aber warum waren dann nicht mehr Leute daran erkrankt?

Herzinger zog ein Paar Einmalhandschuhe aus der Tasche und streifte sie über, bevor er den Teller ergriff. »Haben S' vielleicht irgendwas zum Zudecken?«, fragte er.

Der Mann zog eine Schublade auf und reichte ihm eine Packung mit Frischhaltefolie. Mit wenigen Handgriffen hatte der Polizist die Brötchen verpackt, misstrauisch beäugt von den Mitarbeitern. »Sonst haben S' nix mehr da?«, fragte er, als er fertig war, und sah sich suchend um.

»Naa. Des is alles, was überblieben ist.« Der Mann deutete auf den Teller. »Die Platten werden im Betrieb herg'richt und dann kurz vorher erst 'bracht. Damit s' wirklich frisch sind.«

Der Polizist hob die Brauen und machte ein zweifelndes Gesicht. »Wer hat denn alles Zugang zu diesem Raum?«

»No die Leut, die servieren, natürlich.« Der Mann zuckte mit den Schultern. »Aber die san alle schon 'gangen.«

Herzinger nickte zu den beiden Frauen hin. »Ich nehm an, die Gläser haben S' schon abg'waschen?«

»Ja, sicher«, antwortete der andere. »Wir wollen ja auch einmal heim.«

»Das hab ich befürchtet.«

»Ist was nicht in Ordnung?« Der Mann schien erst jetzt besorgt.

»Das wissen wir noch nicht«, antwortete Carolin. »Herr Herzinger muss die restlichen Brote zur Sicherheit mitnehmen.«

Der Polizist sah ihn herausfordernd an. »Sie haben doch nichts dagegen, oder?«

»Nein, nein.« Der Mann hob abwehrend die Hände. »Walten S' nur Ihres Amtes, Herr Inspektor.«

Herr Herzinger ließ sich von dem Catering-Mitarbeiter den Namen seines Chefs geben und notierte ihn auf seinem Zettel, er hieß Paul Eberhardter. Dann verließ er die Küche.

Carolin nickte dem Angestellten noch kurz zu. »Danke schön.«

»Schon gut.«

Sie spürte seine Verwunderung und fragte sich, ob er von dem Vorfall überhaupt etwas mitbekommen hatte. Wahrscheinlich nicht, aber das war vielleicht auch ganz gut so. Je weniger Leute aus der Sicherstellung der Brötchen irgendwelche Schlüsse zogen, desto besser.

Stille nach dem Sturm

Als die beiden Polizisten gegangen waren, blieb Carolin unschlüssig im Foyer stehen. Eigentlich hätte sie jetzt hinunter in den Eventsaal gehen müssen, wo die Filmvorführung bestimmt noch lief, aber die Ereignisse der letzten Stunde beschäftigten sie viel zu sehr, als dass sie sich auf die plakativ aufbereitete Geschichte der Stadthalle hätte konzentrieren können. Sie drehte die Visitenkarte zwischen den Fingern, die ihr der Polizist gegeben hatte, und las seinen Namen: Valentin Herzinger. Tatsächlich war er ihr ganz sympathisch erschienen, und sie hätte ihn lieber unter anderen, weniger dramatischen Umständen kennengelernt.

Sie hatte ihm zugesagt, ihm gleich morgen früh die Gästeliste der Veranstaltung zu schicken, aber im Grunde konnte sie nicht glauben, dass hier wirklich ein Anschlag auf einen der Besucher verübt worden war. Eine Gänsehaut lief ihr über den Rücken, die kleinen Härchen an ihren Unterarmen richteten sich auf und rieben unangenehm am Futter ihrer Jacke. Sie streckte die Hand aus und hielt sich an einer Säule fest.

»Frau Magister?«

Sie fuhr herum. Herr Brunneder kam die Treppe vom Untergeschoß herauf. Sie schwankte, und mit einem Schritt war er bei ihr. Er ergriff ihren Ellenbogen und sah ihr ins Gesicht.

»Ist alles in Ordnung?«

»Nein.« Fröstelnd rieb sie sich die Arme. »Herr Hutter ist auf dem Weg ins Krankenhaus gestorben. Und der Polizist hat die restlichen Brötchen mitgenommen.« Sie schüttelte den Kopf, noch immer fassungslos.

»Tot, sagen S'?« Brunneder zog die buschigen Augenbrauen zusammen. »Und der Valentin hat … ich versteh net ...«

»Ich vermute, Herr Herzinger denkt an eine Lebensmittelvergiftung.« Sie fasste sich an die Stirn. »Aber vielleicht war Herr Hutter ja schon vorher krank?« Hoffnungsvoll schaute sie ihn an. »Glauben Sie nicht?«

»Ich glaub gar nix.« Peter Brunneder legte ihr die Hand auf die Schulter. »Gehen S' heim, Frau Magister«, sagte er. »Ich erklär das nachher der Annamirl.«

Carolin ließ erleichtert die Schultern fallen und nickte. »Danke, Herr Brunneder.« Sie brauchte unbedingt frische Luft.

Draußen wählte sie ihren üblichen Heimweg, hielt aber auf der Wasserfallbrücke und starrte übers Geländer in die rauschende Schwärze. Das Licht der Straßenlaternen reichte nicht bis auf den Grund der Schlucht, es beleuchtete nur die hochstiebenden Wassertropfen, die funkengleich in die Höhe stiegen, aufleuchteten und ins Dunkel zurückfielen. Lange stand sie da, dann stieß sie sich von der Brüstung ab. Diesmal stieg sie nicht wie sonst den Wasserfallweg hoch zum oberen Dorf, sondern überquerte den Straubinger Platz und wandte sich auf die andere Seite, von wo aus ein befestigter Weg in steilen Serpentinen durch den Quellenpark nach unten ins Tal führte.

Der Park endete am ehemaligen Kraftwerk, das die Kraft der Ache früher zum Erzeugen von Strom genutzt hatte. Heute beherbergte es ein Kaffeehaus, in dem die

Besucher auf quietschbunten Sesseln zwischen den alten Turbinen saßen. Durch die hell erleuchteten Fenster blickte Carolin auf Menschen in fröhlicher Runde, man feierte offenbar, und die Stimmung schien ausgelassen. Natürlich, die Leute hier wussten nichts von dem Unglück, das sie hautnah hatte miterleben müssen. Ihr jedoch erschien die Szenerie wie aus einer anderen Welt, an der sie keinen Anteil hatte.

Hinter der Ecke war es dunkel, Wassertropfen stieben ihr entgegen. Sie flüchtete hinter eine Holzwand, in deren Schutz sie weiterging, bis sie an eine schmale Brücke gelangte. Die Ache hatte sich hier wieder beruhigt, strömte fast friedlich über große, glatte Felsen, stimmungsvoll in Szene gesetzt von einer einsamen Straßenlaterne. Hinter der Brücke wurde der Weg steil und steinig, es war stockfinster. Hoch über den Baumwipfeln blinkten die erleuchteten Fenster der Hotels, und sie erahnte den dunklen Umriss der ehemaligen Stadthalle.

Sie kehrte um und stieg langsam, fast bedächtig die eisernen Treppen durch den Park wieder nach oben. Von hier unten bis zurück zum oberen Teil des Dorfes waren es achtzig Höhenmeter, das war genauso hoch wie der Turm der Suitbertuskirche in Düsseldorf, auf den sie früher aus ihrem Küchenfenster geblickt hatte. So spät war außer ihr niemand mehr auf dem Wasserfallweg unterwegs, die Menschen wählten wohl die besser beleuchtete Straße, die in einem weiten Bogen um die Klippen der Schlucht herumführte.

Es war fast zehn, bis sie endlich das Haus Sonnenschein erreichte. Als sie sich dem Eingang näherte, wurde die Tür aufgerissen, und Rosi Brunneder kam heraus.

»Frau Magister, wo bleiben S' denn«, rief sie. »Wir haben uns schon Sorgen um Sie g'macht!«

»Das tut mir leid, das wollte ich nicht.« Carolin beschleunigte ihren Schritt. »Ich brauchte ein bisschen Bewegung nach dieser …«

»Ist schon gut, ich versteh das.« Rosi Brunneder trat von der Tür zurück. »Kommen S' rein.«

Ungefragt dirigierte sie Carolin in die Küche. »Sie müssen jetzt was essen«, bestimmte sie. »Ich hab Kaspressknödel g'macht. Setzen S' Ihnen.«

Dankbar ließ sich Carolin auf die Eckbank fallen. Der warme Schein der Lampe, der Duft nach frischem Brot, dazu das Brutzeln der Butter auf dem Herd und Rosi, die rührig hin und her wuselte, einen Teller, Besteck und drei Gläser auf den Tisch stellte – all das spendete Trost und war genau das, was sie jetzt brauchte.

»Der Peter hat mir erzählt, was passiert ist«, sagte Rosi Brunneder zwischendurch. »Sie müssen nix erklären, ich versteh Sie schon. Wenn der Tod plötzlich so nahekommt, das ist immer ganz furchtbar.«

Die Küchentür ging auf, und Peter Brunneder kam herein. Er hatte sich umgezogen, trug eine bequeme Hose und einen gestrickten Pullover und wirkte irgendwie jünger als in seinem grauen Kittel. Er hielt eine Flasche ohne Etikett in der Hand und stellte sie auf den Tisch.

»Der ist aus Langenlois, von da, wo ich herkomm«, sagte er. »Mein Bruder ist Weinbauer, und manchmal schickt er mir was Besonderes zum Kosten.« Er holte einen Korkenzieher aus der Schublade des Küchenschranks und entkorkte die Flasche. »Die meisten machen in Langenlois nur Weißwein«, erklärte er dabei. »Aber mein Bruder experimentiert gern.«

Der Wein war dunkel, fast schwarz, und duftete auffallend nach Beeren. Carolin tauchte ihre Nase in das Glas.

»Probieren S' nur.« Brunneder hob sein Glas. »Prost.«

Caro gehorchte. Der Rotwein legte sich wie eine seidige Decke auf ihren Gaumen. Ihm fehlte völlig die herbe Schwere von französischem Rotwein, er war lieblich, ohne süß zu sein, und fruchtig wie gute Marmelade.

»Sehr lecker«, befand sie und nahm noch einen Schluck. Wärme breitete sich in ihrer Magengegend aus, und sie fühlte, wie ihr der Alkohol unmittelbar zu Kopf stieg.

Rosi Brunneder stellte einen Teller vor ihr ab. Zwei dicke Knödelscheiben lagen darauf, goldbraun geröstet und von frischen Salatblättern umgeben. Carolin schnitt eine an, und ein heller See aus schmelzendem Käse quoll hervor. Ein deftiger Geruch breitete sich aus, der Käse war keiner von der milden Sorte. Carolin probierte vorsichtig, aber der Knödel schmeckte weniger herb, als der Geruch hatte befürchten lassen – er war einfach nur aromatisch und sehr lecker.

Rosi setzte sich mit an den Tisch, und Brunneder goss auch ihr Wein ein. »Prost«, sagte sie und hob ihr Glas. »Jetzt bist schon ein Monat da, jetzt sag ma Du.«

»Ich bin der Peter.« Auch Brunneder hob sein Glas.

Ihre Zimmerwirtin ließ ihr keine Wahl, aber tatsächlich fühlte es sich richtig an und half ihr, wieder Boden unter den Füßen zu bekommen. Deshalb antwortete sie: »Gern«, und ließ ihr Glas an die von Peter und Rosi klingen. »Meine Freunde nennen mich Caro.« Sie schaffte schon wieder ein halbes Grinsen. »Und du, Peter, darfst mich auch im Dienst duzen.«

Es war auffallend hell in ihrem Zimmer, als Carolin am nächsten Morgen erwachte. Sie fuhr hoch, warf einen Blick auf die Uhr und erschrak – kurz vor acht, sie hatte verschlafen. Sie wusste auch, warum, es war weit nach Mitternacht gewesen, als sie endlich zu Bett gegangen war, und offenbar hatte sie vergessen, den Wecker einzuschalten.

Sie hatte noch lange mit den Brunneders zusammengesessen, und es war auch nicht bei einer Flasche Wein geblieben. Rosi hatte von ihrem Sohn erzählt, der in Kanada lebte, und Fotos von den beiden Enkelkindern gezeigt, die sie noch nie gesehen hatte. Aber im Herbst würden sie und Peter endlich »hinüberfliegen«, sobald die Hauptsaison vorbei war.

Carolin warf das Federbett zurück, sprang aus dem Bett und lief ins Badezimmer. Nach einer Blitzdusche eilte sie nach unten. Rosi war natürlich schon in der Küche, und sie grinste verschmitzt, als sie Carolin erblickte. »Der Peter ist auch noch da, der kann dich gleich mitnehmen.«

»Das wäre toll«. Caro goss sich eine Tasse Kaffee ein und stürzte sie im Stehen hinunter. »Darf ich?« Sie griff nach einer frischen Semmel, die in einem Brotkörbchen auf der Anrichte lag, auf der Rosi immer das Frühstück für die Gäste vorbereitete.

»Nimm dir, was d' magst.« Rosi tätschelte ihr im Vorbeigehen den Rücken.

Carolins Telefon brummte, es war die Bürgermeisterin. »Frau Halbach, können Sie gleich zu mir ins Büro kommen, bevor Sie in die Bibliothek gehen?«

Carolin verdrehte die Augen. Wusste denn jeder hier im Dorf, dass sie verschlafen hatte? »In Ordnung, ich bin gleich da«, sagte sie.

Peter Brunneder tauchte in der Küchentür auf, nun wieder wie gewohnt gekleidet in Arbeitshosen und grauem Kittel. »Können wir?«, fragte er. »Die Annamirl will mit dir reden.«

Carolin musste lachen. »Ja, ich weiß.« Sie nahm sich im Hinausgehen noch eine Semmel aus dem Korb. »Bis später, Rosi!«

»Haben Sie sich wieder gefangen?« Frau Axamer sah sie besorgt an und führte sie zu einem Stuhl. »Der Herr Brunneder hat mir gesagt, dass Sie das gestern ziemlich mitgenommen hat.«

»Ja, danke. Es geht schon.« Carolin war verwundert. Die Bürgermeisterin neigte normalerweise nicht zu übertriebener Fürsorge.

»Das ist gut.« Frau Axamer nickte und setzte sich Carolin gegenüber. »Wir müssen uns nämlich überlegen, wie wir mit der Presse umgehen.«

»Mit der Presse?« Sie hätte es sich eigentlich denken können.

»Ja, was glauben S' denn? Das steht jetzt schon im Internet! Heut Abend ist es in der Zeitung, und wir müssen schauen, dass das passt, was die da schreiben.«

»Verstehe.« Tatsächlich verstand Carolin nicht wirklich, wovon Frau Axamer sprach. »Haben wir überhaupt die Möglichkeit, das zu beeinflussen?«

Die Bürgermeisterin lächelte wissend. »Ich kenn den Chefredakteur vom *Gasteiner Blatt*, und was der online stellt, schreiben alle anderen dann ab.«

»Ah. Und was soll er schreiben?«

»Wir dürfen auf keinen Fall negative Schlagzeilen machen.« Frau Axamer sprang auf und begann, im

Zimmer auf und ab zu gehen. »Das war ein höchst unglücklicher Zwischenfall, ein großes Malheur, aber nichts, was mit der Bibliothek oder dem Kulturzentrum zu tun hat.«

»Sie wissen aber schon, dass der Polizist gestern Abend die Brötchen sichergestellt hat?«

Die Bürgermeisterin nickte. »Der Brunneder hat's mir gesagt. Ich werde nachher mit dem Valentin reden. Der soll sich nicht so anstellen.«

»Aber …« Carolin sah auf. »Was ist, wenn das Essen wirklich verdorben war? Oder jemand hat das mit Absicht gemacht?«

»Das ist genau der Eindruck, den wir nicht gebrauchen können.« Frau Axamer hob resolut das Kinn. »Solche Gerüchte müssen wir sofort im Keim ersticken.«

»Hm.« Carolin dachte nach. »Vielleicht ging es ja gar nicht um das Zentrum, sondern es war ein Anschlag auf den Professor.« Vor ihren Augen tauchte das Gesicht von Professor Hutter auf, erneut spürte sie die Angst in seinem Blick.

»Blödsinn.« Frau Axamer schüttelte vehement den Kopf. »Wer sollte denn den Hutter umbringen wollen?«

»Ich habe keine Ahnung«, sagte Carolin. »Ich kannte ihn ja kaum.«

»Er war ein sehr angesehener Mann«, erklärte Frau Axamer. »Ein wunderbarer Mensch, ein großzügiger Spender und wirklich beliebt. Alle seine Patienten haben große Stücke auf ihn gehalten.«

»Das bezweifle ich ja gar nicht«, sagte Carolin. »Aber ein Arzt macht sich doch auch schnell einmal Feinde. Denken Sie nur an Kunstfehler oder an missgünstige Kollegen, die ihm seine Position neiden.«

»Ich glaube, Sie lesen zu viele Krimis.« Die Bürgermeisterin grinste schief. »Bei uns im Dorf wird doch nicht gemordet.«

Carolin hob die Schultern. Zumindest in den Krimis, die sie las, war ein dörfliches Umfeld kein Hinderungsgrund für Gewaltverbrechen. Im Gegenteil, in manchen ländlichen Gebieten hatte man das Gefühl, die Menschen müssten längst ausgestorben sein, so viel wie da gemordet wurde.

»Nein, unser Herr Professor hatte bedauerlicherweise einen Herzanfall und ist kurze Zeit später verstorben. Immerhin passierte ihm das im angenehmen Ambiente unserer Bibliothek, was uns allen, besonders unserer neuen Leiterin des Medienzentrums, etwas Trost spendet.« Sie klatschte in die Hände. »So soll er das schreiben.«

»Also wirklich tröstlich finde ich das nicht.« Carolin verzog missbilligend das Gesicht. »Was sagt denn seine Familie dazu? War er verheiratet?«

Frau Axamer machte eine wegwerfende Handbewegung. »Seine Frau wohnt in Salzburg. Die Trutschen lässt sich höchstens dann einmal hier anschauen, wenn's ein Fest im Badeschloss gibt. Unsere Bibliothekseröffnung war ihr offenbar nicht fein genug.«

Carolin schob ihren Stuhl zurück und stand auf. »Wenn ich an Ihrer Stelle wäre, Frau Axamer, würde ich abwarten, bis die offizielle Todesursache feststeht.«

Die Bürgermeisterin sah sie nachdenklich an. »Sie haben ja recht. Aber irgendwas muss das Blattl heute noch schreiben.«

»Dann soll der Redakteur das Ganze wenigstens etwas allgemeiner formulieren und nicht eine Diagnose stellen, die am Ende nicht stimmt.«

»Pfffft«, machte Frau Axamer. »Die stimmt sicher. Sie werden schon sehen.«

Carolin dachte an Valentin Herzinger und dass der Arzt von einem nicht natürlichen Tod gesprochen hatte. Aber vielleicht hatte die Bürgermeisterin recht, das war schließlich alles noch nicht offiziell. Vielleicht war es ja wirklich ein ganz normaler Herzinfarkt gewesen.

Als Carolin wenig später im Kulturzentrum ankam, fand sie ihre beiden Mitarbeiterinnen in der Küche vor. Bei Julia Gschwendtner war das nicht unüblich, doch Frau Krauskopf hatte bisher solch kollegiale Zusammentreffen immer vermieden. Sie schien ehrlich betroffen zu sein, denn sie grüßte Carolin mit geradezu euphorischer Freundlichkeit: »Guten Morgen, Frau Magister.«

Julia war ziemlich blass um die Nase. »Ist des net furchtbar, Frau Halbach?« Ihre Augen waren gerötet. »Wenn ich dran denk, dass ich den gestern no berührt hab! Ich kann ihn direkt no g'spüren unter meine Finger.«

»Es ist wirklich ein schreckliches Unglück.« Carolin schenkte sich eine Tasse Kaffee ein und gab zwei Löffel Zucker dazu. Das tat sie sonst nie, aber heute war ihr danach.

»Gott sei seiner Seele gnädig.« Frau Krauskopf zog ein Taschentuch aus dem Ärmel ihrer Strickjacke und schnäuzte sich. »Dabei war der Herr Professor so ein wundervoller Mann.«

»Sie kannten ihn persönlich?« Carolin sah sie überrascht an.

Ihre Mitarbeiterin neigte den Kopf. »Ich war vor ein paar Jahren bei ihm in Behandlung.« Sie errötete. »Privat.«

»Ach so.« Carolin wartete auf eine nähere Erklärung, aber die blieb aus.

»Mei Schwester arbeit' in der Kurklinik«, sagte Julia. »Die sind da alle ganz fertig wegen der G'schicht.«

»Das kann ich mir vorstellen.« Carolin nahm einen Schluck Kaffee. »Er war ja sehr beliebt, was man so hört?«

Julia nickte heftig, ihre kastanienbraunen Locken wippten. »Die Leut haben ihn richtig verehrt. Egal ob Ang'stellte oder Patienten. Auf den hat keiner was kommen lassen.«

»Ein entsetzlicher Verlust für die Medizin.« Frau Krauskopf tupfte sich geziert die Augen, dann erhob sie sich. »Aber ich muss jetzt trotzdem weitertun. Bei der Historie ist noch immer einiges falsch einsortiert.« Sie warf Julia einen vorwurfsvollen Blick zu und verließ die Küche.

Julia wartete, bis Frau Krauskopf außer Sicht war. »Wenn i's net besser wissert, tät i meinen, sie war in ihn verliebt.« Sie kicherte. »Aber so was gibt's bei der Krauskopf net.«

Carolin sagte nichts dazu, aber im Stillen beneidete sie Julia um ihre Fähigkeit, sich so schnell ablenken zu lassen. »Ich muss auch an die Arbeit«, sagte sie und trank ihren Kaffee aus. »Und du, Julia, hast bestimmt auch zu tun.« Sie öffnete den Kühlschrank, nahm eine Flasche Tonic heraus und griff nach einem Glas, das neben der Spüle zum Trocknen stand.

»Ja klar.« Julia sprang auf. »I mach grad die Bestellungen, die S' ma auftrag'n haben. Heut z' Mittag bin i fertig.«

An ihrem Schreibtisch angekommen, schaffte Carolin es nicht, sich auf ihre Arbeit zu konzentrieren. Sie mailte Revierinspektor Herzinger die versprochene Gästeliste, dann blätterte sie zerstreut in einem Verlagskatalog, der mit der Post gekommen war, aber sie spürte, dass sie in ihrer augenblicklichen Stimmung den Büchern, die im Herbstprogramm erscheinen sollten, nicht gerecht werden würde: Mit den Geschehnissen des Vorabends im Hinterkopf erschienen ihr die bunten Cover der Kriminalromane geradezu als Verhöhnung der Wirklichkeit.

Schließlich klappte sie den Katalog zu. Sie würde noch einmal durch die Räume gehen und sich überzeugen, dass alles fertig und an seinem Platz war, wenn am Montag die ersten Besucher kamen. Mehr brauchte sie heute nicht mehr zu tun.

Ein schmerzhafter Zwischenfall

Pünktlich um eins machte Carolin Schluss. An die freitägliche Kurzarbeit, die in Österreich üblich war, hatte sie sich schnell gewöhnt, und die fehlenden Stunden machte sie problemlos frühmorgens wieder wett. Abgesehen davon, saß ihr auch keine Stechuhr im Nacken, und die Bürgermeisterin hatte mehrfach betont, dass sie ihre Arbeitszeit frei einteilen könne – solange am Ende alles klappte, musste sie niemandem Rechenschaft über ihre Anwesenheitsstunden ablegen.

Die Sonne schien strahlend vom Himmel, und als Carolin aus dem Schatten des Gebäudes trat, meinte sie zum ersten Mal eine Ahnung von Sommer in der Luft zu spüren. Spontan beschloss sie, heute den langen Weg außen herum zu nehmen, ein kleiner Stadtbummel vorbei an den schönen alten Häusern, dafür hatte sie in den letzten Wochen kaum Zeit gehabt. Da gab es zwar nur wenige Geschäfte, denn das eigentliche Zentrum des Dorfs befand sich längst oben rund um den Bahnhof, aber allein der Anblick der hübschen Villen entlang der Straße war den Spaziergang wert.

Irgendwann musste sie sich auch nach einer eigenen Wohnung umsehen. Die beiden Zimmer im Dachgeschoss der Brunneders waren nur als Übergangslösung gedacht, ein Provisorium, bis sie etwas Eigenes fand, aber dass das hier nicht ganz einfach werden würde, hatte sie schon mitbekommen. Viele Wohnungen in und um Bad Gastein dienten betuchten Gästen aus dem Ausland als Zweitwohnsitz, und sogar Einheimische hatten es inzwischen schwer, eine bezahlbare Bleibe zu finden.

Ja, das Wohnen in einem der schmucken Häuser hier am Hang würde ihr schon gefallen. Eine Etage in solch einem Gebäude, ein Balkon mit verschnörkeltem Gitter und dazu die phänomenale Aussicht hinunter ins Tal – traumhaft und nicht zu bezahlen. Aber sie hatte ja Zeit, sie konnte in Haus Sonnenschein bleiben, solange sie wollte, auch gerne über den Sommer, das hatte ihr Rosi Brunneder versichert, und im Herbst, wenn die Saison vorbei war, würde es einfacher werden.

Die Straße wurde schmal und steil, die Hotels drängten sich hier oben eng aneinander. Ein Kleintransporter mit dem Logo eines Handwerksbetriebs an der Seitentür blockierte den Bürgersteig, das Kreischen einer Säge schnitt durch die klare Luft. Offenbar wurde überall gehämmert und gebaut, nicht nur in ihrem Veranstaltungszentrum.

Zwischen zwei Häuserfronten erhaschte sie erneut einen Blick auf die Berge und blieb stehen. Durch den Anstieg war sie etwas außer Atem geraten. Falls sie jemals einen dieser Gipfel aus eigener Kraft erklimmen wollte, musste sie unbedingt besser in Form kommen.

Sie bog nach rechts in eine steile Straße ein und passierte das Hotel Salzburger Hof, da erblickte sie wie als Antwort auf ihre Gedanken ein Fahrradgeschäft. Sie blieb stehen und betrachtete nachdenklich das Schaufenster. Sie besaß ein Fahrrad, ein gutes Hollandrad, das ihr in Düsseldorf treue Dienste geleistet hatte und das nun zusammen mit ihren Möbeln eingelagert war, bis sie eine Wohnung gefunden und ihren Umzug organisiert hatte. Allerdings bezweifelte sie, dass sie es in Bad Gastein wirklich nutzen würde: Es war auf flaches Land ausgelegt, und für hier, wo es kaum einen ebenen Meter gab, gänzlich ungeeignet. Ein neues Fahrrad wäre tatsächlich angebracht.

Doch das Fahrradgeschäft hatte geschlossen, Mittagspause von zwölf bis fünfzehn Uhr – eine weitere sonderbare Angewohnheit der Österreicher. So etwas gab es in Düsseldorf schon lange nicht mehr, aber hier war es bestimmt der Nebensaison geschuldet. Dann würde sie eben später wiederkommen, entschied sie und machte sich zu Fuß auf den Weg zum Haus Sonnenschein.

An ihrem vorübergehenden Zuhause angekommen, fand Carolin Rosi im Garten beschäftigt. Sie kniete am Boden und stach mit einer kleinen Schaufel verdorrte Pflanzen aus. Neben sich hatte sie einen breiten Eimer stehen, gut zur Hälfte gefüllt mit trockenen Erdballen, braunen Blättern und dürren Stängeln. Ächzend richtete sie sich auf, als sie Carolin an der Gartentür sah, und rieb sich den Rücken. »In meinem Alter ist das nix mehr«, stöhnte sie. »Aber wenn ich es nicht mach, macht's keiner.«

»Was ist mit Peter, hilft er dir nicht?«, fragte Carolin.

»Der?« Rosi lachte. »Der hat doch mit dem Garten nix am Hut. Dabei ist der unser Aushängeschild.« Sie deutete auf den Balkon, von dem schon jetzt üppig blühende Geranien hingen. »Wenn ich da nix tu, wie schaut das denn aus!«

»Und was wird das hier?« Carolin nickte zu den Löchern.

»Ich muss nachpflanzen«, erklärte Rosi. »Mir ist die Hälfte von den Stauden übern Winter derfroren, aber gestern war die kalte Sopherl, deshalb kann ich jetzt endlich neue setzen.« Sie deutete mit behandschuhten Händen auf das Beet. »Weißt, so ein Bauerngarten gehört bei uns einfach dazu.«

Carolin blieb neben ihr stehen. »Brauchst du Hilfe?«

»Aber geh.« Rosi lachte. »Du kennst di doch net aus, schau dass d' weiterkommst.«

Carolin konnte dem nicht einmal widersprechen. Üblicherweise hatten Pflanzen, mit denen sie zu tun hatte, nur wenig Aussicht auf ein langes Leben. Aber was Rosi hier ausgrub, war offensichtlich schon tot, also konnte sie nicht viel falsch machen. »Zeig es mir doch einfach.«

»Na, wennst wirklich meinst?« Rosi ließ sich auf die Fersen zurückfallen. »Aber geh di z'erst umziehen. Im Bürog'wand bist mir keine Hilfe.«

Carolin gehorchte. Kurze Zeit später war sie in ihrer ältesten Jeans und einem warmen Pullover zurück. Rosi drückte ihr eine Schaufel und ein Paar Handschuhe in die Hand, die Carolin achtlos zur Seite legen wollte.

»Naa, die musst schon anziehen«, schimpfte Rosi. »Die Stängel da sind giftig. Die greifst mir net mit bloßen Händen an.«

Carolin zog die Nase kraus. »Wieso bitte hast du Giftpflanzen im Garten?«

Rosi lachte. »In so an Bauerngarten wachst einiges, was eigentlich giftig ist.« Sie deutete auf das Beet. »Schau her, der Fingerhut, der Rittersporn und der Sturmhut zum Beispiel, bei die musst aufpassen. Aber ich hab auch echte Heilpflanzen: Frauenmantel, Ringelblumen, Kapuzinerkresse, Kamille. Die kannst sogar essen, die sind g'sund.«

»Hast du nicht Sorge, dass du da mal was verwechselst?«

»Naa. Die kenn i schon auseinander. Aber jetzt zieh deine Handschuh an, sonst wer'n mir heut nimmer fertig.«

Sie wandte sich um und bückte sich nach dem Eimer, der inzwischen ziemlich voll war.

»Lass mich das doch machen«, sagte Carolin.

Rosi wandte den Kopf. »Geht scho.« Sie griff nach dem Behälter und hob ihn an, im nächsten Moment schrie sie auf, ließ den Eimer fallen und hielt sich mit der Hand den Rücken. Zusammengekrümmt blieb sie stehen. »Sakrament, des tuat weh!«

»Rosi, was ist passiert?« Carolin war mit einem Schritt bei ihr.

»Des is mei Hexenschuss«, stieß ihre Zimmerwirtin mit zusammengebissenen Zähnen hervor. »War heut vielleicht doch a weng z'viel.«

Carolin ergriff ihren Arm und half ihr, sich aufzurichten. »Soll ich einen Arzt rufen? Oder müssen wir ins Krankenhaus?«

»Bledsinn, i brauch kan Arzt.« Rosi schüttelte den Kopf, aber ihr Gesicht war schmerzverzerrt. Sie stützte sich schwer auf Carolins Arm, als sie ins Haus humpelte.

»Hast du das öfter?«

»Schon manchmal. Aber nur, wenn i net aufpass.« Rosi dirigierte Carolin ins Wohnzimmer und ließ sich schwer in einen Ohrensessel fallen.

Carolin schaute sich neugierig um, sie war noch nie hier gewesen. Das Zimmer war nicht sehr groß, aber gemütlich eingerichtet: ein Sofa voller bunter Kissen, viel Holz, ein schöner geschnitzter Bauernschrank, eine Wand voller Bücher, ein Fernseher.

»Ich ruf gleich den Wiesmayr an«, sagte Rosi. »Der Peter soll mi nachher hinfahren.«

»Ist das dein Arzt?«

»I sag doch, i brauch koan Doktor.« Rosi schüttelte den Kopf und verzog schmerzvoll das Gesicht. Mit der Hand rieb sie sich den Rücken. »Der Wiesmayr ist ein Therapeut, der renkt mi wieder ein.«

Carolin sah sie besorgt an. Rosi schien starke Schmerzen zu haben, auch wenn sie versuchte, es nicht zu zeigen. »Wann kommt denn Peter nach Hause?«

»Woaß i net.« Rosi zog die Nase kraus. »Des wird jeden Tag später bei ihm, weil er so viel z' tun hat.«

»Soll ich dich nicht fahren?«

»Kannst überhaupt Auto fahren?« Rosi hob den Kopf.

»Natürlich.« Carolin nickte. »Ich habe kein Auto, aber selbstverständlich kann ich fahren.«

Herr Wiesmayr residierte etwas außerhalb von Bad Gastein am Hang des Stubnerkogels. Rosi lotste Carolin erst unter der Bahn durch und an der Seilbahnstation vorbei, dann eine schmale Straße immer weiter nach oben, die an einem ausgesprochen hübschen Holzhaus endete. Direkt dahinter begann offenbar ein Wanderweg zu einer Alm, bunt markiert und deutlich ausgeschildert. Carolin stieg aus und half Rosi aus dem alten Golf, dessen tiefe Sitze es für Rosi nicht einfacher machten. Auf ihren Arm gestützt, humpelte sie auf die Haustür zu.

»Patrick Wiesmayr, Therapeut«, war auf einem geschnitzten Holzschild zu lesen. Noch bevor sie läuten konnte, ging die Tür auf, und ein Mann trat heraus. Er war nicht mehr ganz jung, trug weiße Hosen und ein weißes Shirt und kam Carolin vage bekannt vor. Sie brauchte einen Moment, dann erinnerte sie sich: Es war der Mann mit dem Pferdeschwanz, der mit ihr im Zug gesessen hatte, als sie angekommen war.

Er schien sie ebenfalls zu erkennen, denn er streckte ihr die Hand entgegen. »Sie sind das also«, sagte er. »Ich hab mich schon gefragt, ob ich Sie noch einmal wiedersehe.« Er lächelte herzlich. »Grüß Gott, Wiesmayr ist mein Name. Freut mich wirklich.«

Er schüttelte ihre Hand, sein Händedruck war trocken und warm. »Halbach«, stellte sich Carolin vor. »Ich wohne bei den Brunneders.«

»Sie ist die Leiterin von unserer neuen Bibliothek«, fügte Rosi hinzu.

»Ich hab schon von Ihnen gehört«, sagte Wiesmayr.

»Hoffentlich nur Gutes«, gab Carolin zurück und erwiderte sein Lächeln. Damals, bei ihrer Ankunft, hatte sie seinen Dialekt überhaupt nicht verstanden, nun gab er sich offenbar besondere Mühe. Oder hatte sie sich in der Zwischenzeit eingehört?

»Natürlich nur das Allerbeste, was glauben Sie denn.« Er grinste verschmitzt. »Aber jetzt kümmern wir uns erst einmal um die Rosi und ihren Hexenschuss, nicht wahr?«

Behutsam half er Rosi über die Schwelle. Er bat Carolin, solange im Wartebereich Platz zu nehmen, und verschwand mit ihrer Zimmerwirtin im Behandlungsraum. Carolin vertrieb sich die Zeit, indem sie in den ausliegenden Magazinen blätterte: »Physiotherapie heute«, »Unsere Bergwelt«, »Ganzheitlich heilen« und »Naturpfade in Österreich«.

Eingedenk des Vortrags, den ihr Rosi zuvor gehalten hatte, las sie pflichtschuldig einen Artikel über die Heilwirkung von Gartenpflanzen, dann wanderte sie im Raum herum, sah aus dem Fenster und bewunderte die großartige Aussicht. Ihr wurde bewusst, dass sie in den Wochen, die sie bereits in Bad Gastein war, noch nie aus der Ortschaft herausgekommen war. Das musste sie so bald als möglich ändern, beschloss sie. Auto wollte sie keines, aber sie brauchte unbedingt ein Fahrrad, mit dem sie die Umgebung erkunden konnte.

Endlich kam Rosi wieder heraus. Wiesmayrs Hand lag fürsorglich auf ihrer Schulter, aber Rosi setzte ihre Schritte sicher, und ihr Gesicht wirkte entspannt.

Carolin ging ihr entgegen. »Geht es dir besser?«

»Alles wieder gut«, sagte Rosi und lächelte den Therapeuten dankbar an. »Der Patrick hat wieder einmal ein Wunder vollbracht.«

»Kein Wunder, Rosi«, wiegelte der Mann ab. »Nur ein bisschen eingerenkt und massiert.«

»Wenn i mir denk, wie's mir grad vorhin noch gegangen ist, is das schon ein Wunder.« Rosi bewegte die Schultern zum Beweis.

»Und nicht vergessen, drei Mal am Tag einschmieren«, sagte Wiesmayr und deutete auf den Salbentiegel in Rosis Hand.

»Das vergess i ganz bestimmt net.«

Am nächsten Tag, es war ein sonniger Samstag, machte Carolin ihren Plan wahr und suchte das Fahrradgeschäft auf. Der Besitzer war von der Kundschaft begeistert, was an seinen Preisen liegen mochte, und er beriet sie gut und ausführlich. Sie durfte Proberunden mit verschiedenen Modellen drehen und entschied sich schließlich für einen robusten Allrounder, mit dem sie angeblich auf Straßen und in den Bergen gleichermaßen zurechtkommen würde. Aber das Wichtigste war, das Fahrrad besaß einen Motor. Hatte sie in Düsseldorf die E-Biker noch belächelt, die an den Auffahrten der Rheinbrücken schnurrend an ihr vorbeigezogen waren, erschien ihr der Antrieb hier in den Bergen tatsächlich als lohnende Investition.

Eine Stunde später stand sie um einige Tausend Euro ärmer wieder auf der Straße. Sie schob ihr funkelnagelneues Fahrrad ein paar Meter weiter, dorthin, wo die Straße ebener wurde, setzte den ebenfalls neu erworbenen Helm auf, schwang sich in den Sattel und fuhr los. Das Fahren mit Elektromotor war eine gänzlich neue Erfahrung für sie. Der Verkäufer hatte es blumig als »Fahren mit Rückenwind« beschrieben, aber er hatte recht, es fühlte sich genauso an.

Sie wurde schnell mutiger, trat in die Pedale und genoss die kühle Luft, die ihr ins Gesicht wehte. Bahnhof und Felsentherme flogen regelrecht an ihr vorbei, die Abzweigung zu Haus Sonnenschein ignorierte sie, und bald ließ sie die Häuser von Bad Gastein hinter sich. Der nächste Ort, Böckstein, war winzig. Er bestand nur aus ein paar Häusern abseits der Straße, die sich um eine Kirche scharten, und sie radelte zügig auf der Bundesstraße daran vorbei. Waren bisher kaum Autos unterwegs gewesen, wurde der Verkehr nun auf einmal dichter. Die Straße verlief um eine Kurve, die Autos vor ihr wurden langsamer, stauten sich sogar, sie fuhr an ihnen vorbei, doch dann endete ihr Weg plötzlich und unerwartet an einem Bahnhof. Nun fiel es ihr wieder ein: Ab hier ging es tatsächlich nicht mehr weiter, die Autos wurden auf den Zug verladen und durchquerten das Tauerngebirge auf Schienen und nicht aus eigener Kraft.

Sie kehrte um und folgte in Böckstein der Beschilderung zum Achenweg, den sie entlang des Flusses zurück bis nach Bad Gastein fuhr. Hier waren Fußgänger mit Kindern und Hunden unterwegs, sie musste ständig ausweichen, und weil das keinen Spaß machte, bog sie bei der ersten Gelegenheit in die Siedlung ab, in der sich auch das Haus der Brunneders befand.

Kurz hinter der Kurklinik war sie einen winzigen Moment lang unaufmerksam. Sie lenkte schwungvoll um die Kurve, und im gleichen Moment fuhr ein Auto vom Parkplatz der Klinik auf die Straße. Der Fahrer hatte sie offenbar nicht kommen sehen, und sie musste scharf bremsen. Mit ihrem alten Hollandrad war sie nur selten so schnell gefahren, die Rücktrittbremse hatte ihr immer gereicht, deshalb unterschätzte sie völlig die Kraft der hydraulischen Scheibenbremsen ihres neuen Renners, und es kam, wie es kommen musste: Das Vorderrad blockierte, das Hinterrad rutschte unter ihr weg, und sie stürzte.

Einen Moment lang blieb sie benommen liegen, mehr erschrocken als ernsthaft verletzt, doch als sie sich aufrichtete, durchfuhr ein stechender Schmerz ihren rechten Knöchel.

»Verdammte Hacke«, fluchte sie. »Können Sie nicht aufpassen?«

Der Fahrer des Wagens hatte angehalten und kam auf Sie zu. »Tut mir wirklich leid«, sagte er. »Sie sind so schnell um die Kurve gekommen, ich hab Sie einfach nicht gesehen. Ist Ihnen was passiert?«

»Ich hoffe nicht«, fauchte Carolin und versuchte aufzustehen.

Er ging neben ihr in die Hocke. »Bleiben S' sitzen, ich schau mir das an.« Er griff nach ihrem Fuß und beugte das Gelenk.

»Autsch!«

»Tut das weh?«

»Ja, natürlich!« Carolin sah ihn wütend an. »Ich hoffe, Sie sind wenigstens Arzt«, stieß sie hervor.

Er lachte. »Das bin ich tatsächlich.« Er reichte ihr die Hand. »Kommen Sie mit, ich werf gleich einen Blick drauf.« Er deutete zum Klinikgebäude.

»Ich dachte, das ist nur eine Kurklinik«, sagte Carolin und ließ sich von ihm auf die Beine helfen.

»Ja eh.« Er richtete ihr Fahrrad auf. »Normal behandeln wir auch keine Notfälle. Aber nachdem ich an Ihrem Unfall sozusagen mit schuld bin, mach ich für Sie eine Ausnahme.«

»Okay.« Sie nickte dankbar. Das war bestimmt einfacher, als am Samstagnachmittag einen Arzt zu finden oder gar nach Schwarzach ins Krankenhaus zu fahren. Sie nahm den Helm ab und griff nach dem Lenker.

»Geht's?«, fragte der Arzt besorgt. »Können S' auftreten?«

Sie nickte und stützte sich auf ihr Fahrrad, das den Sturz offenbar besser überstanden hatte als sie. Mit zusammengebissenen Zähnen humpelte sie hinter ihm her.

Der Arzt führte sie zu einem Seiteneingang des Gebäudes und steckte eine Chipkarte in das Lesegerät neben der Glastür. Caro lehnte ihr Fahrrad an die Hauswand und sperrte es ab.

»Ich hoffe, das wird hier nicht geklaut.«

»Aber nein.« Er winkte sie weiter. »Das ist der Eingang für die Angestellten. Da passiert schon nichts.«

Caro hoffte, dass er recht behielt. Das fehlte gerade noch, wenn sie zur Krönung ihres ersten Ausflugs auch noch das Fahrrad verlor!

Sie folgte ihm langsam einen langen, weiß gestrichenen Flur entlang. Der Knöchel schmerzte ziemlich, sie trat vorsichtig auf und hielt sich am Handlauf fest. Schließlich öffnete der Arzt eine Tür und ließ ihr den Vortritt. Dahinter befand sich ein geräumiges Untersuchungszimmer mit Waschbecken, Liege und einem kleinen Schreibtisch, auf dem ein Bildschirm stand.

»Setzen Sie sich dahin«, sagte er und deutete auf die Liege.

Caro ließ sich dankbar darauf nieder und streckte ihm den lädierten Fuß entgegen. Er nahm auf einem Hocker Platz, öffnete ihre Schnürsenkel und zog ihr behutsam den Schuh und die Socke vom Fuß. Carolin zog zischend die Luft durch die Zähne ein.

»Tut's so weh?« Er tastete den Knöchel ab, der bereits sichtbar angeschwollen war, und bewegte das Gelenk vorsichtig in alle Richtungen.

Carolin hielt die Luft an.

»Stehen Sie bitte mal auf und gehen S' ein paar Schritte.«

Carolin gehorchte. Es tat ziemlich weh, aber es war auszuhalten.

»Gut. Stellen Sie sich auf die Zehenspitzen. Klappt das?«

Sie versuchte es und konnte tatsächlich ihr Gewicht auf dem Ballen balancieren.

»Hervorragend. Dann ist nichts gebrochen oder gerissen.« Er öffnete einen Schrank und nahm eine knallrote elastische Binde heraus. »Ich mach Ihnen einen Stützverband, und Sie legen das Bein zu Hause gleich hoch. Wenn es sehr wehtut, können Sie auch eine Schmerztablette nehmen.« Konzentriert begann er, ihren Fuß zu bandagieren.

Carolin betrachtete ihn. Er war etwa in ihrem Alter, schätzte sie. Ganz nett sah er aus mit seinem dunklen Haar und den warmen braunen Augen. Sein unverbindliches Ärztelächeln erinnerte sie auf einmal frappant an ihre zerbrochene Beziehung in Düsseldorf, obwohl Ralf nicht Arzt, sondern Rechtsanwalt gewesen war. Hätte er sich damals von seiner Frau getrennt und sich für sie entschieden, hätte sie ihre Heimatstadt bestimmt nicht verlassen. Ob dieser Arzt wohl auch verheiratet war? Bestimmt, in dem Alter waren sie es doch alle. Oder sie hatten eine grobe Macke, mit der erfahrungsgemäß auf Dauer schwierig klarzukommen war. Sie seufzte laut.

Er sah hoch und blickte sie besorgt an. »Was ist los?«, fragte er. »Ist der Verband zu fest?«

Sie schüttelte den Kopf. »Nein, alles in Ordnung«, sagte sie. »Sie haben mich nur gerade an jemanden erinnert.«

»Ach so.« Er ging nicht darauf ein. »Das hätten wir. Soll ich Ihnen mit dem Schuh helfen?«

»Ich schaffe das schon.« Sie bückte sich und unterdrückte ein Stöhnen, während sie den Socken über den Verband zog. Als sie sich wieder aufrichtete, hatte sie auch ihre Fassung wiedergefunden. »Danke.«

»Keine Ursache.« Er musterte sie. »Soll ich Ihnen noch Schmerztabletten mitgeben? Oder haben Sie was daheim?«

»Ja. Nein. Also ja, bitte.« Sie presste die Lippen zusammen. Sie konnte es überhaupt nicht leiden, wenn ein Mann sie nervös machte.

Er holte eine Packung Tabletten aus dem Schrank und drückte sie ihr in die Hand. »Schaffen Sie es bis nach Hause? Wo wohnen Sie denn?«

»Es ist nicht weit.« Sie erhob sich und schob die Tabletten in die Gesäßtasche ihrer Jeans. »Nur die Straße hinunter, im Haus Sonnenschein.«

Der Arzt nickte. »Wenn's schlimmer wird, müssten Sie ins Krankenhaus nach Schwarzach fahren. Die machen dann ein Röntgen, das darf ich hier nicht.«

»In Ordnung. Aber es tut schon jetzt nicht mehr so weh.« Es stimmte. Mit dem Verband fühlte sich der Fuß viel besser an.

»Wenn Sie möchten, können S' gern nächste Woche noch einmal vorbeikommen zum Verbandswechsel«, sagte er. »Falls Sie dann noch da sind.« Offenbar hielt er sie für eine Touristin. »Ich hab am Montag wieder Dienst. Fragen S' einfach nach mir, Hunold heiß ich. Bruno Hunold.«

»Mal sehen.« Nein, so bald würde sie sich nicht wieder auf einen Mann einlassen, da mochte er noch so nett tun. Erst recht nicht, wenn er sie so sehr an Ralf erinnerte. »Aber danke für das Angebot.«

Rosi kam ihr im Vorgarten entgegen, als sie ihr Fahrrad durch das Gartentor schob. Carolin vergewisserte sich mit einem Seitenblick, ob ihre Zimmerwirtin nicht womöglich wieder im Garten gearbeitet hatte, aber offenbar hatte sie sich geschont, denn der Bauerngarten lag noch genauso da wie nach ihrem Malheur mit dem Hexenschuss.

Ihr Hinken war Rosi nicht entgangen. »Carolin, was ist denn passiert?« Sie schlug die Hände zusammen. »Hast gleich an Stern g'rissen mit dem neuen Radl?«

Carolin hob fragend die Augenbrauen. »Ich bin gestürzt«, stellte sie klar. »Einer der Ärzte von der Kurklinik hat versucht, mich über den Haufen zu fahren.«

»Na, zum Glück hat er's net g'schafft.«

»Aber nur knapp.« Caro konnte schon wieder lachen. »Dafür hat er mich auch direkt verarztet.« Sie zog ihr Hosenbein hoch und deutete auf den Verband. »Ist zum Glück nichts gebrochen.«

»Komm eina.« Rosi hielt ihr das Gartentor auf. »Gib mir des Radl. Ich stell's nach hinten in Schuppen. Kriegst nachher den Schlüssel.«

»Danke.« Über die Unterbringung ihres Fahrrads hatte sich Carolin noch gar keine Gedanken gemacht. »Kann man es da auch aufladen?«

»Ich sag's dem Peter nachher, wenn er kommt. Der soll dir den Strom hinlegen.«

Carolin humpelte auf die Haustür zu. Ohne das Fahrrad, an dem sie sich festhalten konnte, war das Gehen doch recht mühevoll. Mit Grauen dachte sie an die steile Treppe, die hoch zu ihrem Zimmer führte.

»Jetzt kommst erst einmal mit in die Küche«, bestimmte Rosi, die sie im Flur einholte. »Der Valentin ist da.«

»Valentin?«

Tatsächlich. Der Revierinspektor saß auf dem Platz, an dem sie sonst immer beim Frühstück saß. Er war in Zivil, trug ausgeblichene Jeans und trotz der nach wie vor kühlen Temperaturen nur ein T-Shirt. Vor ihm standen eine Kaffeetasse und ein Teller mit Krümeln von dem Apfelkuchen, den Rosi gestern gebacken hatte.

»Grüß Ihnen, Frau Halbach«, sagte er.

»Hallo, Herr Herzinger.« Sie blieb in der Tür stehen, unsicher, ob sie sich einfach dazusetzen sollte.

»Jetzt hock dich schon hin«, sagte Rosi, resolut wie immer. »Valentin, rutsch ein Stückerl, die Carolin hat einen wehen Fuß.«

Der Polizist gehorchte, und Rosi wies auf den frei gewordenen Platz auf der Eckbank. »Ich stell dir den Sessel hin, dann kannst dein Fuß hochlegen. Und ich mach dir einen Eisbeutel.«

Carolin ließ sich stöhnend auf die Bank sinken. Sie fühlte sich wie zerschlagen. Offenbar hatte sie sich bei ihrem Sturz nicht nur den Fuß verletzt. Auch der Ellenbogen und die Schulter, auf die sie gefallen war, schmerzten inzwischen.

»Die Caro hat sich ein E-Bike 'kauft«, erklärte Rosi.

»Und damit sind S' gleich hing'flogen?«, fragte Herzinger. Sein Tonfall machte deutlich, was er von Zugereisten aus Deutschland hielt, die in Sneakers auf elektrifizierten Fahrrädern in den Bergen unterwegs waren.

»Ich wurde fast überfahren«, stellte sie richtig. »Es war nicht meine Schuld.«

»Ja dann ...« Er grinste schief. »Wollen S' Anzeige erstatten?«

Carolin schüttelte den Kopf. »Aber nein.«

»Der Valentin ist mei Neffe«, erklärte Rosi und reichte Carolin eine Tasse Kaffee. »Magst auch was vom Kuchen?«

»Ja, gern«. Carolin hatte über den Kauf des Fahrrads und den Unfall völlig das Mittagessen vergessen. Nun spürte sie deutlich den Hunger.

Der Polizist mit den roten Haaren war also Rosis Neffe. Seine Sommersprossen bedeckten auch seine Unterarme, stellte sie fest. Sie nahm einen Schluck von ihrem Kaffee und lächelte Rosi dankbar an, als sie ihr einen Teller hinstellte.

»Lass dir's schmecken.«

Rosi holte einen Stuhl für Carolins Bein und ein Coolpack aus dem Kühlschrank, dann kam sie mit der Kaffeekanne und füllte die Tassen nochmals auf. Endlich setzte sie sich ebenfalls. Sie umfasste die dickwandige Tasse, als ob sie sich die Hände daran wärmen wollte.

»Gibt's scho was Neues vom Hutter?«, fragte sie den Polizisten.

Herzinger nickte. »Stell dir vor, Tante Rosi, der ist tatsächlich vergiftet worden.«

»Nein.« Caro erstarrte mitten in der Bewegung, die Gabel mit dem Kuchen in der Hand. »Womit denn?«

»Des wird no analysiert.« Er hob die Schultern. »Wahrscheinlich erfahren wir's heut Abend.«

»Und die Brötchen?« Carolin legte die Gabel zur Seite.

»Die hab ich heut z'Mittag nach Salzburg 'bracht«, antwortete Herzinger. »So wie's ausschaut, war des Gift da drin. War schon gut, dass ich die gleich sicherg'stellt hab.«

Carolin nickte langsam. »Allerdings.«

»Morgen in der Früh kommen zwei Kollegen vom LKA aus Salzburg. Die werden sich um alles Weitere kümmern.«

»Ach, Sie ermitteln hier gar nicht selbst?«

»Doch, schon. Aber bei Kapitalverbrechen sind halt die zuständig. Vor allem wenn's um was Politisches geht.«

»Wie kommen Sie auf ein politisches Motiv?« Carolin sah ihn erstaunt an.

»Was soll's denn sonst sein?« Er runzelte die Brauen. »Wenn das Buffet vergiftet war, hätt es ja jeden Gast treffen können. Das sieht mir ganz nach einem Anschlag aus.«

»Aber warum? Wer um alles in der Welt sollte so etwas tun?«

»Verrückte gibt's immer«, sagte Rosi lakonisch. »Die Annamirl hat sich ja nicht nur Freunde g'macht mit der G'schicht um die Stadthalle. Und wer weiß schon, was in so einem kranken Hirn vorgeht.«

»Das kann ich mir beim besten Willen nicht vorstellen.« Carolin schüttelte nachdrücklich den Kopf. »Das Kulturzentrum ist doch ein großartiges Projekt, wer sollte da etwas dagegen haben?«

»Na zum Beispiel der Leuwen, der frühere Besitzer«, erwiderte Herzinger. »Der war schon ziemlich ang'fressen wegen der Frau Axamer ihrer Aktion.«

»Was hat sie denn getan?«

»Eigentlich war das eine Erpressung, was die Frau Bürgermeister da g'macht hat.« Er verzog das Gesicht. »Wie die Stadthalle unter Denkmalschutz gestellt worden ist, hat sie dem Leuwen jede Menge Auflagen erteilt. Das, was er vorg'habt hat, die Seilbahnstation und die Shopping-Mall, das wär dann nicht mehr 'gangen. Da sind ihm die Geldgeber abg'sprungen, und am End ist ihm nichts anderes übrig 'blieben, als zu verkaufen.«

»Die Seilbahnstation hätt er auch schon vorher net bauen können«, mischte sich Rosi ein. »Für die Stützen von seiner Seilbahn hätt ma zwei Hotels abreißen müssen.«

»Stimmt. Deswegen hat er dann ja auch gar nix mehr g'macht.«

Carolin erinnerte sich an die Bilder im Internet. »Aber man kann doch so ein Gebäude mitten im Zentrum nicht einfach verfallen lassen. Das ist schließlich auch nicht richtig.«

»Stimmt scho.« Herzinger schob die Krümel auf seinem Teller zusammen. »Trotzdem hat's viele bei uns 'geben, die lieber was Moderneres im Stadtzentrum g'habt hätten. Die Abstimmung im Gemeinderat war damals echt knapp, und mich tät's nicht wundern, wenn einer versucht, die ganze Idee mit dem Kulturzentrum zu sabotieren.«

»Aber wegen so etwas bringt man doch niemanden um.« Carolin konnte sich das nicht vorstellen. »Außerdem hätten bei einem richtigen Anschlag doch mehr Menschen erkranken müssen.«

»Was weiß ich. Vielleicht sollt ja auch gar keiner sterben, und der Professor hat einfach Pech g'habt und mehr von dem Zeug erwischt, als der Attentäter geplant hat.«

»Und Sie sind ganz sicher, dass nicht doch Herr Hutter das Ziel war?«

Herzinger schüttelte den Kopf. »Wie soll denn das gehen? Dass ausgerechnet der Hutter eines von den vergifteten Broterln vom Buffet nimmt und sonst keiner, das kann doch keiner vorausplanen.«

»Hm.« Carolin dachte nach. »Kennen Sie das Buch *Morphium* von Agatha Christie? Da glaubte man doch auch, dass das Sandwich vergiftet war, und in Wahrheit war es im Tee.«

Herzinger hob die Brauen, seine Augen funkelten. »Ich denk da eher an *Nikotin*. Da ist der Pfarrer auch ganz willkürlich vergiftet worden.«

»Sie lesen Agatha Christie?« Das hätte Carolin von einem Polizisten nicht gedacht.

»Naa.« Er schüttelte den Kopf. »Ich hab nur den Film im Fernsehen g'sehen.« Mit spöttischem Grinsen hob er die Schultern. »In die Krimis steht doch nur Blödsinn über die Polizeiarbeit drin.« Er trank seinen Kaffee aus und schob sich von der Bank. »Und in echt gibt's auch keine privaten Schnüffler.« Er wandte sich zur Tür. »Gute Besserung, Miss Marple.«

Carolin starrte ihm nach. Hatte er sie soeben Miss Marple genannt? Unwillkürlich musste sie grinsen.

Miss Marple erinnert sich

Den Sonntagvormittag verbrachte Carolin mit ihrem E-Book-Reader und einem neuen Krimi auf dem Sofa. Der Fuß war dabei gar nicht so sehr das Problem, der lag gut auf dem hässlichen Couchtisch und tat nur noch mäßig weh. Es war der große Bluterguss, der sich über ihre komplette rechte Seite zog und ihr wirklich zu schaffen machte. Die Rippen schmerzten bei jedem Atemzug, und den Arm zu heben, versuchte sie gar nicht erst.

Zu Mittag kam Peter Brunneder zu ihr hoch und brachte ihr etwas zu essen. »Die Rosi hat Germknödel g'macht«, sagte er und stellte den dampfenden Teller auf den Tisch. »Sie meint, du musst was essen.«

Caro schnitt eine Grimasse, aber die Idee war sicher nicht schlecht. Sie hatte schon zwei von den Schmerztabletten auf leeren Magen genommen, und eine weitere würde ihr wahrscheinlich mehr schaden als nutzen. »Danke dir.«

»Hast alles, was d' brauchst? Genug zum Trinken vor allem?« Er schaute besorgt auf sie herunter.

»Ja, es geht schon. Wirklich. Danke.« Seine Fürsorge war ihr peinlich. Bei Rosi hatte sie kein Problem damit, aber bei Peter störte es sie. »Gibt es schon etwas Neues von unserem Todesfall?«, fragte sie.

Seine Miene verdüsterte sich. »Die zwei vom LKA waren vorhin da. Wollten sich alles genau anschauen, wo der Empfang war und wo das Buffet g'standen ist.«

»Wieso hast du mir nicht Bescheid gesagt?« Caro setzte sich auf und sah ihn vorwurfsvoll an. »Das wäre doch meine Aufgabe gewesen.«

Er deutete auf ihren Fuß und schüttelte den Kopf. »Mit dem kaputten Fuß? Du kurier di schön aus, musst ja morgen fit sein zur Eröffnung.«

Sie ließ die Schultern hängen. »Ja, du hast wahrscheinlich recht. Danke.« Sie erhob sich ächzend vom Sofa. »Haben die LKA-Leute etwas gesagt?«

»Net viel.« Peter sah ihr zu, wie sie zum Tisch hinüber hinkte. »Die Gästeliste hat ihnen schon der Valentin 'geben. Sie haben sich nur alles zeigen lassen und ein paar Fotos g'schossen.«

»War auch die Spurensicherung da?«

Peter Brunneder schüttelte den Kopf. »Bringt ja nix, nachdem am Freitag in der Früh die Putzfrau alles sauber g'macht hat.«

»Stimmt.«

»Die werden eher beim Eberhardter alles umdrehen«, fuhr er fort. »Weil irgendwie muss des Gift ja in die Broterln 'kommen sein.«

Eberhardter war der Caterer, daran erinnerte sich Carolin. Sie nickte. »Kann es nicht vielleicht doch eine Lebensmittelvergiftung gewesen sein?«

»Was weiß ich.« Peter Brunneder machte eine unwirsche Geste. »Komisch ist halt, dass von die anderen niemand was g'habt hat.«

»Ja, darüber habe ich mir auch schon Gedanken gemacht.« Sie setzte sich an den Tisch. »Aber Herr Herzinger wollte das nicht hören.«

Peter Brunneder zwinkerte ihr zu. »Die Polizei weiß doch immer alles besser.« Er wandte sich zur Tür. »Ich muss wieder runter. Rufst halt, wenns d' noch was brauchst.«

»Mache ich!« Sie nahm Messer und Gabel zur Hand. »Und – danke. Auch an Rosi.«

»Ich werd's ausrichten.«

Am Nachmittag ging es Carolin deutlich besser, der Fuß tat kaum noch weh. Nur ihre rechte Seite schmerzte noch immer, und die Schulter fühlte sich steif an. Sie hätte viel für eine Badewanne gegeben; der Gedanke, sich im heißen Wasser zu entspannen, war verlockend. Doch halt, befand sie sich nicht in einem Badeort, der für seine Thermalquellen bekannt war? Vor lauter Arbeit im letzten Monat war sie noch nicht einmal dazu gekommen, die Felsentherme aufzusuchen, das öffentliche Schwimmbad, dessen Wasser von den heilkräftigen, heißen Quellen gespeist wurde. Das würde sie heute nachholen.

Sie nahm das Fahrrad, denn der Fuß tat beim Treten in die Pedale weniger weh als beim Laufen, und es war ja zum Glück nicht weit.

Als sie das Gebäude betrat, stieg ihr ein bitter-salziger Geruch in die Nase, der ihr schon bei ihrer Ankunft in Bad Gastein aufgefallen war. Inzwischen hatte sie sich so daran gewöhnt, dass sie ihn nicht mehr wahrnahm, doch hier, wo das mineralreiche Wasser die warme Luft schwängerte, war er deutlich spürbar.

Obwohl die Sommersaison noch nicht begonnen hatte, war das Bad gut besucht. Sie fand eine freie Liege, legte ihr Handtuch darauf und ging ins Wasser. Im ersten Moment empfand sie es als kühl, doch schon nach ein paar Schwimmstößen war es ihr fast zu warm. Sie wandte sich der Schleuse zu, die das Becken mit dem Außenbereich verband, und schwamm nach draußen. Unwillkürlich hielt sie den Atem an. Das Wasser war hier sogar noch eine Spur wärmer, aber die Luft war kalt und prickelte auf ihrer nassen Haut. Wirklich atemberaubend war jedoch die Aussicht. Die Berge erhoben sich ringsherum und schienen näher als sonst, ihre höchsten Gipfel waren sogar jetzt im Mai noch schneebedeckt. Langsam schwamm sie weiter bis zur Mitte des Beckens. Dort legte sie sich auf den Rücken, ließ sich treiben und blickte hoch in einen vergissmeinnichtblauen Himmel. Sie spürte, wie sie sich entspannte, tiefer und besser, als es das temperierte Wasser allein je geschafft hätte.

Während sie so in den warmen Fluten trieb, begannen sich auch ihre schmerzenden Muskeln zu lockern. Sie bewegte ein wenig die Schultern und schaute hinauf zur massiven Betonfassade des Felsenbades, die vom gleichen Architekten gestaltet worden war wie die ehemalige Stadthalle. Gewöhnungsbedürftig, aber nichtsdestotrotz beeindruckend, befand sie und dachte an das Kulturzentrum, das große Projekt der Bürgermeisterin, von dem so viel für Bad Gastein abhing. Morgen sollte die Bibliothek für die Allgemeinheit geöffnet werden, noch mit eingeschränkten Öffnungszeiten, bis die Hauptsaison begann, quasi als Test für den großen Ansturm, der ab Ende Juni erwartet wurde.

Unwillkürlich gingen ihre Gedanken zurück zur Eröffnungsfeier und dem schrecklichen Todesfall. Ob Revierinspektor Herzinger und seine Kollegen schon etwas herausgefunden hatten? Sie schloss die Augen und ließ den Abend nochmals Revue passieren. Die schön gekleideten Menschen, das wirklich appetitliche Buffet. Es erschien ihr immer noch unerklärlich, warum nur ein einziger Besucher dabei zu Schaden gekommen war. Ob das der von Herzinger vermutete Attentäter wirklich so geplant hatte? Vielleicht hatte der rothaarige Inspektor recht, es sollte gar niemand sterben, sondern nur mehrere Menschen erkranken. Dann hätte der Arzt einfach riesiges Pech gehabt und zu viele von den vergifteten Brötchen gegessen.

Sie richtete sich auf und betrachtete ihre Hände. Die Finger waren runzelig und aufgeweicht, sie musste ins Trockene. Wie lange hatte sie hier im warmen Wasser gelegen? Die Sonne war hinter den Bergen verschwunden, ihr Magen meldete sich, sie hatte Hunger und Durst.

Fröstelnd wickelte sie sich in ihren Bademantel und machte sich auf die Suche nach der Snackbar, auf die ein Schild am Eingang hingewiesen hatte. Sie fand sie im oberen Stockwerk und suchte sich einen Platz am Fenster. Von der Galerie aus hatte sie einen schönen Blick auf die Anlage des Felsenbads. Sie bestellte Kaiserschmarren und ein Tonic, und es dauerte nicht lange, bis ein maskierter Kellner mit ihrem Getränk kam. Er balancierte eine einzelne kleine Flasche auf einem runden Tablett, daneben stand ein Glas, und er stellte beides mit einer angedeuteten Verbeugung vor ihr ab.

Scharf sog sie die Luft zwischen den Zähnen ein. Natürlich, der Kellner! Da war doch diese kleine Szene gewesen, als ein Kellner während der Eröffnungsveranstaltung die Flasche mit dem bestellten Tonic an ihr vorbei zu Professor Hutter gebracht hatte. Wenig später hatte sie ihre Flasche bekommen. Sie hatte die kleine Begebenheit völlig vergessen. Nun erinnerte sie sich ganz deutlich daran, und im Licht der späteren Ereignisse erschien sie ihr auf einmal merkwürdig.

Ihr Schmarren kam, sie aß ihn schnell und ohne die Aufmerksamkeit, die er verdiente, denn mit ihren Gedanken war sie ganz woanders. Dann zahlte sie und verließ eilig die Bar. Die Visitenkarte mit Herzingers Handynummer lag zu Hause auf dem Tisch, und sie hatte das Gefühl, dass sie ihm das unbedingt erzählen musste.

»Ah, die Miss Marple«, sagte Revierinspektor Herzinger, als sie ihren Namen nannte. »Was kann ich für Sie tun?«

»Sie für mich gar nichts«, gab Carolin zurück. »Aber mir ist etwas eingefallen.«

»Am End noch ein Krimi?«

Sie konnte den Spott in seiner Stimme deutlich hören. »Nein, Herr Herzinger«, antwortete sie schnippischer als beabsichtigt. »Ich möchte eine Aussage machen.«

»Eine Aussage?« Er lachte. »Na, das muss ja was Wichtiges sein, wenn S' mich deswegen am Sonntagabend anrufen.«

»Ich denke schon.« Sie holte tief Luft, dann erzählte sie ihm von der Begegnung mit dem Kellner, der sie damals keine Bedeutung beigemessen hatte.

Herzinger tat das auch nicht. »Ich hab Ihnen doch schon beim letzten Mal gesagt, dass das Gift in den Broten nachg'wiesen worden ist. Das war ganz eindeutig dasselbe Gift, an dem der Professor Hutter gestorben ist.«

»Weiß man denn schon, was es war?«, fragte Carolin.

»Kein Morphium und auch kein Nikotin«, gab er zurück. »Es war Eisenhut.«

Caro schluckte. »Der ist ziemlich giftig, nicht wahr?«

»Des kann man wohl sagen. Da reichen schon ein paar Milligramm, um wen umz'bringen.«

»Dann wundert es mich umso mehr, dass nicht mehr Menschen Symptome gezeigt haben«, erwiderte Carolin. »Wie erklären Sie sich denn das?«

»Ganz einfach.« Herzinger klang unwirsch. »Offensichtlich waren net alle Brote vergiftet, und der Professor hat einfach Pech g'habt.«

»Was spricht denn bitte dagegen, die Tonic-Flaschen auch zu untersuchen?«

»Die san doch scho längst weg«, brummte Herzinger. »Das ist vier Tag her, da haben wir keine Chance mehr. Selbst wenn wir das wollten.«

»Sie sollten wenigstens den Kellner dazu befragen.«

»Sagen Sie mir net, was wir zu tun haben.« Er schnaufte aufgebracht. »Außerdem haben die Kollegen vom LKA schon mit dem Personal g'redt.«

»Aber die wissen doch gar nichts von meiner Beobachtung.«

»Ich werd sie zu Protokoll nehmen.« Sie hörte ihn im Hörer lachen. »Dank Ihnen schön, Miss Marple«, sagte er und beendete das Gespräch.

Carolin starrte ihr Telefon an. Sie hatte nicht den Eindruck, als habe er ihre Aussage sonderlich ernst genommen.

Am Montagmorgen war Carolin noch früher unterwegs als sonst. Immerhin öffnete die Bibliothek heute ihre Türen, und erfahrungsgemäß gingen an wichtigen Tagen im letzten Moment noch Dinge schief, an die zuvor keiner gedacht hatte. Bei dem Gedanken an die vielen Treppen des Wasserfallweges wurde ihr allerdings flau im Magen.

So weit war ihr lädierter Knöchel noch nicht wieder hergestellt, als dass sie sich den zutrauen würde.

Kurzerhand nahm sie den »Dienstweg«, der ihr durch Peter Brunneder schon vertraut war: Sie fuhr mit dem Fahrrad bis zum Parkhaus und von dort mit dem Aufzug nach unten in das historische Zentrum des Orts. Das Fahrrad nahm sie trotz des Verbotsschildes im Aufzug mit und erntete damit prompt irritierte Blicke eines Mannes, der unten auf die Kabine wartete.

Das Fahrrad war auch der Grund dafür, dass sie nicht wie sonst den Weg über den Vorplatz zum Haupteingang des Kulturzentrums nahm. Stattdessen bog sie in eine schmale, überdachte Zufahrt zwischen dem Gebäude und dem benachbarten Hotel Sponfeldner ein, die an der Brüstung des rückwärtigen Balkons endete. Auf halbem Weg befand sich der Eingang zu einem Lagerraum, zu dem sie einen Schlüssel hatte, weil hier die schweren Bücherkisten aus der alten Schulbücherei zwischengelagert wurden.

Doch genau diese breite Tür war versperrt. Ein schwarzer Lieferwagen parkte mit geöffneter Schiebetür vor dem Zugang, und zwar so dicht, dass sie mit ihrem Fahrrad nicht daran vorbeikam. An der Fahrertür erkannte Carolin das rote Logo des Caterers.

Sie lehnte ihr Fahrrad gegen die Wand und quetschte sich an dem Lieferwagen vorbei. Flaschen klirrten, ein Mann tauchte rückwärts aus dem Dunkel auf. Begleitet von gläsernem Scheppern rangierte er eine Sackkarre an die Schiebetür des Transporters. Carolin erkannte einen hohen Turm von Getränkekästen, es waren leere Proseccoflaschen, soweit sie das im Halbdunkel erkennen konnte.

»Herr Eberhardter?«, fragte sie auf gut Glück.

Der Mann stellte seine schwankende Fracht ab und wandte sich zu ihr um. »Der bin ich.« Er musterte sie erstaunt. »Und Sie?«

Sie streckte ihm die Hand hin. »Ich bin Carolin Halbach, die Leiterin der Bibliothek.«

»Ah, Sie san des.« Er nickte und erwiderte ihren Händedruck. »Woin S' mit Eanam Radl eini? I bin glei fertig.«

Carolin hatte Mühe, seinen Dialekt zu verstehen. »Ist das hier das Leergut vom Empfang am Donnerstag?«, fragte sie.

»Jo freili.« Er griff nach dem obersten Kasten und wuchtete ihn in den Laderaum. »Am Freitag haun i koa Zeit g'habt zum Foar'n.« Er ruckte mit dem kantigen Kinn in Richtung Lager. »Des is d' letzte Fuhr, daun bin i glei weg.«

»Nein.« Carolin hielt ihn am Ärmel fest. »Bitte laden Sie die Flaschen wieder ab.«

»San S' deppert?« Der Mann schüttelte ihre Hand ab. »I haun wirkli koa Zeit für so was.«

»Die Polizei wird die leeren Flaschen untersuchen wollen«, sagte sie. »Warten Sie wenigstens so lange, bis ich Herrn Herzinger angerufen habe.«

Herr Eberhardter schnaubte entrüstet. »Daun rufen S' eam scho an. Aber dalli. I haun a no wos onderst zum Tuan.«

Carolin konnte nur raten, was er meinte, aber sie zog ihr Telefon aus der Tasche. Der Revierinspektor meldete sich nach dem ersten Läuten. »Miss Marple!«, begrüßte er sie jovial. »Haben S' noch was entdeckt?«

Carolin ging nicht darauf ein. »Ich stehe hier mit Herrn Eberhardter, dem Caterer, am Kulturzentrum«, sagte sie. »Er verlädt gerade das Leergut vom Donnerstag und will es wegbringen.«

»Was sagen S' da?« Plötzlich klang Herzinger aufgeregt. »Das ist ja super! Halten S' ihn auf, i bin glei da!«

»In Ordnung«, sagte Carolin, aber der Polizist hatte schon aufgelegt. Offenbar fand er ihre Theorie heute Morgen nicht mehr so abwegig, und sie fragte sich, was wohl passiert war, das ihn zum Umdenken bewogen hatte.

Sie steckte das Telefon weg und ging zurück zu Eberhardter. Der hatte sich inzwischen eine Zigarette angezündet und blies ihr den Rauch ins Gesicht. »Und? Wos is hiatz?«

»Sie müssen warten«, sagte Carolin mit fester Stimme. Mit der Hand wedelte sie den Rauch weg. »Herr Herzinger ist gleich hier.«

»Und wer zoit ma de Zeit, wo i do ummasteh?«

»Es wird hoffentlich nicht lange dauern.« Carolin machte eine beschwichtigende Geste. »Aber Sie können die Flaschen in der Zwischenzeit auch schon abladen. Herr Herzinger wird sie bestimmt mitnehmen wollen.«

»Ah wos.« Eberhardter paffte an seiner Zigarette. Dann warf er sie weg und wandte sich seinem Wagen zu. »Aber des zoin S' ma«, brummte er.

»Na, ich bestimmt nicht.« Carolin wies in den Lagerraum. »Kann ich mein Fahrrad schon hineinschieben?«

Er schnaubte, aber er kam um den Transporter herum, setzte sich auf den Fahrersitz und fuhr den Wagen ein Stück zur Seite. Carolin bugsierte ihr Fahrrad durch die Lücke und lehnte es in der Ecke an die Wand. »Stört es Sie, wenn ich es hier stehen lasse?«, fragte sie höflich. Sie hatte keine Lust auf Streit mit dem Mann.

»Naa, des geht scho.« Ruppig zerrte er die erste Getränkekiste von der Ladefläche, Flaschen klirrten. Carolin hörte ihn unterdrückt fluchen.

Von draußen erklang die Sirene eines Polizeiwagens und kam rasch näher. Sie trat wieder aus der Tür und sah Revierinspektor Herzinger schwungvoll in die Zufahrt einbiegen. Selbst wenn er gewollt hätte, wäre Eberhardter nun nicht mehr weggekommen.

Herzinger sprang aus dem Auto. Er nickte ihr nur zu und wandte sich sofort an Eberhardter. »Nix mehr angreifen«, schnauzte er ihn an. »Das sind alles Spuren.«

Eberhardter erstarrte mitten in der Bewegung, dann knallte er den Getränkekasten, den er gerade in der Hand hielt, dem Polizisten vor die Füße. »Daun moch da dein Scheiß hoit söba!«

Carolin unterdrückte ein Grinsen. »Brauchen Sie mich noch?«, fragte sie in Richtung Herzinger.

Der schüttelte den Kopf. »Ich komm nachher noch zu Ihnen«, sagte er. »Aber erst muss ich die Beweismittel sicherstellen, die der Herr Eberhardter noch nicht vernichtet hat.«

Carolin nahm den kurzen Weg über den Balkon, der sich an der Rückseite des Gebäudes entlangzog. An der Außentreppe lümmelten zwei von den Bauarbeitern in gips- und farbverschmierter Arbeitskleidung an der Brüstung und rauchten. Als sie sie erblickten, drückten sie hastig die Zigaretten aus und verschwanden nach drinnen. Carolin stieg die Treppe nach unten und betrat die Bibliothek durch den Technikraum, der sich an den Flur anschloss, in dem auch ihr Büro lag. Die Bürgermeisterin stand mit dem Rücken zu ihr im Gang, wie immer chic gekleidet in einem Trachtenrock, das Haar zu einer geflochtenen Krone aufgesteckt. Sie fuhr herum, als sie die Tür ins Schloss fallen hörte.

»Wo kommen Sie denn her?«

Carolin hob die Brauen. »Gibt es ein Problem?«

»Aber nein.« Frau Axamer trat von Carolins offener Bürotür zurück.

Carolin schloss ihr Büro nie ab, aber dass die Bürgermeisterin einfach den Raum betrat, wenn sie nicht da war, störte sie auf einmal. Demonstrativ ging sie vor ihrer Chefin durch die Tür und setzte sich hinter ihren Schreibtisch. »Was kann ich für Sie tun?«, fragte sie kühl.

»Jetzt seien S' net gleich eing'schnappt«, sagte Frau Axamer und ließ sich auf das rote Sofa fallen. »Ich wollt doch nur auf Sie warten.«

»In meinem Büro?«

Frau Axamer rang in einer übertriebenen Geste die Hände. »Sind S' denn überhaupt nicht nervös?«

Carolin sah auf die Uhr, sie hatten noch eine halbe Stunde, bis die ersten Besucher kamen. *Es wird alles gut gehen, es wird alles klappen,* betete sie sich stumm vor. »Nein, warum sollte ich?«, gab sie laut zurück und verkniff sich jede Regung.

»Es wär halt menschlich«, antwortete Frau Axamer und verzog den Mund zu einem schiefen Lächeln. »Immerhin ist heute ein wichtiger Tag für uns. Und Sie kommen da rein wie immer und lassen Ihnen nichts anmerken.«

Carolin starrte auf einen Punkt, der sich etwas über Frau Axamer an der Wand befand, und spannte die Kiefer an. Vierzig Jahre preußische Konditionierung ließen sich nicht so ohne Weiteres ablegen. Schließlich holte sie tief

Luft und sah der Bürgermeisterin in die Augen. »Natürlich bin ich nervös, was glauben Sie denn.«

»Na, da bin ich aber froh.« Frau Axamer lachte trocken auf. »Ich hab schon gedacht, Sie sind ein Roboter.«

»Nein.« Carolin schüttelte den Kopf. »Aber da, wo ich herkomme, zeigt man das nicht so.«

»Und ich hab geglaubt, die Leut aus Düsseldorf sind alles rheinische Frohnaturen.«

»Das sind sie ja auch.« Carolin grinste schief. »Immer und überall, ganz egal, wie es ihnen wirklich geht.«

»Wir Österreicher sind da schon lockerer«, meinte Frau Axamer. »Zumindest, wenn wir uns ein bisserl kennen.«

Carolin nickte. Diesen Eindruck hatte sie auch gewonnen. Die Menschen hatten ihr gegenüber erstaunlich wenig Vorbehalte gezeigt. Aber natürlich waren die Gasteiner auch durch den Tourismus an Fremde gewöhnt – in anderen Regionen mochte das anders sein.

»Revierinspektor Herzinger ist übrigens unten und stellt gerade die Getränkeflaschen vom Empfang am Donnerstag sicher«, sagte Carolin.

Frau Axamer sah sie erstaunt an. »Wieso erst jetzt?«

Carolin zuckte mit den Achseln. »Die Polizei ging davon aus, dass das Gift in den Brötchen war«, antwortete sie. »Ich habe Herrn Herzinger schon gestern auf die Getränke hingewiesen, aber bis heute Morgen hat er das geflissentlich ignoriert.«

Die Bürgermeisterin lachte trocken. »Unsere Polizei. Die denken allen Ernstes, dass das ein politisches Attentat war. Können Sie sich das vorstellen?«

»Nein, das kann ich tatsächlich nicht glauben.« Carolin schüttelte den Kopf. »Ich hoffe immer noch, dass es irgendeine harmlose Erklärung dafür gibt.«

»Ja, genau, die verrennen sich da in was.« Frau Axamer beugte sich vor und senkte die Stimme. »Daran ist nur der Sepp schuld.«

Caro hob die Augenbrauen. »Sepp?«

»Na, der Josef Pechheim. Das ist der Vorsitzende von der Opposition im Gemeinderat. Der war von Anfang an gegen dieses Projekt.« Die Bürgermeisterin umfasste mit einer Handbewegung das ganze Gebäude. »Hier unten wollt er ein Clublokal eröffnen und statt der großen Konzerthalle einen Partybunker. Und das Café im Erdgeschoß hätt er gern an McDonald's vermietet.«

»Ah.« Carolin erinnerte sich an den geschniegelten Schnurrbart, vermutlich Julias Freund, der sie beim Empfang so überaus herzlich begrüßt hatte. »Partybunker ist ja ein ganz schönes Kontrastprogramm.« Das Konzept der Bürgermeisterin gefiel ihr deutlich besser, ganz abgesehen davon, dass sie dieser Planung ihre wunderbare neue Arbeitsstelle in Bad Gastein verdankte.

»Der Sepp war bei dieser Idee auch nicht ganz uneigennützig. Dem gehört die große Diskothek in Badbruck, und er hätt zu gern noch eine Dependance hier oben am Straubinger Platz aufgemacht.« Frau Axamer schüttelte sich. »Aber das ist genau das Publikum, das wir hier nicht mehr wollen.«

Carolin nickte. »Ich weiß.«

»Jedenfalls hat der den zwei Kieberern vom LKA gesteckt, dass es gegen die Bibliothek angeblich Widerstand in der Bevölkerung gegeben hätt. Was natürlich Blödsinn ist. Aber jetzt machen die mir den kompletten Gemeinderat narrisch und bringen unser Kulturzentrum in Verruf.«

»Kann denn Herr Pechheim ernsthaft etwas gegen das Projekt unternehmen?«

»Nein, natürlich nicht.« Frau Axamer seufzte. »Das ist alles unter Dach und Fach, und das Eröffnungskonzert in drei Wochen wird wie geplant stattfinden. Aber im Herbst sind Gemeinderatswahlen, und schlechte Publicity kann ich grad überhaupt nicht brauchen.«

Carolin erschrak. Zwar war sie bei der Gemeinde angestellt und nicht bei Frau Axamer persönlich, aber schließlich war ihr Dienstvertrag auf Betreiben der Bürgermeisterin zustande gekommen. Falls Frau Axamer tatsächlich nicht wiedergewählt wurde, hatte das womöglich auch für sie Konsequenzen. Auf einmal wurde ihr kalt.

»Was würde denn mit der Bibliothek passieren, wenn Sie die Wahl verlieren?«, fragte sie.

»Die wird schon bleiben. In der ganzen Sache steckt schon zu viel Geld drin.« Frau Axamer hob die Schultern. »Aber ob ein anderer Bürgermeister Sie behalten wird, kann ich Ihnen nicht versprechen. Weil die Idee, eine Deutsche zu nehmen statt jemanden von hier, hat auch nicht jedem g'schmeckt.«

Carolin glaubte, ihren Ohren nicht zu trauen. »Das heißt, wenn Sie nicht wieder Bürgermeisterin werden, bin ich meinen Job los?«

»Aber nein«, beruhigte sie Frau Axamer. »Wenn das hier läuft wie geplant und die Leute das Kulturzentrum über den Sommer gut annehmen, dann mache ich mir um Sie gar keine Sorgen.«

»Verstehe.« Dass ihre Arbeitsstelle so unmittelbar mit der Person der Bürgermeisterin zusammenhing, war ihr bis eben noch nicht klar gewesen. »Ich sehe nur nicht, was wir in der Sache mit Herrn Hutter unternehmen können. Das ist schließlich Aufgabe der Polizei.«

»Aber ich.« Die Bürgermeisterin sprang auf. »Wenn die von der Polizei zu blöd sind, die Wahrheit herauszufinden, dann müssen halt Sie das übernehmen.«

»Ich?« Carolin sah ihre Chefin überrascht an. »Wie stellen Sie sich das denn vor?«

»Na, Sie sind neu hier.« Frau Axamer strahlte sie an. »Sie kennt noch keiner, Sie können sich blöd stellen und ganz unauffällig mit den Leuten reden und was rausfinden. So wie in den Krimis.«

Carolin lachte trocken auf. »Nur weil ich gern Krimis lese, bin ich doch noch lange keine Kriminalistin.«

»Ah geh.« Die Bürgermeisterin wischte ihren Einwand weg. »Sie sind doch eine kluge Frau. Sie finden bestimmt was, das die Herren Polizisten übersehen haben. So wie bei den Flaschen vom Eberhardter.«

Carolin dachte an Revierinspektor Herzinger und an seine Abneigung gegen Hobbydetektive. Immerhin stand auch ihr Job auf dem Spiel, also sollte sie tatsächlich etwas unternehmen. Vielleicht erfuhr sie ja wirklich etwas, das die Leute der Polizei nie sagen würden. So wie bei Miss Marple.

»Na gut.« Sie erhob sich ebenfalls. »Ich glaube zwar nicht, dass ich viel tun kann, aber ich werde auf alle Fälle Augen und Ohren offen halten.« Sie deutete auf ihre Armbanduhr. »Aber nun müssen wir nach oben gehen und unsere Bibliothek eröffnen.«

Auf dem weitläufigen Platz vor der ehemaligen Stadthalle warteten bereits einige Leute darauf, dass sich die Türen öffneten. Carolin und die Bürgermeisterin sahen sich einen Moment lang an. Frau Axamer hob den Daumen, dann zogen sie gleichzeitig die beiden Glastüren auf.

Man hatte sich entschieden, die eigentliche Eröffnung der Bibliothek ohne weitere Feierlichkeiten stattfinden zu lassen. Entsprechende Broschüren, die auf das Angebot des Medienzentrums hinwiesen, lagen seit letzter Woche im Kulturbüro, in der Touristeninformation und in allen großen Hotels aus. Frau Axamer gefiel der Gedanke, so zu tun, als hätte es das Kulturzentrum schon immer gegeben.

Die Leute kamen einzeln und in Grüppchen herein. Das Foyer war zur linken Seite hin durch große, bedruckte Plakatwände abgesperrt, auf denen das Gebäude aus allen möglichen Perspektiven abgebildet war und die unauffällig die Baustelle an der Veranstaltungshalle verbargen. Außerdem dirigierten sie die Besucher direkt auf die große Treppe zu, wo Schilder nach unten zur Lounge und zum Medienzentrum wiesen.

Am Eingang zur eigentlichen Bibliothek stand Julia und strahlte übers ganze Gesicht. »Endlich geht's los«, flüsterte sie, als Carolin an ihre Seite trat. »Ich hab's schon gar nimmer erwarten können!«

Carolin legte ihr spontan den Arm um die Schulter und drückte sie kurz. »Mir geht es genauso«, murmelte sie.

Frau Krauskopf saß hinter dem Tresen und musterte die hereinströmenden Menschen. Ihrem Gesichtsausdruck war nicht zu entnehmen, was sie dachte. Wie hatte man es mit ihr nur so lange in der Schulbücherei ausgehalten? Oder kam sie mit Kindern einfach besser klar?

Die Bürgermeisterin war einer kleinen Gruppe von Besuchern in den Heimatsaal gefolgt, in dem Originalausgaben von Karl Heinrich Waggerl und Maria Zittrauer neben Bildern berühmter Gasteiner aus dem Skisport und einer Handschrift von Franz Schubert ausgestellt waren. In den Bücherregalen standen Fotobände, Naturführer, Heimatromane und Regionalkrimis.

Carolin hörte Frau Axamers Stimme, die den Leuten etwas zur Architektur des Gebäudes erklärte, während sie selbst den Besuchern ein Stockwerk tiefer ins Reich der Bücher folgte: lange, dunkle Regale, die bunte Buchrücken umrahmten, dazwischen Lesetische aus hellem Holz und ganz hinten, an der Fensterfront, ihr Lieblingsort: der kleine Lesesaal mit mehreren Reihen von Pulten, der inspiriert war von den stillen Hallen einer großen Universitätsbibliothek und Ruhe zum Arbeiten versprach. Angeblich hatte ihn der verstorbene Herr Hutter persönlich finanziert, weshalb die Bürgermeisterin vorgeschlagen hatte, ihn den »Professor-Hutter-Saal« zu nennen.

Herta Krauskopf kam die Treppe herab, im Schlepptau eine Mutter mit zwei kleinen Kindern. »Die Spiele sind im untersten Stock«, erklärte sie freundlich und deutete die Stufen hinunter. »Sie können gleich hier bei uns spielen oder sich was ausleihen.«

Die Frau nickte dankend und verschwand mit den Kindern nach unten. Frau Krauskopfs Lächeln war wieder verschwunden, als sie sich zu Carolin herumdrehte. »Der Herr Revierinspektor will mit Ihnen reden«, sagte sie und deutete vage nach oben.

»Danke.« Carolin wies auf die Infotheke zwischen den Bücherregalen. »Besetzen Sie bitte solange den Infopoint?«

Frau Krauskopf nickte knapp und wandte sich mit hängenden Schultern ab.

Langsam stieg Carolin die Treppe hoch. Ihr Knöchel hatte wieder zu schmerzen begonnen, und sie hielt sich bei jeder zweiten Stufe am Handlauf fest.

Herzinger lehnte an der Ausgabe und sprach mit Julia, die inzwischen hinter dem Tresen saß. Carolin nickte dem Polizisten zu, und er folgte ihr in ihr Büro.

»Bitte.« Carolin wies auf die Besucherecke.

Herzinger setzte sich und nahm wie beim letzten Mal die Dienstmütze ab.

Sie blieb vor ihrem Schreibtisch stehen und lehnte sich gegen die Tischkante. Wenn sie sich jetzt setzte, kam sie am Ende nicht mehr hoch. »Haben Sie alles sicherstellen können?«, fragte sie.

Er schien sich nicht daran zu stören, dass er zu ihr hochblicken musste. Er lehnte sich lässig zurück und streckte die Beine aus. »Ja, ich glaub schon.« Er grinste schief. »Gut, dass Sie so schnell geschaltet haben.«

»Wie kommt es, dass Sie die Getränke nun doch für wichtig halten?«

»Ganz einfach.« Er sah sie aufmerksam aus seinen sehr blauen Augen an. »Die Toxikologen haben ausg'rechnet, dass in den Brötchen zu wenig Gift drin war, als dass man einen Menschen damit hätt umbringen können. Außerdem ist das Zeug so bitter, das hätt keiner freiwillig g'schluckt.«

»Dann stellt sich aber die Frage, wieso das Gift überhaupt in den Brötchen war.« Carolin hob die Brauen. »Vielleicht ein Ablenkungsmanöver?«

»So schaut's aus.« Herzinger nickte. »Bis jetzt sind wir davon ausgegangen, dass praktisch jeder das Buffet vergiften hätt können. Aber wenn das Gift wirklich in dem Toniczeugs war, dann ist das ein ganz anderer Personenkreis.«

»Sie glauben, es war der Kellner?«

»Entweder er oder einer vom Personal, der Zugang zum Getränkelager hat. Jedenfalls stehen wir jetzt wieder ganz am Anfang.«

Es klopfte an der Tür, und Julia steckte den Kopf herein, ohne eine Antwort abzuwarten. »Frau Halbach, könnten S' amol kommen, bitte? Bei der Verbuchung funktioniert was net.«

Carolin schnitt eine Grimasse. Es wäre ja zu schön gewesen, wenn am ersten Tag alles auf Anhieb klappte. »Ich komme gleich«, sagte sie.

Julia verschwand, aber sie ließ die Tür offen.

Carolin sah den Polizisten an. »Wenn es sonst nichts mehr gibt ...«

»Nur eine Sache noch. Können S' den Kellner vielleicht beschreiben?«

Carolin schüttelte den Kopf. »Tut mir leid. Ich habe nicht weiter auf ihn geachtet. Außerdem hat er ja eine Maske und eine Kappe getragen, so wie die anderen vom Personal auch.«

»Na dann.« Herr Herzinger stand auf. »Ich muss jetzt eh die Flaschen nach Salzburg bringen. Aber wenn Ihnen noch was einfallt, dann rufen S' mich an, ja?«

Carolin nickte. Sie wartete, bis er ihr Büro verlassen hatte, dann hinkte sie hinaus zum Tresen. Sie hatte gedacht, dass die junge Frau ein Problem mit dem Computer hatte, aber tatsächlich verweigerte eines der Verbuchungsterminals im Vorraum den Dienst. Das war mehr als ärgerlich, denn sie besaßen nur zwei davon, und wenn eines nun schon kaputt war, würden Julia Gschwendtner und Herta Krauskopf spürbar mehr zu tun bekommen.

Sie rückte mit Julias Hilfe das Gerät von der Wand, nahm die rückwärtige Verkleidung ab und entdeckte sofort den Fehler: Das Kabel, das das Lesegerät mit dem Computer verband, hatte sich gelöst. Sie steckte es wieder ein, auf dem Bildschirm erschien ein Fenster, das den Kontakt bestätigte. Zufrieden nickte Carolin. Sie prüfte noch einmal die Festigkeit der Verbindung, dann schloss sie die Abdeckung und schob das Gerät wieder an seinen Platz. Als sie sich aufrichtete, durchfuhr ihren Knöchel ein schmerzhafter Stich, aber sie ignorierte ihn.

Im Geiste machte sie sich eine Notiz, dass sie mit den Leuten von der Reinigungsfirma sprechen musste. Diese Geräte waren eigentlich sehr robust, aber einer übereifrigen Putzfrau hatten sie offenbar nicht viel entgegenzusetzen.

Der Wunderheiler

Am Nachmittag ertappte Peter Brunneder Carolin dabei, wie sie ihren Knöchel in der Küche mithilfe einer Flasche Mineralwasser zu kühlen versuchte. Inzwischen tat nicht nur der Fuß weh, sondern auch ihr Rücken streikte. So faszinierend sie das in den Steilhang errichtete Bauwerk fand, das ständige Treppensteigen war heute zu viel für sie gewesen.

»Magst net heimgehen?«, fragte Peter. »Die Bibliothek hat eh schon zu.«

»Es ist doch erst vier«, antwortete Carolin. »Und ich habe noch genug zu tun.«

»Aber so bringt das doch nix«, widersprach Peter. »Du solltest besser zum Doktor gehen.«

»Blödsinn.« Carolin schüttelte den Kopf. »Ich bin nur zu viel herumgelaufen. Heute Abend lege ich den Fuß hoch, und wenn Rosi mir noch einen Eisbeutel macht, dann wird das schon.«

Er sah sie zweifelnd an. »Dann sag ich der Rosi schon einmal Bescheid.«

Carolin biss die Zähne zusammen und nickte. Es tat wirklich ziemlich weh.

»Und ich nehm dich nachher mit dem Auto mit. Das Radl kannst im Lager stehen lassen.«

Peter Brunneder hatte seine Ankündigung wahr gemacht und darauf bestanden, dass Carolin statt mit dem Fahrrad mit ihm nach Hause fuhr. Im Stillen war sie ihm dankbar dafür, denn inzwischen konnte sie den Knöchel kaum noch belasten. Auch wenn sie das ungern zugab, war sie mehr als erleichtert, als sie in sein Auto einstieg, das er bis vor den Haupteingang gefahren hatte.

Zu ihrer Überraschung bog er hinter dem Bahnhof in Richtung Stubnerkogelbahn ab. »Wo fahren wir hin?«, fragte sie.

»Zum Wiesmayr«, antwortete Peter. »Die Rosi hat ihn angerufen. Der soll sich das anschauen.«

»Na, danke auch, dass ich gar nicht gefragt werde.« Sie stieß die Luft durch die Nase aus.

»Wirst sehen, das ist besser so.«

Carolin schwieg. Wahrscheinlich hatten Peter und Rosi sogar recht, aber sie hasste es, wenn etwas, das sie betraf, über ihren Kopf hinweg bestimmt wurde.

Als sie vor Wiesmayrs Haus ankamen, eilte Peter Brunneder beflissen um das Auto herum, um ihr beim Aussteigen zu helfen, doch sie wies ihn brüsk zurück. »Ich bin nicht gebrechlich«, fauchte sie. »Ich habe nur einen kaputten Fuß.«

»Ist schon gut.« Peter trat einen Schritt zurück und hob beschwichtigend die Hände.

Carolin tat es sofort leid. »Entschuldige. Ich mag es einfach nicht, wenn ich so betüddelt werde.«

»Ja, das ist nicht zu übersehen.« Er zwinkerte ihr zu, und sie musste trotz der Schmerzen lachen.

Sie stemmte sich aus dem Beifahrersitz und hielt sich an der Tür fest, bis sie ihr Gleichgewicht fand. Peter reichte ihr seinen Arm. Nun doch dankbar hielt sie sich an ihm fest, während sie mit zusammengebissenen Zähnen auf das Haus zuhumpelte.

Noch bevor Peter den altmodischen Türklopfer betätigen konnte, ging die Tür auf, und der Therapeut stand vor ihnen. Er begrüßte Peter mit Handschlag, dann ergriff er Carolins Ellenbogen und führte sie nach drinnen.

»Ich wart im Auto«, rief Peter ihr nach.

Sie wandte den Kopf. »Danke!«

Mit Wiesmayrs Hilfe gelangte sie ohne weiteren Unfall in sein Behandlungszimmer. Es war komplett mit Holz vertäfelt, das angenehm süßlich duftete. An den Wänden hingen Abbildungen des menschlichen Körpers und Nachdrucke von alten botanischen Zeichnungen. Ein wuchtiger Schreibtisch nahm die komplette Ecke des Raums ein, darauf ein kleiner Laptop, ein dickes, ledergebundenes Buch, ein Telefon sowie eine Tasse mit dampfendem hellgrünem Tee. Der Therapeut wies auf eine Liege mit einem runden Ausschnitt am Kopfende, und erleichtert ließ sich Carolin fallen.

»Dann schauen wir uns das einmal an«, sagte Wiesmayr. Er nahm eine hellblaue Chirurgenmaske aus einer Schublade an seinem Schreibtisch und setzte sie auf, bevor er vor ihr in die Hocke ging und ihr Schuh und Socken auszog. Seine Finger waren warm und kräftig, als er das Gelenk abtastete, und es tat erstaunlicherweise kaum weh. Erst als er den Knöchel vorsichtig zur Seite bog, schnappte sie nach Luft.

»Das ist eine Überdehnung der Seitenbänder«, sagte er. »Eigentlich geht das schnell vorbei, wenn man ihnen ein bisserl Ruhe gönnt.«

»Ich fürchte, ich bin heute zu viel rumgelaufen«, gab Carolin zu.

Er drückte gegen die weiche Stelle unterhalb des Gelenks, und Carolin keuchte auf. »Da ist ein kleiner Erguss drin, deshalb tut das so weh«, sagte er. »Aber das haben wir gleich.« Mit einer schnellen Bewegung ergriff er ihre Beine und hob sie auf die Liege. »Drehen Sie sich auf die Seite. Ich werd Ihnen das wegmassieren.«

Er setzte sich ans Ende der Liege, legte ihren Fuß auf seinen Oberschenkel und drückte die Fingerspitzen gegen den Knöchel. Caro schloss die Augen. Es tat weh, aber es war auszuhalten. Seine Finger bewegten sich schnell und beständig, und es erinnerte sie an das Gefühl, barfuß über runde Kieselsteine zu laufen. Nach zehn Minuten klopfte er drei Mal mit der flachen Hand gegen ihre Fußsohle und sagte: »Fertig. Probieren Sie mal.«

Sie richtete sich auf und ließ sich vorsichtig von der Liege gleiten. Der Schmerz im Knöchel war verschwunden. Sie belastete den Fuß, es zog noch ein wenig, aber der Unterschied zu vorher war deutlich spürbar.

»Es ist großartig.« Sie lächelte ihn dankbar an. »Rosi hat recht, Sie können Wunder wirken.«

»Keine Wunder.« Er schüttelte den Kopf und erhob sich. »Ich hab Therapeutenhände, das ist alles.«

Er ging an einen Schrank und öffnete ihn. Carolin erblickte ein regelrechtes Arsenal von Fläschchen, Tiegeln und Gläsern. Er fuhr mit den Fingern eines der Fächer entlang und entnahm eine kleine weiße Dose sowie ein Röhrchen aus braunem Glas. Er reichte ihr beides.

»Mit der Salbe schmieren Sie den Knöchel drei Mal am Tag ein. Wenn Sie es vier Mal schaffen, ist es auch nicht verkehrt. Und von dem da nehmen Sie heute und morgen alle zwei Stunden fünf Kugerln. Das hilft gegen die Schwellung.«

Caro hob die Brauen. Von Homöopathie hielt sie eigentlich nicht viel. Aber die Massage des Therapeuten hatte schon fast etwas Magisches gehabt. Vielleicht würde es nicht schaden, auch seinen Zauberkügelchen zu vertrauen.

Tags darauf ging es Carolin deutlich besser, der Bluterguss tat kaum noch weh, und ihr Knöchel fühlte sich fast wieder normal an. Was auch immer der Therapeut in diese Salbe gemischt hatte, die kühl nach Kampfer und Minze roch, es hatte funktioniert, und sie war guter Dinge, den Tag heute problemlos überstehen zu können.

Während sie sich anzog, hatte sie das Fenster geöffnet und genoss die frische Morgenluft, die hereinströmte. Als sie den Tannenhäher krächzen hörte, holte sie ein paar Erdnüsse und legte sie auf die Fensterbank, wie sie es bei Rosi gesehen hatte.

Es dauerte nicht lange, und der braune Vogel kam herangesegelt und landete keinen Meter von ihr entfernt. Er zögerte kurz, offenbar war ihm die neue Futterstelle noch nicht geheuer, doch Carolin bewegte sich nicht. Sein schwarzes Knopfauge schien ihr zuzuzwinkern, dann nahm er eine Nuss mit dem Schnabel und flog wieder hinüber zur Zirbe.

Da ihr Fahrrad noch am Kulturzentrum stand, ließ sie sich heute wieder von Peter Brunneder chauffieren. Die Sonne lachte von einem blassblauen Himmel, die Luft war noch kühl, doch es versprach, ein schöner Tag zu werden. Peter dagegen schien schlechter Laune zu sein. Er zog ein missmutiges Gesicht und war wortkarg, was sie sonst gar nicht von ihm kannte.

»Was ist los?«, fragte sie, während sie auf den Aufzug warteten.

»Ach, in letzter Zeit geht auf der Baustelle alles schief.« Er machte eine unwirsche Handbewegung. »Letzte Woche, wie's so geregnet hat, da hat einer die Fenster im hinteren Stiegenhaus offen g'lassen, und alles war unter Wasser. Und vorhin haben s' mich angerufen, dass heut Nacht eine Sicherung g'flogen ist, jetzt waren die Bautrockner ohne Strom, und die Maler können net weitermachen.« Er schüttelte den Kopf. »Wenn ich's net besser wissert, tät ich sagen, da will uns wer Ärger machen.«

»Du denkst ernsthaft an Sabotage?«

Er kratzte sich den Bart. »Naa, eigentlich net. Es sind ja nie großen Sachen, es ist einfach nur lästig.«

Der Aufzug kam, sie stiegen ein, und Peter drückte auf das »E«.

»Ist denn noch mehr passiert?«

Er nickte. »Am Anfang waren's nur Kleinigkeiten. Einmal war ein frisch verlegtes Kabel wieder rausg'rissen, dann haben s' zwei Paletten mit Fliesen vertauscht. Immer wieder ist Baumaterial verschwunden, aber das ist ja normal, und Werkzeug war auch ständig kaputt. Da hab ich mir aber noch nix dabei gedacht. Auf einer so großen Baustelle passiert halt immer was, und bis jetzt hab ich ja alles selber reparieren können.«

»Und jetzt ist das anders?«

»Ich hab das Gefühl, die Sachen werden immer depperter. Als ob's einer drauf anlegt.« Er fuhr sich mit den Fingern durch die kurzen grauen Haare. »Nächste Woche ist die Abnahme von der Baupolizei. Bis dahin muss die spinnerte Bühnentechnik endlich funktionieren. Sonst könn ma gleich wieder zusperren, bevor ma richtig aufg'sperrt haben.«

Sie waren unten angekommen und traten aus der Kabine. Carolin musste an ihren Bruder denken, der sehr gutes Geld damit verdiente, dass Bühnentechnik gern im unpassendsten Augenblick versagte. Hoffentlich hatte Frau Axamer recht, und es war wirklich alles »unter Dach und Fach«. Denn wenn es tatsächlich jemandem gelänge, die Eröffnung des Veranstaltungszentrums zu sabotieren, wäre dem ehrgeizigen Projekt die schlechte Publicity gewiss.

Pünktlich um zehn öffnete die Bibliothek wieder ihre Tore. Heute waren etwas mehr Menschen gekommen, ganz so, als ob es sich herumgesprochen hätte, dass es hier etwas Neues gab. In erster Linie waren es Einheimische, wie Carolin unschwer am Dialekt erkannte, hauptsächlich ältere Leute, aber auch zwei kichernde Schulmädchen, die sich mit großen Augen umschauten. Carolin fragte sich unwillkürlich, warum sie nicht in der Schule waren.

Julia saß am Tresen am Empfang und warf jedem, der die Bibliothek betrat, ein strahlendes Lächeln zu. Das, was Frau Krauskopf an Freundlichkeit gegenüber den Besuchern fehlte, hatte Julia schon fast zu viel. Aber Carolin war es lieber so als andersherum.

Sie ging die Treppe hinunter zum Büchersaal, wo Frau Krauskopf wieder Dienst am Infopoint tat. Stirnrunzelnd war sie in den Computer vertieft und schenkte den Leuten, die an dem kleinen Tresen vorbeiliefen, keine Aufmerksamkeit. Ganz offenbar hatte die Eröffnung der Bibliothek nichts an ihrer abweisenden Laune geändert.

»Grüß Gott, Frau Krauskopf«, ertönte es hinter ihr. Die beiden Schulmädchen waren ebenfalls die Treppe heruntergekommen.

Herta Krauskopf sah hoch, und ihr Gesicht wurde weich. »Ja, grüß euch«, begrüßte sie die beiden Mädchen. »Die Tina und die Maria, das g'freut mich aber!« Sie stand sogar auf und kam um das Pult herum. »Was machts ihr denn bei uns, habts ihr keine Schule?«

Carolin staunte. So hatte sie ihre Mitarbeiterin noch nie erlebt. Sie ging weiter und blieb hinter dem nächsten Regal stehen.

»Wir haben Supplierstund, Frau Krauskopf«, hörte Carolin. »Da haben wir uns denkt, wir schau'n uns die neue Bücherei amol an.«

»Das ist schön. Schauts euch nur um, und wenns was brauchts, fragts mich einfach.«

»Danke, Frau Krauskopf.« Kichernd verschwanden die beiden Mädchen die Treppe nach unten.

Carolin sah den beiden überrascht hinterher. Mit jungen Leuten schien Frau Krauskopf keine Probleme zu haben. Nachdenklich musterte sie die hängenden Schultern ihrer Mitarbeiterin. Sie hatte wieder hinter dem Bildschirm Platz genommen und war in ihre übliche griesgrämige Schweigsamkeit zurückgefallen. Die Bücher störte das nicht weiter, aber die Besucher hatten einen freundlicheren Umgang verdient, und zwar alle, nicht nur die jungen. Aber vielleicht waren junge Leute die Lösung für Frau Krauskopfs Problem, überlegte sie. Darüber sollte sie bei Gelegenheit mit Frau Axamer sprechen.

Kurz nach fünf machte Carolin Schluss. Sie versperrte die Glastüren zur Bücherei und verließ das Gebäude durch den Haupteingang, den sie ebenfalls abschloss. Die Handwerker hatten eigene Schlüssel, sie kamen und gingen durch diverse Hinter- und Nebeneingänge.

Carolin fühlte sich irgendwie beschwingt, als sie in der kühlen Abendluft ihr Fahrrad bestieg. Nicht dass es hier schon warm gewesen wäre, die Temperatur kam kaum über zehn Grad, aber tagsüber hatte die Sonne schon Kraft und gab ihr einen ersten Vorgeschmack auf den Sommer in den Bergen. Carolin genoss die frische Luft nach den langen Stunden im Gebäude und nahm den weiten Weg außen herum, sanft unterstützt von ihrem Motor, der sie die Kaiser-Franz-Josef-Straße hochschob. Der heutige Tag in der Bibliothek war gut verlaufen, nichts war schiefgegangen, und sie freute sich auf einen ruhigen Abend.

Als sie sich dem Haus der Brunneders näherte, sah sie einen Mann am Gartentor stehen. Sie musste zweimal hinsehen, bis sie Revierinspektor Herzinger erkannte – in Jeans und einer neongrünen Fleecejacke sah er völlig verändert aus. Er hatte sie ebenfalls bemerkt und reichte ihr die Hand zur Begrüßung.

»Grüß Ihnen, Frau Halbach.«

»Guten Tag, Herr Herzinger.« Sie erwiderte den Händedruck. »Wollten Sie zu Ihrer Tante?«

»Eigentlich zu Ihnen.« Er hielt ihr das Gartentor auf. »Ich wollt Ihnen was erzählen.«

»Ach?« Carolin hob die Brauen.

»Gehen wir erst einmal hinein«, sagte er und deutete auf das Haus. »Muss ja nicht jeder in der Straße mitkriegen.«

Carolin sah sich um. Tatsächlich, an der Gartentür gegenüber schaute eine Frau zu ihnen herüber. Herzinger nickte der Frau zu und hielt Carolin das Törchen auf.

Offenbar hatte Rosi beschlossen, dass es ihrem Rücken wieder gut ging, und mit der Gartenarbeit weitergemacht, denn im Vorgarten stand heute wieder ein Eimer, diesmal halb gefüllt mit krautigen grünen Pflanzen. Mindestens zwanzig Jungpflanzen waren schon eingegraben, ihre zierlich gefiederten Blätter wippten im leichten Wind. Die kleine Gartenschaufel, mit der Rosi beim letzten Mal gearbeitet hatte, lag neben dem Beet auf der Erde.

Carolin schob ihr Fahrrad nach hinten zum Schuppen und erwartete unwillkürlich, Rosi dort anzutreffen. Aber da war niemand, und Carolin wunderte sich. Es war ganz und gar nicht Rosis Art, alles liegen zu lassen und wegzugehen, solange sie nicht fertig war. Vielleicht war es ihr doch zu viel geworden, dachte Carolin, und hatte plötzlich ein schlechtes Gewissen, weil sie nicht früher hier gewesen war, um ihr zu helfen.

Sie schloss den Akku des Fahrrads an das Stromkabel an, versperrte den Schuppen und ging zum Haus. Herzinger war nicht zu sehen, doch als sie durch die Haustür trat, hörte sie Stimmen in Rosis Küche.

»Tante Rosi, du musst sofort zum Arzt!«

Das war Herzinger! Carolin beschleunigte ihren Schritt und betrat die Küche. Rosi stand über die Spüle gebeugt und schaufelte sich mit beiden Händen Wasser ins Gesicht.

»Bledsinn, i brauch do koan Doktor«, stieß sie zwischen den Wasserschwällen hervor. »Des wird glei wieder.«

Carolin trat näher. »Rosi, was ist denn passiert?«

Rosi drehte sich um. Ihr rechtes Auge war blutunterlaufen und halb zugeschwollen, die Haut drum herum rau und stark gerötet.

»Ah, Caro, du bist es.« Sie deutete auf ihr Gesicht und zog die Nase kraus. »Deppert war ich, hab net auf'passt. Hab zwar die Handschuh ang'habt zum Arbeiten, aber dann bin ich mir damit ins G'sicht g'fahren.«

»Um Gottes willen, was ist das für ein Zeug?« Carolin war mit zwei Schritten bei ihr.

»Hab ich dir doch g'sagt. Sturmhut war's, der is halt giftig.«

»Du pflanzt Eisenhut im Garten?« Herzinger sah seine Tante fassungslos an. »Das Gift, mit dem der Hutter um'bracht worden ist?«

Carolin schnappte nach Luft. Nun verstand sie, warum Rosi bei der Gartenarbeit auf Handschuhe bestanden hatte.

»Jetzt lass die Kirch'n im Dorf und mein Sturmhut im Garten.« Rosi wandte sich wieder dem Spülbecken zu. »Der Eisenhut g'hört in jeden Bauerngarten. Früher haben d'Leut schon g'wusst, auf was man aufpassen muss.«

»Aber du offensichtlich nicht, Tante Rosi.« Herzinger hatte schon das Telefon in der Hand.

»Untersteh dich, den Doktor anz'rufen«, fauchte Rosi. »I will koan Arzt und i brauch auch keinen.« Sie deutete auf ihr Gesicht. »Schau her, es wird scho besser. Ich wasch mi jetzt noch ein paar Mal mit Seife, dann mach ich mir einen Kaffee und trink an Schnaps dazu. Das hat schon mei Oma so g'macht, und die is über hundert 'worden.«

Herzinger verzog das Gesicht, aber er gehorchte und steckte das Telefon wieder weg.

»Dann koche ich wohl besser Kaffee«, sagte Carolin.

Eine Viertelstunde später saßen sie alle um Rosis Küchentisch herum. Rosis rechte Wange glänzte wie ein Weihnachtsapfel, aber die Rötung schien tatsächlich schon ein wenig zurückzugehen. Sie hatte eine Flasche Schnaps und drei Gläser auf den Tisch gestellt und schenkte ein.

»Was soll der Schnaps bringen?«, fragte Herzinger. »Innere Desinfektion?«

»Mei Oma hat immer g'sagt, der Schnaps verdünnt das Gift. Und der Kaffee is für'n Kreislauf.« Sie hob das Glas. »Hopp, weg damit.«

Carolin hoffte inständig, dass die Oma damit recht hatte, aber Rosi schien zu wissen, was sie tat. Sie trank einen Schluck von dem Schnaps und schauderte. An diesen Zirbengeist würde sie sich nie gewöhnen, aber es wäre unhöflich gewesen, ihn abzulehnen. »Geht es dir wirklich gut?«, fragte sie.

Rosi stützte die Arme auf den Tisch. »A bisserl schwindlig is mir schon«, gab sie zu. »Aber das is nach dem Kaffee wieder fein.« Sie schenkte sich ein und goss Milch in ihre Tasse. »Was machst du eigentlich da?«, wandte sie sich an Herzinger.

»Ich wollt zu Frau Halbach«, antwortete der Revierinspektor. »Aber dann musst ich ja meine Tante vor ihren Selbstversuchen mit tödlichen Giften retten.« Er legte Rosi die Hand auf den Arm.

Carolin beobachtete ihn unauffällig. Er schien seine Tante wirklich gernzuhaben. Ohne Uniform wirkte er deutlich lockerer als sonst. »Was wollen Sie denn von mir?«, fragte sie.

»Ich wollt Ihnen was erzählen«, begann er. »Ich hab vorhin Nachricht von der Toxikologie in Salzburg gekriegt. Die haben das Gift wirklich im Leergut nachweisen können.«

»Ach was.« Sie unterdrückte ein Schmunzeln, aber innerlich freute sie sich. Immerhin hatte sie das von Anfang an gesagt. »Und war es tatsächlich im Tonic?«

Herzinger nickte. »In einem von diesen kleinen Flascherln waren noch Reste. Der Quantifizierung nach hätt es für drei Menschen g'langt.«

Carolin hatte plötzlich Gänsehaut. »Wenn ich daran denke, dass ich auch immer Tonic trinke, bekomme ich richtig Angst.«

Der Polizist hob den Kopf. »Was sagen Sie da?«

»Na, ich trinke das auch gern. Ich habe immer eine Flasche im Kühlschrank stehen.«

»Wer weiß alles davon?«

»Das ist kein Geheimnis.« Caro hob die Schultern. »Rosi und Peter wissen es, und meine beiden Mitarbeiterinnen in der Bibliothek natürlich auch. Wahrscheinlich hat es sogar Frau Axamer inzwischen mitbekommen.«

Rosi stöhnte auf und schlug sich mit der Hand vor den Mund. »Die Herta«, flüsterte sie.

»Was ist mit der Herta?« Herzinger sah sie erstaunt an.

»Die Ableger vom Sturmhut, also vom Eisenhut. Die hab ich von der Herta Krauskopf bekommen.«

Carolin schnappte nach Luft, Herzinger stellte seine Kaffeetasse ab. In der Küche war es einen Moment so still, dass man eine Stecknadel hätte fallen hören können. Dann begannen Carolin und Herzinger gleichzeitig zu reden.

»Das glaube ich nicht«, sagte Carolin.

»Das gibt's doch nicht«, echote Herzinger.

Sie sahen sich an. Valentin Herzinger war blass geworden, die Sommersprossen auf seiner Nase traten scharf hervor. »Die Krauskopf war doch so gegen die neue Bibliothek, oder Tante Rosi?«

»Ja, schon.« Rosi hatte die Augen aufgerissen. »Die wollt doch ihre Stelle in der Mittelschul net aufgeben. Aber deshalb bringt die doch die Caro nicht um.«

»Hat sie ja nicht«, gab Carolin zurück. Ihre Gedanken rasten. Hatte sie die Reaktionen der älteren Frau wirklich so falsch eingeschätzt?

»Bitte, Tante Rosi, das ist jetzt wichtig.« Herzinger griff nach Rosis Händen. »Wann hat sie dir die Ableger 'geben?«

»Letzte Woch schon, ich glaub am Mittwoch. Ich wollt sie am Wochenend eingraben, aber dann is ja des mit meim Rücken passiert, deshalb sind s' bis jetzt im Keller g'standen.«

»Und hat sie was g'sagt? War sie irgendwie anders als wie sonst?«

»Naa.« Rosi schüttelte den Kopf. »Sie ist halt immer a weng komisch, die Herta. Sie hat nur g'sagt, ich soll aufpassen, weil's doch giftig sind.«

Herzinger schlug mit der Faust auf den Tisch. »Das ändert natürlich alles.«

Carolin sah ihn irritiert an. »Wie meinen Sie das?«

»Na offenbar waren in Wirklichkeit Sie das Ziel des Anschlags.« Er sah sie an, seine blauen Augen waren ganz dunkel geworden. »Die Krauskopf hat g'wusst, dass Sie immer Tonicwasser trinken, und hat das Gift in eine von den Flaschen 'tan.«

»Wie soll sie das denn gemacht haben?« Carolin konnte das nicht glauben. Dass Herta Krauskopf mit der Situation nicht glücklich war, hatte sie ja selbst bemerkt. Aber Mord?

»Das werden wir schon noch rausfinden. Fest steht nur, dass Sie wahnsinniges Glück g'habt haben. Weil eigentlich müssten Sie jetzt tot sein und nicht der Professor Hutter.«

Kater im Taubenschlag

Es war inzwischen schon fast ein gewohnter Anblick, die Polizei im Medienzentrum zu sehen. Diesmal war Revierinspektor Herzinger allerdings in Begleitung von zwei Beamten in Zivil, die sich als Gruppeninspektor Dudeschek und Bezirksinspektor Hennrich vom Landeskriminalamt in Salzburg vorstellten.

In Carolins Augen entsprachen sie durchaus dem aus Fernsehkrimis bekannten Klischee paarweise agierender Kriminalpolizisten: eine gewisse Ähnlichkeit im Auftreten, dabei aber äußerlich so verschieden, dass sie der durchschnittliche Zuschauer spätestens nach fünf Minuten auseinanderhalten konnte. Dudeschek war der jüngere der beiden, hellhaarig und wieselgesichtig, während Hennrich größer, dunkler und korpulenter war. Sie begrüßten Carolin mit Handschlag, musterten sie, wie ihr schien, mit eher oberflächlichem Interesse und fragten nach Herta Krauskopf.

Carolin ging vor und wies ihnen den Weg nach unten, wo die Mitarbeiterin am Infopoint Dienst tat. Sie hob überrascht den Kopf, als die zwei Männer auf sie zutraten.

»Frau Krauskopf?«, begann der Jüngere. »Wir müssen Sie bitten, uns zu begleiten.«

»Das geht jetzt nicht.« Herta Krauskopfs Miene war ungnädig. Trotz ihrer geringeren Körpergröße schaffte sie es, den Mann von oben herab anzublicken. »Sie sehen doch, dass ich was zu tun hab.«

»Das war keine Bitte, Frau Krauskopf«, mischte sich der zweite Beamte ein. »Das war eine Anordnung.« Er hatte eine tiefe Stimme, die ihre Wirkung nicht verfehlte. Herta Krauskopf schien ein wenig in sich zusammenzusinken und schaute ihn erschrocken an.

»Was wollen S' denn von mir?«

Revierinspektor Herzinger trat vor. »Die Kollegen haben ein paar Fragen zu dem Eisenhut, den Sie im Garten wachsen haben.«

»Können S' mich das nicht hier fragen?« Sie warf Carolin einen hilfesuchenden Blick zu.

»Leider nicht.« Dudeschek legte ihr die Hand auf die Schulter. »Sie müssen mit uns mitkommen nach Salzburg.«

»Aber ich …« Herta Krauskopf schnappte nach Luft und schüttelte seine Hand ab. »Was soll ich denn in Salzburg?«

Carolin beobachtete ihr Gesicht. Entweder war die Frau komplett naiv oder wirklich unschuldig. Oder sie war eine hervorragende Schauspielerin.

Dudescheks Stimme wurde streng. »Frau Krauskopf, Sie stehen in Verdacht, den Tod von Professor Hutter verschuldet zu haben, und wir müssen Sie jetzt zur Vernehmung mitnehmen.«

Herta Krauskopf wurde blass. »Wieso sollt ich denn den Herrn Professor umbringen wollen?«

»Das wird unter anderem Gegenstand unserer Befragung sein.« Gruppeninspektor Hennrich sah sie fast schon väterlich an. »Kommen S' bitte. Wenn Sie unschuldig sind, haben S' ja nichts zu befürchten.«

Gruppeninspektor Dudeschek und Revierinspektor Herzinger führten Herta Krauskopf nach draußen. Offenbar hatte sie sich in ihr Schicksal ergeben. Bezirksinspektor Hennrich sah ihnen nach, dann wandte er sich an Carolin: »Können wir kurz wo reden, Frau Magister? Ich hätt auch noch ein paar Fragen.«

Carolin ging voraus in ihr Büro und wies auf den Besprechungstisch. Im Stillen schmunzelte sie über die ständig angeführten Titel und Dienstgrade, die hier in Österreich ein fester Bestandteil des Namens zu sein schienen. Andere Länder, andere Sitten.

»Bitte schön, Herr Bezirksinspektor«, sagte sie und behielt ihre ernste Miene bei.

Er nahm vorsichtig Platz, als ob er dem Stuhl nicht traute. »Können S' mir bitte noch einmal genau erzählen, wie das an dem Abend war?«, fragte er.

»Was wollen Sie denn wissen?«

»Der Kollege Herzinger hat g'sagt, dass eventuell Sie das Ziel des Anschlags waren und nicht der Herr Professor.«

Carolin drehte die Handflächen nach oben. »Ich habe auch Tonic getrunken, das stimmt schon.« Sie schüttelte den Kopf. »Aber ich kann mir beim besten Willen nicht vorstellen, dass Frau Krauskopf so etwas tut.«

»Wenn Sie wüssten, was man sich alles nicht vorstellen kann, und dann war's doch genau a so.« Der Beamte hatte ausgeprägte Tränensäcke und sah sie aus braunen Hundeaugen an. »Die Frau Krauskopf hat ganz offensichtlich die Mittel, ein Motiv und die Gelegenheit zur Tat. Deswegen liegt ein Anfangsverdacht vor, und wir müssen gegen sie ermitteln. Ob Sie ihr das zutrauen oder nicht, ist dabei völlig wurscht.«

»Verstehe.« Carolin rieb sich die Stirn und rief sich den Abend noch einmal ins Gedächtnis. »Ich habe Frau

Krauskopf kurz nach achtzehn Uhr gesehen. Sie war mit Julia Gschwendtner zusammen, aber wir haben nicht miteinander gesprochen.«

»Und wie war das mit dem Tonicwasser?«

»Ich wollte keinen Alkohol trinken und habe die Kellnerin um ein Tonic gebeten.«

»Das hat die Frau Krauskopf mitgekriegt?«

»Ja, vermutlich schon. Sie stand ja praktisch daneben.«

Hennrich nickte. Er zog ein kleines schwarzes Notizbuch aus der Innentasche seiner Jacke, schlug es auf und machte sich eine Notiz. »Wie ging das weiter?«

»Kurz darauf kam ein Kellner mit einer Flasche Tonic vorbei. Ich dachte, es wäre für mich, aber er brachte es zu Herrn Hutter. Ich bekam mein Tonic dann wenig später von einer Kellnerin.«

»Und wo war da die Frau Krauskopf?«

»Das weiß ich nicht, ich habe nicht auf sie geachtet.«

»Hm.« Hennrich sah an die Decke, und Carolin konnte sehen, wie es hinter seiner Stirn arbeitete. »Die Tabletts mit den Getränken sind am Tresen neben dem Buffet vorbereitet worden. Theoretisch hätt also die Frau Krauskopf das Gift in die nächste Tonicflasche schütten können, weil sie gedacht hat, dass die für Sie ist.«

Carolin hob die Schultern. »Ja, wahrscheinlich schon. Aber das hätte jeder andere auch tun können.«

»Wie viele Leute haben denn mitbekommen, dass Sie ein Tonic bestellt haben?«

»Ich habe keine Ahnung. Ich stand ein wenig abseits am Rand, also nicht so viele.«

»Aber die Frau Krauskopf schon.«

»Ja. Und Julia Gschwendtner natürlich.«

»Aber die Frau Gschwendtner hat keinen Garten mit Eisenhut. Und soweit ich das sehe, auch kein Motiv.«

Carolin breitete die Hände aus. »Das ist korrekt.«

»Dann dank ich Ihnen fürs Erste.« Er stemmte sich aus dem Stuhl. »Wenn wir noch Fragen haben, melden wir uns.«

Nachdem der Polizist gegangen war, blieb Carolin nachdenklich in ihrem Büro zurück. So wie der Bezirksinspektor den möglichen Tathergang beschrieben hatte, ergab das sogar irgendwie Sinn.

Auf den großen Tabletts hatte es nur Sekt mit und ohne Orangensaft gegeben. Wer etwas anderes wollte, musste es bestellen, und diese Sonderwünsche brachten die Kellner einzeln zum jeweiligen Gast. Das war ihr aufgefallen, weil viele der männlichen Besucher Bier getrunken hatten. Frau Krauskopf musste mitbekommen haben, wie sie um das Tonic gebeten hatte, und theoretisch hätte sie die Möglichkeit gehabt, eine der Flaschen zu manipulieren. Trotzdem erschien Carolin das Risiko, dass dabei der Falsche zum Opfer wurde, viel zu hoch. Und wenn es wirklich so abgelaufen war, wie die Polizei vermutete, war ja auch genau das passiert.

Carolin bekam Gänsehaut. Der Täter hatte also nicht nur eiskalt den Mord geplant, sondern dabei auch die zufällige Tötung eines Unbeteiligten in Kauf genommen. Sie stellte sich Herta Krauskopf vor, still und unscheinbar. Eine so brutale Tat wie die Vergiftung ihrer Vorgesetzten war ihr schon kaum zuzutrauen, und erst recht nicht, einen Unbeteiligten dabei zu töten. Andererseits – den wenigsten Mördern sah man an, dass sie Mörder waren. Und sogar in den Krimis, die sie so gerne las, war der Täter fast immer die am wenigsten verdächtige Person.

Sie schüttelte sich unwillkürlich, dann erhob sie sich und verließ ihr Büro, um Julia Gschwendtner zu suchen.

Sie fand Julia in der Kaffeeküche. Die Fenstertür, die auf den umlaufenden, überdachten Balkon hinausführte, war geöffnet, die junge Frau lehnte am Türrahmen und unterhielt sich mit einem Mann, der draußen stand. Als Carolin den Raum betrat, fuhr sie erschrocken herum.

»Des is nur der Sepp«, erklärte sie auf Carolins fragenden Blick.

Carolin trat näher und erkannte Josef Pechheim, den Mann, der sie beim Empfang zur Eröffnung so herzlich begrüßt hatte. Offenbar war er tatsächlich Julias Freund, wie sie schon vermutet hatte, und sie streckte ihm die Hand hin. »Guten Tag, Herr Pechheim.«

»Grüß Ihnen, Frau Magister.« Er drückte seine Zigarette im Aschenbecher aus, bevor er ihren Händedruck erwiderte. »Ich muss eh schon wieder los.« Er beugte sich vor und gab Julia einen Kuss auf die Wange. »Auf Wiederschaun!« Er wandte sich ab und eilte den Balkon entlang zur Außentreppe.

Carolin trat hinaus und sah ihm hinterher. »Wo will der denn hin?«, fragte sie.

»Der Sepp sitzt do im Finanzausschuss vom Gemeinderat«, antwortete Julia. »Der is oft da und schaut, dass auf der Baustell ois sei Ordnung hat.«

»Ach so.« Carolin erinnerte sich, dass Frau Axamer etwas von Opposition gesagt hatte und dass Josef Pechheim ursprünglich ein anderes Konzept für das Gebäude bevorzugt hätte. Offenbar war für ihn das Thema Kulturzentrum noch nicht erledigt.

»Und er ist dein Freund?«

Julia nickte und wurde rot. »Ja, mia gengan seit zwoa Monaten miteinander.«

»Das ist doch schön.« Carolin hatte nicht vor, sich in das Liebesleben ihrer Mitarbeiterin einzumischen, auch wenn sie den Altersunterschied beträchtlich fand. Josef Pechheim musste etwa zwanzig Jahre älter als Julia sein, er könnte ihr Vater sein. Aber das mussten die beiden selber wissen.

»I hab eam im Winter bei oan Konzert kenneng'lernt«, erzählte Julia. »Wissen S', dem Sepp g'hört die Tanztenne in Badbruck, und die spü'n oft Livemusik. Deswegen war i mit meiner Schwester da, und da hab i eam 'troffen.« Ihre Augen leuchteten. »Er is ganz anders wie die Buam in meim Alter.«

»Das kann ich mir denken.« Carolin schmunzelte. »Na, Hauptsache, ihr seid glücklich.«

»Des san mir.« Julia lächelte verträumt.

Ein sirrendes Geräusch erklang und kam näher. Carolin trat ans Geländer, kniff die Augen zusammen und erblickte einen Menschen, der über die Bäume hinweg ins Tal zu fliegen schien. Einen Moment lang war sie irritiert, dann erinnerte sie sich an die Seilrutsche, die von einer kleinen Plattform oben an der Straße hinunter zum Quellenpark führte. Der Mann hing gut gesichert in einem Klettergurt, er hatte die Arme ausgebreitet und flog wie Ikarus auf die Sonne zu. Sie sah ihm zu, bis er landete, dann wandte sie sich wieder an Julia.

»Hast du mitbekommen, dass die Polizei Frau Krauskopf mitgenommen hat?«

»Was sagen S'?« Julia sah sie mit aufgerissenen Augen an. »Die hab'n die Herta verhaftet? Wieso denn des?«

»Nicht verhaftet«, entgegnete Carolin. »Nur zur Befragung mitgenommen.«

»Des is ja fast dessölbe.« Julia machte eine wegwerfende Handbewegung. »Was hat d'Herta denn g'macht?«

»Sie hat offenbar Frau Brunneder Eisenhutpflanzen geschenkt. Und jetzt sieht die Polizei sie als Verdächtige an.«

»Naa, des glaub i net.« Julia schüttelte den Kopf. »Die Herta macht do so was net.«

»Das habe ich der Polizei auch gesagt, aber offenbar ist man in Salzburg anderer Meinung als wir.«

»Dann is ja gut, dass d' Bibliothek heut zu ist«, meinte Julia, pragmatisch wie immer. »Aber was mach ma morgen ohne die Herta?«

Daran hatte Carolin noch gar nicht gedacht. Ihnen fehlte nun eine Person für den Betrieb der Bücherei. Im Sommer, sobald die Hauptsaison begann, sollte zwar mit der Erweiterung der Öffnungszeiten eine weitere Kraft dazukommen, aber bis dahin bedeutete der Ausfall von Frau Krauskopf eine erhebliche Mehrbelastung.

»Wenn sie morgen nicht wieder da ist, spreche ich mit Frau Axamer«, versprach Carolin. »Vielleicht kann man uns vorübergehend eine Aushilfe zur Verfügung stellen.«

»Dann hoff ma amol, dass die d'Herta bald wieder freilassen.« Julia hob die Schultern. »Weil a Ung'lernte macht uns mehr Arbeit wia sonst was.«

Carolin unterdrückte ein Schmunzeln. Julia war ebenfalls keine gelernte Bibliothekskraft, sondern hatte als Aushilfe in der Bücherei von Sankt Johann begonnen. Allerdings hatte sie sich sehr schnell in die neuen Aufgaben eingefunden, und Carolin hatte vor, sobald ein wenig Ruhe eingekehrt war, mit Frau Axamer über eine

Ausbildungsmöglichkeit für Julia zu sprechen. Nur konnte von Ruhe im Augenblick keine Rede sein, deshalb war dieser Plan wieder ins Hintertreffen geraten.

Carolin wollte gerade wieder nach drinnen gehen, da hörte sie Schritte. Ein dunkler Kopf tauchte auf der Außentreppe auf, verharrte einen Moment und verschwand wieder. Die Schritte entfernten sich nach unten. Carolin hob die Augenbrauen, ging zur Treppe und sah hinunter. Sie glaubte, den weißen Anzug eines Maurers zu erkennen, dann schlug eine Tür zu, und der Mann war verschwunden.

Irritiert schüttelte sie den Kopf. Handwerker liefen hier überall herum und erschienen ständig an unerwarteten Stellen. Aber auf den Außenbalkonen hielt sich höchstens einmal jemand auf, um eine Zigarette zu rauchen, als Verbindungswege wurden sie normalerweise nicht genutzt. Das hätte sie sich während des Publikumsbetriebs auch strikt verbeten.

Kurz überlegte sie, Peter darauf anzusprechen, doch dann verwarf sie den Gedanken wieder. Peter hatte wirklich genug zu tun, auch ohne dass sie ihn wegen so einer Lappalie belästigen musste.

Den Nachmittag verbrachte Carolin in einem sonderbar abwesenden Zustand. Sie fing alles Mögliche an, sortierte Bücher, blätterte durch Kataloge, wanderte durch die Räume und brachte doch nichts voran – mit ihren Gedanken war sie ganz woanders. Dabei machte sich das Fehlen von Herta Krauskopf heute gar nicht so bemerkbar: Die Bibliothek war geschlossen, und Frau Krauskopf hatte mittwochnachmittags ohnehin frei. Trotzdem konnte sich Carolin nicht so recht auf ihre Arbeit konzentrieren, ihre Gedanken waren bei ihrer Kollegin, die wahrscheinlich noch immer von der Polizei verhört wurde.

Zuletzt landete sie im Büro ihrer Mitarbeiterinnen. Julia war bereits gegangen. Sie nahm an Frau Krauskopfs Schreibtisch Platz und meinte im gleichen Augenblick, die Schwingungen der älteren Frau zu spüren. Aber das war natürlich esoterischer Quatsch. In Wahrheit war es wahrscheinlich der fast unmerkliche Geruch nach Puder und etwas Organischem, irgendwie unbestimmbar und trotzdem typisch, der ihr von dem Schreibtischstuhl in die Nase stieg und das Bild von Herta Krauskopf vor ihr entstehen ließ.

Im Gegensatz zu Julias Arbeitsplatz, der bis zum letzten Zentimeter kreatives Chaos widerspiegelte, war der Schreibtisch von Frau Krauskopf so gut wie leer. Ein Monitor, eine graue Schreibtischunterlage, Tastatur und Maus, nicht einmal ein Stift durchbrach die exakte Anordnung. Aber eine kleine Unregelmäßigkeit gab es doch und sprang Carolin ins Auge: Ein zusammengeknüllter Zettel lag neben dem ansonsten leeren Papierkorb, die Putzleute mussten ihn übersehen haben. Sie bückte sich, hob ihn auf und strich ihn glatt, es handelte sich um einen Kassenbon. Sie fühlte sich wie ein Eindringling in eine fremde Welt, aber sie konnte nicht verhindern, dass sie las, was darauf stand: Katzenfutter aus dem hiesigen Supermarkt.

Carolin stutzte. Frau Krauskopf hatte eine Katze? Davon hatte sie bisher nichts mitbekommen. Aber wie auch, die Frau blockte ja jeden Versuch einer Annäherung konsequent ab. Sie starrte auf den Bon und kaute unschlüssig auf ihrer Unterlippe.

Falls Herta Krauskopf wirklich ein Haustier besaß und noch länger in Polizeigewahrsam bleiben musste, dann bestand unter Umständen ein Versorgungsproblem für das Tier. Ob Frau Krauskopf in dieser Ausnahmesituation daran dachte?

Sie sah aus dem Fenster, der Himmel war trüb, aber es regnete nicht. Rosi Brunneder hatte den Wetterwechsel heute Morgen schon vorausgesagt, den sie aus dem Aufflackern ihres Hexenschusses ableitete, aber noch schien das Wetter zu halten. Schließlich gab sich Carolin einen Ruck. Im Augenblick konnte sie nichts unternehmen, aber sie würde mit Rosi darüber sprechen. Ihre Zimmerwirtin würde wissen, was zu tun war.

Die Sonne warf schon lange Schatten, als Carolin ihr Fahrrad in den Schuppen von Haus Sonnenschein schob.

Zum Glück war Rosi zu Hause, sie werkelte wie meistens in der Küche herum. »Ah, die Caro. Hast heit so lang z'tuan g'habt?«, fragte sie. »Magst was essen? I kann dir Palatschinken machen.«

Carolin ließ sich auf die Eckbank fallen und nickte dankbar. »Gern. Ich bin heute irgendwie nicht zum Essen gekommen.«

»Du muasst aufpassen, dass d' net vom Fleisch fallst«, konstatierte Rosi mit gespielt strengem Blick. »Bist eh vü z'dünn.«

»Blödsinn. Die Caro is grad recht, wie s' is.« Peter Brunneder kam zur Tür herein und drückte Rosi einen Kuss auf die Wange. »Hast scho g'hört, dass die Herta verhaftet hab'n?«

»Naa.« Rosi starrte ihren Mann überrascht an. »Echt woahr?«

»Zwei Beamte haben sie heute Morgen mit nach Salzburg genommen«, erklärte Carolin. »Und so wie es aussieht, ist sie bisher noch nicht zurückgekommen. Sonst hätte sie sich doch bestimmt gemeldet.«

»Vorläufig festgenommen, hat der Valentin g'sagt.« Peter Brunneder schaute in die Teigschüssel. »Krieg i auch noch was?«

»Setz di hin.« Rosi hatte ihre Fassung wiedergefunden und schob ihn energisch zur Eckbank. Sie stellte eine Pfanne auf den Herd und deckte Teller auf. »Des muass i jetzt erst amal verdauen.« Sie stellte die Flasche mit dem Zirbengeist auf den Tisch und drei Schnapsgläser daneben.

Diesmal sagte Carolin nicht Nein. Der Alkohol verbreitete Wärme in ihrem Magen, und einen Moment lang schloss sie die Augen.

Rosi hob die Flasche. »Magst no an?«

Carolin winkte ab, einer reichte. »Sag, Rosi«, begann sie. »Kann es sein, dass Frau Krauskopf eine Katze hat?«

»Koa Katz.« Rosi schüttelte den Kopf. »Sie hat an Kater, a riesiges Viech. Letztes Jahr, wie die Herta auf Kur war, hab i ihre Blumen 'gossen. Aber den Ferdinand hat's zu ana Freindin nach Bad Hofgastein 'bracht.«

Rosi erhob sich und wandte sich zum Herd. Es zischte und prasselte, als sie flüssigen Teig in die Pfanne goss und ihn durch Schwenken verteilte.

»Kennst du diese Freundin?«, fragte Carolin. »Falls Frau Krauskopf länger fortbleibt, muss sich ja jemand um das Tier kümmern.«

Peter hob den Kopf und sah sie an. »Glaubst echt, dass sie dich umbringen wollt?«

Carolin schüttelte den Kopf. »Nein, nicht wirklich. Es ist nur die Frage, ob sie ihre Unschuld so ohne Weiteres beweisen kann. Schließlich stand sie neben mir, als ich das Tonic bestellt habe.«

»Ein Indizienbeweis«, kommentierte Rosi. »So heißt des immer im Fernsehen.«

»Genau.« Carolin nickte. »Aber das ändert nichts daran, dass man sie festhalten wird, bis das geklärt ist.«

»Des is wohl wahr.« Rosi ließ einen dampfenden Pfannkuchen auf Carolins Teller gleiten und stellte ein Glas mit Aprikosenkonfitüre daneben. »Machst dir die Marmelad selber auf die Palatschinken? Oder magst lieber was anderes?«

»Nein, ist schon in Ordnung.« Carolin verteilte die Konfitüre auf dem Pfannkuchen, rollte ihn zusammen und begann zu essen.

Der nächste Pfannkuchen landete auf Peters Teller, er belegte ihn mit einer dünnen Scheibe Kochschinken. »Ich mag des siaße Zeig net«, erklärte er auf Carolins fragenden Blick. »Da krieg ich mehr Hunger, als wenn ich gar nix essen tät.«

»Ach so.« Sie sah Rosi an. »Aber was machen wir jetzt mit dem Kater?«

»Die Freindin kenn i net«, sagte Rosi. »I moan, des war a Sommergast aus Wien, die da a Ferienwohnung hat. Aber genau wissen tua i 's net.«

»Wenn Frau Krauskopf sonst niemanden hat, sollten wir dann nicht nach dem Tier sehen?«

»Wenns d' moanst.« Rosi nickte zustimmend. »I woaß a, wo der Schlüssel liegt. Nachschauen kost ja nix, und die Herta hat bestimmt nix dagegen.«

Frau Krauskopfs Haus lag hoch oben am Hang an der Straße nach Kötschachtal. Es war klein und offensichtlich recht alt, der Garten winzig und steil. Das Erdgeschoss schien direkt aus dem Berg zu wachsen, es war gemauert und weiß verputzt. Durch einen ausladenden Balkon aus dunklem Holz wirkte es oben breiter als unten und irgendwie unproportioniert.

Auf dem gepflasterten Vorplatz parkte ein Streifenwagen. Rosi stellte ihren alten Golf daneben ab, sie stiegen aus. In diesem Augenblick kam Valentin Herzinger um die Hausecke herum, in der Hand einen Eimer. Carolin fühlte sich ertappt, schließlich hatten sie hier nichts verloren, doch Rosi waren solche Gefühle fremd.

»Valentin, was machst'n da?«, fragte sie.

Herzinger hob den Eimer. »Ich hab Eisenhut ausg'stochen, für die Spurensicherung.«

»Den hättst a von mir haben können.«

Der Polizist schüttelte den Kopf. »Was die Krauskopf dir g'schenkt hat, is nur a Hinweis. Die Vergleichsspur brauch ma schon aus ihrem Garten.«

»Ah so, ja dann.« Rosi nickte ihm zu. »Mir schauen grad nach der Herti ihrem Kater.« Sie deutete zur Tür. »Oder kimmt s' heit no hoam?«

Herzinger schüttelte den Kopf. »Naa, die bleibt auf alle Fälle über Nacht in Gewahrsam.« Er stellte den Eimer in den Kofferraum des Streifenwagens. »Allan dass sie ausg'rechnet am Tag vor dem Mord Eisenhut ausgrabt!«

Rosi winkte ab. »Geh her, Valentin, hülf uns amol!« Sie wies auf eine große Betonschüssel neben der Treppe, die mit gelben Narzissen bepflanzt war. Herzinger rückte die Schale kommentarlos zur Seite, und darunter kam ein flacher Schlüssel zum Vorschein.

»Ich fahr dann«, sagte er. »Machts halt nachher alles wieder zu.«

»Eh klar.« Rosi nickte ernsthaft. »Und du frag die Herti, was mit dem Kater passieren soll, wenn s' länger wegbleibt.«

Herzinger nickte. Er stieg in sein Auto, winkte ihnen zum Abschied zu, setzte den Wagen zurück und verschwand um die Kurve.

Bevor Carolin den Schlüssel ins Schloss schob, sah sie sich um, aber niemand war zu sehen. Überhaupt war hier sehr wenig los. Das Haus stand allein, es gab keine direkten Nachbarn, und der Zugang befand sich an der von der Straße abgewandten Seite.

Als sie die Tür öffnete, erklang von drinnen ein heiserer Schrei. »Zumindest is er da«, stellte Rosi fest und betrat hinter ihr das Haus.

Sie befanden sich in einem dunklen Vorraum, den das kleine Fenster neben der Tür kaum zu erhellen vermochte. Es roch feucht und ein wenig muffig. Zur Linken führte eine Holztreppe nach oben, die rechte Wand war vertäfelt und mit Garderobenhaken bestückt. Als sich Carolins Augen an das Dämmerlicht gewöhnten, schälte sich vor ihr eine einfache Holztür aus der Dunkelheit.

»Da geht's in den Keller«, sagte Rosi und wandte sich zur Treppe. »De Zimmer san oben.«

Die Stufen knarrten, der Handlauf des Geländers war glatt und fühlte sich fast seidig an. Oben angekommen, blieb Carolin überrascht stehen. Sie wusste nicht, was sie erwartet hatte, aber dieses Zimmer schien gar nicht zu Frau Krauskopf zu passen. Sie wirkte farblos und oft ein wenig düster, aber hier war alles licht und freundlich: weiße Wände, an denen bunte Bilder mit afrikanischen Motiven hingen, schöne alte Möbel, ein gemütliches Sofa, ein geschnitztes Kruzifix in der Ecke. Breite Glastüren führten auf den Balkon, wo sie einen Strandkorb erkannte, der irgendwie von der Nordsee hierher geraten war. Von einer Katze war nichts zu sehen.

Rosi war durch eine Tür verschwunden, und Carolin folgte ihr in eine geräumige Küche. Das Haus schien hier oben deutlich größer zu sein als unten, wie auch immer das möglich war. Rosi kniete vor einem Schrank, und Carolin erblickte einige Dosen Katzenfutter. Daneben auf dem Fußboden befand sich ein Tablett mit zwei Blechnäpfen, einer war zur Hälfte mit Wasser gefüllt, der andere war leer.

Hinter ihr ertönte plötzlich ein kratziger Laut. Es klang, als ob ein Mann sich räusperte, und sie fuhr erschrocken herum. Doch kein Mann stand hinter ihr, sondern die größte Katze, die sie jemals gesehen hatte. Er war rot getigert, hatte einen kräftigen Körperbau und ein rundes Gesicht. Offenbar miaute er, aber seine Stimme war überraschend tief und heiser. Carolin ging in die Hocke und hielt ihm die Hand hin.

»Du bist also Ferdinand«, sagte sie.

Der Kater kam mit kleinen Schritten näher, beschnupperte ihre Finger, dann schob er seinen Kopf unter ihre Hand und begann zu schnurren. »Na, du bist ja ein Schmuser«, kommentierte Carolin.

Rosi hatte in der Zwischenzeit eine Dose geöffnet und löffelte den Inhalt in den Napf. Der Kater schlug mit dem Schwanz, rieb sich kurz an Carolins Knie, dann stakste er zu seinem Futterplatz und begann zu fressen.

Carolin nahm die Wasserschüssel, kippte sie aus, spülte sie mit heißem Wasser und befüllte sie wieder neu. Dann sah sie sich um.

»Meinst du, sie lässt ihn raus? Oder gibt es irgendwo ein Katzenklo?«

»I glaub net, dass der aussi derf«, meinte Rosi. »Des is irgendoa Rassekatz, net dass den wer mitnimmt.«

Carolin nickte. Ja, bei so einem schönen Tier bestand die Gefahr tatsächlich.

Der Kater hatte aufgehört zu fressen, er kam zu ihr und rieb seinen Kopf an ihren Beinen. Carolin sah sich suchend um und entdeckte eine schmale Tür neben der Treppe. Sie öffnete sie und blickte in einen kleinen Abstellraum ohne Fenster. Es roch nach Putzmitteln, an der Wand lehnte ein Staubsauger, auf dem Fußboden stand eine große Schale mit heller Katzenstreu. Der Kater wischte zwischen ihren Beinen durch, sprang in die Katzentoilette und begann zu scharren. Offenbar hatte er ein dringendes Bedürfnis, dem er durch die geschlossene Tür nicht hatte nachkommen können.

Carolin wandte sich ab. »Ich habe das Katzenklo gefunden«, sagte sie. »Aber die Tür darf nicht mehr zufallen.« Sie nahm eine Handschaufel und klemmte die Tür damit fest.

Der Kater hatte sein Geschäft erledigt und kam wieder aus der Abstellkammer. Er schnupperte an dem Kehrblech und versuchte, es mit der Pfote beiseitezuschieben, aber es hielt. Schließlich maunzte er mit seiner heiseren Stimme, stolzierte zum Sofa, sprang hinauf und begann, sich zu putzen.

»Meinst du, er braucht sonst noch was?«

Rosi zog die Nase kraus. »I kenn mi mit Katzen a net so aus«, sagte sie. »Aber i denk mir, der sollt net die ganze Zeit allein sein. Weil sonst hätt sie ihn ja damals net zu ihrer Freindin geb'n, wia s' net da war.«

»Was sollen wir tun?«

»Bei mir is hoit bled weg'n die Gäst«, antwortete Rosi. »Wann der bei mir in der Küch is, krieg i no Ärger mit 'm Lebensmittelamt.«

»Und wenn ich ihn mit hoch zu mir nehme?«

»Tats d' des echt machen für d' Herti?«

»Ja, klar.« Carolin nickte nachdrücklich mit dem Kopf. »Ich glaube ja immer noch nicht, dass sie wirklich versucht hat, mich umzubringen. Außerdem kann Ferdinand ja nichts dafür.«

»Dann mach ma's so.«

»Aber erst morgen.« Carolin stieß sich vom Türrahmen ab und ging zur Treppe. »Erst versuche ich herauszufinden, wie lange man sie festhalten wird. Dann sehen wir weiter.«

Rosi nickte zustimmend. Carolin strich Ferdinand zum Abschied über den Kopf, doch er ignorierte sie und putzte sich weiter den Bauch. Sie gingen die Treppe hinunter und verließen das Haus.

Sorgfältig versperrte Rosi die Haustür. Carolin hob den Blumentopf an, und ihre Zimmerwirtin schob den Schlüssel darunter. »Geh'n ma, bevor uns no wer siacht. Braucht ja net jeder wissen, dass d' Herti im Häfen sitzt.«

Ganz wie von Rosi vorausgesagt, regnete es am nächsten Morgen, und Carolin erwachte vom Trommeln der Tropfen auf dem Dach. Ein Blick aus dem Fenster zeigte wolkenverhangene Berge und eine graue Landschaft.

»Salzburger Schnürlregen«, nannte Rosi es, als sie bei ihr in der Küche Kaffee trank. »Des Radl tät i stehn lassen an deiner Stell, des regn't heit den ganzen Tag.«

In Gummistiefeln und Regenmantel und mit einem Schirm bewaffnet, machte sich Carolin auf den Weg. Es war kühl geworden, und der frische Wind machte den Regenschirm fast nutzlos. Erst fühlte sich die Feuchte auf der Haut unangenehm an, doch als Carolin die Hohe Brücke überquerte und in den Wasserfallweg einbog, machte es ihr schon nichts mehr aus. Das stetige Rauschen des Regens auf den Blättern paarte sich mit dem Sprudeln des Wassers in der Schlucht, und eingefangen in dieser nassen Kakofonie stieg sie die vielen Treppen nach unten. Ihr Knöchel protestierte nur leise, als sie den Straubinger Platz erreichte, und sie ignorierte ihn.

Am späten Vormittag war Frau Krauskopf noch immer nicht da, deshalb rief Carolin Revierinspektor Herzinger an. Er ging beim zweiten Läuten dran. »Guten Morgen, Miss Marple«, begrüßte er sie. »Was verschafft mir die Ehre?«

»Können Sie sich das nicht denken?« Carolin wischte sich eine Haarsträhne aus der Stirn. »Gibt es schon etwas Neues zu Herta Krauskopf? Halten Ihre Kollegen sie noch immer fest?«

»Ja, klar, was glauben S' denn.« Herzinger klang erstaunt. »Es besteht dringender Tatverdacht, und die Haftrichterin hat heut in der Früh die U-Haft verhängt.«

»Was sagt Frau Krauskopf denn zu den Vorwürfen?«

»Gar nix sagt s'. Des is es ja.« Herzinger schnaubte ins Telefon. »Stumm wie ein Fisch, haben die Kollegen g'sagt.«

»Das ist ja eigenartig.« Carolin runzelte die Stirn.

»Des is net eigenartig, des is Verweigerung der Aussage und damit a Schuldeingeständnis«, entgegnete Herzinger. »Zumindest wird's von die Kollegen so interpretiert.«

»Aber ihr Schweigen kann doch auch andere Gründe haben!«

»So, welche denn?« Herzinger klang sarkastisch. »Dafür, dass die Krauskopf Sie umbringen hat wollen, san S' ihr ja ganz schön wohlgesonnen.«

»Ich glaube einfach nicht, dass sie das getan hat.«

»Glauben heißt nix wissen, Miss Marple«, gab der Polizist zurück. »Solang es keinen Beweis fürs Gegenteil gibt, ist sie unsere Hauptverdächtige.« Er lachte trocken. »Im G'fängnis sitzen is koa Zuckerschlecken. Die wird schon no reden.«

»Halten Sie mich auf dem Laufenden?«

»Wann S' wollen.«

»Bitte.«

Carolin legte auf und sah aus dem Fenster. Die Wolken hingen tief und verhüllten die Berge. Der sonst so weite Blick ins Tal war heute eng und ohne Farbe und schien ihre Stimmung widerzuspiegeln. Warum schwieg Frau Krauskopf? Wenn sie wirklich unschuldig war, warum verteidigte sie sich dann nicht? Hinter ihrem Schweigen musste etwas anderes stecken, denn Carolin glaubte nicht an ihre Schuld.

Der Unfall

Eingedenk Rosis Bemerkung vom Vortag beschloss Carolin, das Mittagessen heute nicht ausfallen zu lassen. Rosi hatte nämlich recht – wenn sie viel zu tun hatte, neigte sie dazu, sich keine Zeit zu nehmen, um vernünftig zu essen. Ein paar Tage lang ging das gut, wenn sie sich zwischendurch einen Apfel oder einen Schokoriegel zwischen die Zähne schob, aber auf Dauer war das nicht gesund.

Vor dem Eingang zum Kulturzentrum lief sie Josef Pechheim in die Arme, der mitten auf dem Vorplatz stand und ungeachtet des Regens nach oben zum Dach des Zentrums blickte. Als sie näher kam, wandte er sich zu ihr um.

»Grüß Ihnen, Frau Magister«, sagte er und strich sich über die gegelten Haare, die aufgrund der Feuchtigkeit noch platter am Kopf klebten als sonst. »Schaun S' hinauf, die Kuppeln werden grad fertig g'macht.«

Carolin folgte seinem Blick. Tatsächlich, trotz des Regens waren zwei Arbeiter dabei, das Glas der Kuppeln auszutauschen. Die einfache Verglasung aus den Siebzigerjahren hatte den Raum unter den vier Kuppeln praktisch unbenutzbar gemacht: im Sommer brütende Hitze, im Winter eisige Kälte, unzumutbar für Besucher. Carolin wusste von dem Plan, die dreieckigen Platten durch getöntes Isolierglas zu ersetzen, und sie freute sich schon auf künftige Lesungen in dem lichtdurchfluteten Veranstaltungsraum. Es hatte auch hier Lieferschwierigkeiten und Verzögerungen gegeben, aber nun schien es endlich weiterzugehen.

»Warum um alles in der Welt macht man das bei so einem Wetter?«, fragte sie und beschirmte mit der Hand ihre Augen.

»Wahrscheinlich waren s' so froh, dass des Glas endlich da is, dass direkt ang'fangen haben.«

»Aber das ist doch nicht ungefährlich«, sagte Carolin.

Im gleichen Augenblick geschah es: Einer der Saugnäpfe, mit denen die Arbeiter die Glasscheibe angehoben hatten, löste sich vom nassen Glas, die Platte geriet in Schieflage, der Mann konnte sie nicht mehr halten, und mit einem hässlichen Krachen landete die Scheibe auf dem Dach.

Carolin wandte sich ab und rannte auf die Außentreppe zu, die vom Vorplatz hoch zum Dach führte. Oben bremste sie abrupt. Die dreieckigen Scheiben waren deutlich größer, als sie von unten ausgesehen hatten. Immerhin schienen sie aus Sicherheitsglas zu bestehen – die geborstene Platte war zwar in Tausende Einzelteile zersprungen, aber dank der eingearbeiteten Folie hatte sie ihre Form behalten. Neben der kaputten Scheibe hockte einer der beiden Arbeiter; er war kreidebleich und hielt sich den Arm. Sein Kollege stand neben ihm und telefonierte.

»Haben Sie sich verletzt?« Carolin trat auf den Mann zu.

Der Arbeiter nickte mit zusammengepressten Lippen. Carolin sah Blut unter seiner Hand hervorquellen – offenbar hatte er sich an der Metallkante geschnitten, die die Glasscheibe einfasste.

Pechheim war auf einmal neben ihr. »Habts net auf'passt?«, fragte er grob.

»Doch scho«, sagte der andere Mann und steckte sein Handy weg. »Aber bei dem Wetter derfat ma so was gar net machen.«

»Wieso tun Sie es dann?« Carolin fühlte plötzlich Wut in sich aufsteigen. »Das ist doch unverantwortlich!«

»Mia war'n so spät dran mit allem, dass der Chef g'sagt hat, er zahlt uns a Sonderprämie, wann mia glei heit anfangen.« Er deutete auf Josef Pechheim. »Und er hat g'sagt, mia sollen 's machen.«

Pechheim hob die Hände. »I hab gar nix g'sagt«, widersprach er. »I hab nur g'sagt, dass ihr a Vertragsstrafe kriegen werds wegen die ganzen Verzögerungen.«

»Des is ja des Gleiche«, stieß der verletzte Arbeiter zwischen den Zähnen hervor. »Hauptsach g'schwind.«

»Dass es deswegen bei dem Sauwetter anfangen sollts, davon war koa Red!«

»Jetzt zeigen Sie mal her«, sagte Carolin und ging neben dem Mann in die Hocke. »Haben Sie schon einen Arzt angerufen?«

»Naa, nur den Chef. Der hat g'moant, i soll eam a Pflaster drauftuan, und dann solln mia weitermachen.«

Der Mann hob die blutige Hand von seinem Unterarm. In der Haut klaffte ein tiefer Schnitt, aus dem Blut sickerte. Carolin zog die Luft zwischen den Zähnen ein. »Das muss sich ein Arzt ansehen«, sagte sie. »Sie fahren ihn am besten sofort ins Krankenhaus.«

»Und des da?« Der unverletzte Arbeiter deutete auf die Kuppel. »Mir können do net alles so stehen lassen.«

»Was is denn passiert?« Peter Brunneder tauchte auf der Treppe auf. »I hab's nur krachen g'hört.«

»Die beiden Spezialisten da haben g'moant, dass bei dem Regen mit die Glasscheiben anfangen müssen.« Josef Pechheim deutete auf die Kuppel. »Und des is natürlich schief'gangen.«

Der Hausmeister schüttelte den Kopf. »Erst geht wochenlang nix weiter, und dann muss alles husch-husch passieren.«

Josef Pechheim sah auf die Uhr und winkte dem verletzten Mann. »Kumm, i fahr di. I muss sowieso nachher nach Sankt Johann.«

»Des is guat.« Peter Brunneder deutete auf den anderen Arbeiter. »Du ruafst jetzt dein Chef an und sagst ihm Bescheid, und dann mach ma a Plane drüber, damit's net da a no einiregnet.«

Carolin nickte zustimmend und deutete auf die gebrochene Scheibe, die auf dem Dach lag. »Und lassen Sie das wegräumen, bevor sich noch jemand verletzt.« Sie bückte sich nach dem Handgriff mit den beiden Saugnäpfen, einer klebte immer noch an der gesprungenen Scheibe. Sie löste den Hebel und drehte ihn um, der andere Saugnapf wies einen sauberen Schnitt auf, der sich vom Rand bis zur Mitte zog. »Der ist leider auch kaputtgegangen.«

Peter Brunneder kam heran und nahm ihn ihr aus der Hand. »Des is aber net vom Glas passiert.«

Carolin erschrak. »Du meinst, das war Sabotage?«

»Kann sein.« Peter verzog die Mundwinkel. »Aber es kann a schon länger kaputt sein, und es is erst heit aufg'fallen, wie's nass worden is.«

»Vielleicht sollten wir doch die Polizei einschalten.«

»Hm.« Peters Gesicht hatte sich verdüstert. »Wenn des aussakummt, dass mir wirklich an Saboteur haben, dann is der Teifel los.«

»Ich weiß. Aber inzwischen sind offenbar auch Menschen gefährdet. Das kann man doch nicht einfach ignorieren.«

»Hast scho recht.« Sein Gesicht hellte sich auf. »I red amol mit dem Valentin, privat sozusagen, was der dazu sagt.«

Josef Pechheim war mit dem verletzten Arbeiter nach unten verschwunden, der andere stand am Ende des Daches, das Telefon in der Hand. Der Abstand, mit dem er es von seinem Ohr weghielt, ließ vermuten, dass sein Chef nicht erfreut war über die Situation. Schließlich kam er zurück.

»Mir sollen des jetzt provisorisch zuamachen. Er kummt dann morgen und schaut si des an«, sagte er.

»Is recht.« Peter Brunneder nickte. »Dann müss ma des aber no absperren, damit keiner in die Scherben rennt.«

Carolin sah auf die Uhr und verzog das Gesicht. Ihre Mittagspause war inzwischen vorbei, ihr Mittagessen war wieder einmal ausgefallen. Die Bibliothek würde gleich aufsperren. Ihren knurrenden Magen ignorierend setzte sie sich in Bewegung.

Später am Nachmittag, kurz vor Arbeitsende, klopfte Josef Pechheim an Carolins Bürotür.

»Ich wollt Ihnen nur Bescheid sagen, dass der Arbeiter versorgt ist.«

»Danke, das ist sehr nett von Ihnen.« Carolin lächelte. »Ich hoffe, es geht ihm gut?«

»Ich nehm's an. Ich hab ihn nur in der Notaufnahme ab'geben, dann bin ich zu meim Termin gefahren.«

»Na Hauptsache, ihm wurde geholfen.«

Pechheim nickte. »Ich wollt Sie eigentlich heut z' Mittag zum Essen einladen und was mit Ihnen besprechen. Aber dann is ja der Unfall passiert.« Er strich sich über sein Bärtchen und zeigte ein einladendes Lächeln. »Haben S' jetzt vielleicht Zeit?«

Carolin zögerte kurz, aber dann besann sie sich. Warum eigentlich nicht? »Mein Mittagessen ist heute auch ausgefallen«, antwortete sie. »Also ja, sehr gern.«

Es überraschte sie nicht, dass er sie zu seinem Auto führte. In unmittelbarer Nähe zum Kulturzentrum gab es zwar mehrere Lokale, aber nur ein einziges Restaurant, das der mondänen Kulisse halbwegs gerecht wurde, und das hatte ausgerechnet heute Ruhetag.

Pechheim hatte seinen Wagen, einen dunklen BMW, in der Zufahrt zu dem Lagerraum geparkt, in dem sie immer ihr Fahrrad abstellte, ganz so, als wüsste er, wer wann den Zugang benutzte. Galant öffnete er ihr die Beifahrertür. Das Auto roch neu, frisch und ein wenig nach Leder, obwohl die Sitze mit samtigem Stoff bezogen waren.

Er steuerte den Wagen rückwärts aus der schmalen Gasse und fuhr bergauf in Richtung des oberen Ortsteils. Sie folgten der Bundesstraße bis zum Bahnhof, hielten auf das Gemeindeamt zu und bogen zuletzt in die Kötschachtaler Straße ein. Mit dem Fahrrad hatte Carolin die Strecke schon in deutlich kürzerer Zeit bewältigt, was natürlich an der vertrackten Geografie von Bad Gastein lag: Um von einem Ende zum anderen zu kommen, mussten hundert Höhenmeter überwunden werden, und die Straßen führten alle in großen Umwegen um den Steilhang herum, in dessen Mitte das Ortszentrum klebte. Zu Fuß oder mit dem Fahrrad konnte man über

Treppen und steile Pfade abkürzen und war so oft schneller als mit dem Auto.

Es regnete noch immer, die oberen Lagen von Gastein waren in graue Wolken gehüllt. Josef Pechheim fuhr fast bis ans Ortsende, dann bog er in eine schmale Straße ab, die mit einem Sackgassenschild gekennzeichnet war und steil bergab führte. »Nur privat«, stand darunter. An ihrem Ende befand sich ein großer Parkplatz, die meisten Parkbuchten waren jedoch leer.

»Der gehört zum Hotel Reisinger«, erklärte er, als er das Auto abstellte. »Aber der Restaurantparkplatz is immer bummvoll, und von hier is außerdem näher.«

Carolin fand seine Parkgewohnheiten befremdlich, aber sie sagte nichts. Sie folgte Pechheim einen schmalen Fußweg nach unten, der ebenfalls als privat ausgeschildert war, bog hinter ihm um eine Ecke und fand sich vor einem urigen Holzhaus wieder.

»Bitte schön.« Pechheim deutete auf den Eingang. »Das ist der Geheimtipp in Gastein«, sagte er. »Die Angerhütte.« Er hielt ihr die Tür auf und ließ ihr den Vortritt.

Die Einrichtung war sehr rustikal, das unbehandelte altersgraue Holz der Wände bildete einen reizvollen Kontrast zu blütenweißen Tischdecken und funkelnden Gläsern. Gefaltete Servietten und frische Blumen verströmten einladendes Flair, die meisten Tische waren besetzt.

Pechheim sah sich um, grüßte hierhin, nickte dorthin, er schien hier sehr bekannt zu sein. Ein Mann in dunkelroter Schürze kam dienstfertig auf ihn zugeeilt, schüttelte ihm die Hand und wechselte ein paar Worte mit ihm. Dann deutete er nach rechts, wo eine breite Panoramascheibe einen beeindruckenden Ausblick ins Tal ermöglichte.

Carolins Blick blieb an einem silbergrauen Pferdeschwanz hängen. Der Mann wandte sich um, als ob er ihren Blick gespürt hätte, sein Gesicht hellte sich auf zu einem herzlichen Lächeln, und er nickte ihr grüßend zu. Es war Wiesmayr, Rosis Therapeut, der ihren Knöchel so wunderbar behandelt hatte. Sie grüßte zurück und freute sich, dass sie ebenfalls jemanden kannte – fast fühlte sie sich schon ein bisschen heimisch.

Das Essen war genauso bodenständig, wie es in dieser Kulisse zu erwarten war, aber die Aufmachung der Speisekarte versprach besondere Qualität. Carolin bestellte Zwiebelrostbraten, während sich Josef Pechheim für ein Backhendl entschied, ein Gericht, an das sich Carolin bisher nicht gewagt hatte – panierte Hühnerteile samt Knochen konnte sie sich esstechnisch nur schwer vorstellen.

Während sie auf das Essen warteten, fragte Pechheim sie über Düsseldorf aus. Bereitwillig beantwortete sie seine Fragen, aber im Stillen fragte sie sich, was er wirklich von ihr wollte – bestimmt keine Beschreibung des Rheinturms oder der Altstadt, da war sie sich ganz sicher.

Als das Essen kam, versiegte das Gespräch. Pechheim hatte kein Problem mit dem panierten Huhn, er zerlegte das Tier gekonnt mit Messer und Gabel, während sie sich dem ausgezeichneten Braten widmete.

Schließlich wischte er sich die Hände mit der Serviette ab. »Wie g'fallts Ihnen denn so bei uns?«, fragte er beiläufig, ohne sie anzusehen.

Carolin schob die letzten Bratkartoffeln auf die Gabel. Das war wohl die Eröffnung, vermutete sie und war gespannt, was jetzt kam. »Ausgesprochen gut.« Sie lächelte unverbindlich. »Gastein hat mir die Eingewöhnung aber auch leicht gemacht.«

»Ja, es is wirklich schön bei uns.« Er nickte zustimmend. »Und es wär schon schad, wenn Sie bald wieder gehen müssten, oder?«

Carolin warf ihm einen irritierten Blick zu. »Wieso sollte ich wieder gehen wollen?«

»Net wollen, müssen hab ich g'sagt«, entgegnete Pechheim und winkte einen Kellner heran. »Wollen S' noch an Nachtisch?«

Carolin schüttelte den Kopf. »Wie meinen Sie das?«

Pechheim bestellte Kaffee und wartete, bis sich der Kellner entfernt hatte, bevor er ihr antwortete. »Im Herbst sind doch Gemeinderatswahlen.« Er hob die Schultern. »Und wenn die Frau Axamer die Mehrheit verliert, weiß noch keiner so recht, wie des mit dem Kulturzentrum weitergehen wird.«

Carolin erstarrte. »Frau Axamer hat mir versichert, dass die Bibliothek auch weiter bestehen wird«, sagte sie mit lauter Stimme. »Und ich habe immerhin einen Vertrag.«

»Ja, des is scho richtig.« Pechheim sah sich um und machte eine beschwichtigende Geste. »Aber wissen S', wann wir uns ehrlich sind, dann ist das mit dem Medienzentrum schon ein Luxusprojekt. So eine riesige G'schicht für a Dorf mit grad amal viertausend Einwohner.«

»Die Bibliothek soll schließlich auch den Touristen zur Verfügung stehen.« Carolin fragte sich, worauf er hinauswollte. Das war doch alles bekannt. »Wenn man die einrechnet, dann ist sie bestimmt nicht zu groß geplant.«

»Des wird sich erst weisen, ob unsre Gäst des annehmen.« Pechheim zuckte mit den Achseln. »Wissen S', Kultur is ja gut und schön, aber in Wirklichkeit woll'n doch die Leut was anderes. Die wollen feiern, wenn s' zu uns kommen, und a echte, zünftige Unterhaltung.«

»Kultur ist echte Unterhaltung.« Carolin wurde langsam wütend.

»Des sag'n Sie so.« Er zog eine zweifelnde Miene. »Und vielleicht stimmt des auch für Düsseldorf oder Salzburg, aber bei uns in Goschdei is des anders. Da geht's um d' Pistengaudi und Party hintennach und net um Bücher.« Das letzte Wort sprach er verächtlich aus. »Jedenfalls haben mir von der Opposition einen Plan B. Und falls wir im Herbst g'winnen, dann schaut die Sache mit dem Kulturzentrum anders aus als heit.«

»Das heißt, Sie werden die Bibliothek wieder schließen?« Carolin sah ihn fassungslos an. Das hatte Frau Axamer ihr gegenüber anders dargestellt.

»Naa, des net grad«, antwortete Pechheim und sah aus dem Fenster. Draußen war es dunkel geworden, sein Gesicht spiegelte sich in der Scheibe, aber Carolin konnte seiner Miene nichts entnehmen. »Die Bibliothek wird scho bleiben. Da steckt z'viel Geld drin.« Er drehte den Kopf wieder zu ihr. »Aber mir würden des Ganze stark verkleinern und nur noch als Filiale von Sankt Johann weiterführen. Und wann durch die Umorganisation der Posten der Leitung wegfallt, dann san Sie als Fachkraft halt überflüssig.« Mit gespielter Unschuld breitete er die Hände aus.

Carolin wurde heiß und kalt. Offenbar hatte Pechheims Partei schon alles geplant, inklusive der Auflösung ihres Vertrags. Auf einmal wurde ihr bewusst, wie sehr sie bereits an Bad Gastein hing. Sie wollte hier nicht weg, wollte nicht aufgeben, was sie sich hier geschaffen hatte. Wohin sollte sie denn auch gehen? Gute Stellen waren nicht so einfach zu finden, selbst mit ihrer Erfahrung nicht. Ihre Entscheidung, hierherzukommen, war ein Sprung ins kalte Wasser gewesen. Jetzt war sie gerade erst angekommen, und nun sollte sie schon wieder gehen? Nein, das wollte sie nicht, auf gar keinen Fall. Aber wie sollte sie es verhindern?

Sie hob den Kopf. »Soll das eine Drohung sein, Herr Pechheim?«

»Aber naa, gar net. Entschuldigen S', so hab i des net g'meint.« Er legte ihr vertraulich die Hand auf den Arm. »Ich wollt Ihnen an Job anbieten.«

Carolin zog den Arm weg. »Einen Job?«

Er nickte. »Natürlich nur, falls Sie sich vorstellen könnten, unsere Pläne zu unterstützen.« Er lächelte entwaffnend und zeigte seine Zähne. »Wissen S', so viel tät sich schließlich gar net ändern. Mir würden zwar die Bibliothek verkleinern, dafür aber die ganze Eventg'schicht viel größer aufziehen. Da gäb's Gastronomie und Bars auf der Galerie, und unten im Zuschauerraum käm a richtige Konzertbühne und a ordentliche Tanzflächen hin. Ich würd mich g'schäftlich drum kümmern und an langfristigen Vertrag mit der Gemeinde machen für des kulturelle Programm. Aber ich brauchert a Assistentin, a Stellvertreterin, die sich mit der Organisation von solchen Veranstaltungen auskennt. Des wollt ich Ihnen anbieten.«

Carolin schwieg und dachte nach. Was Pechheim hier schilderte, war ein deutlich moderneres Konzept als das, was Frau Axamer vorschwebte. Aber das konnte man in jedem x-beliebigen Fremdenverkehrsort einfacher haben, und es war ganz bestimmt nicht das, wofür sie ihre Stelle in Düsseldorf aufgegeben hatte. Leute wie Pechheim wollten das historische Ambiente nur als Kulisse nutzen, anstatt es zu neuem Leben zu erwecken. Bad Gastein hatte wahrhaftig Besseres verdient.

Sie sah ihn an. »Das ist nicht die Art von Arbeit, die mir vorschwebt«, sagte sie.

»Es wär halt was Neues.« Er hob die Schultern. »Sie müsserten sich nur trauen.«

Carolin runzelte die Stirn. »Das hat nichts mit trauen zu tun. Ich glaube nicht, dass mir gefallen würde, was Sie aus dem Ort machen wollen.«

»Denken S' zumindest drüber nach. Noch is des eh alles nicht spruchreif.«

»Da muss ich nicht nachdenken.« Sie schüttelte energisch den Kopf. »Und wenn Frau Axamer die Wahl gewinnt, bleibt ohnehin alles beim Alten, oder nicht?«

»Beim Alten, genau.« Er verzog das Gesicht und trank einen Schluck von seinem Kaffee. »Des is ja das Problem.« Er sah ihr direkt in die Augen. »Ich bin da ganz ehrlich zu Ihnen: Mir werden des Kulturzentrum zu unserem zentralen Wahlkampfthema machen. Und wann in den nächsten Monaten a nur des G'ringste schiefgeht, dann is die Frau Axamer politisch weg vom Fenster.«

Carolin schluckte. Offenbar hing für die Bürgermeisterin alles davon ab, wie die Urlauber das neue Angebot annehmen würden. Und das bedeutete, dass auch das Eröffnungskonzert in drei Wochen ein Erfolg werden musste. Aber immerhin schien der Mann ehrlich zu sein und spielte ihr gegenüber mit offenen Karten.

Sie lächelte schief. »Danke, dass Sie mich vorgewarnt haben.«

»Ich find's halt nur fair, wann Sie Bescheid wissen.« Er grinste. »Weil die Annamirl hat Ihnen des bestimmt net g'sagt.«

Dem konnte sie nichts entgegnen. Aber sie würde trotzdem dafür sorgen, dass Frau Axamers Konzept zu einem Erfolg wurde – schließlich war genau diese Planung der Grund dafür, dass sie nach Bad Gastein gekommen war.

Als Carolin am Abend nach Hause kam – Pechheim hatte es sich nicht nehmen lassen, sie zurück zum Haus Sonnenschein zu chauffieren –, vernahm sie heisere Laute aus der Küche. Der Kater! An den hatte sie gar nicht mehr gedacht, zu viel war heute geschehen.

Sie betrat die Küche, und tatsächlich stand ein großer Pappkarton mitten auf dem Tisch. Im Inneren rumorte es, das krächzende Miauen ertönte erneut. Carolin fand, er klang ziemlich empört.

»Ihr habt ihn also wirklich geholt«, stellte sie fest.

Rosi nickte. »Der Valentin war heit in Salzburg und hat mit der Herta reden können.«

»Ah.« Carolin seufzte erleichtert. »Was sagt sie?«

»Gar nix hat s' g'sagt«, antwortete Rosi. »Nur dass i mi um den Ferdinand kümmern soll.« Sie wies auf das Tier. »Aber sie sagt nix, wie's g'wesen is an dem Abend, und sie verteidigt si a net.«

»Das ist aber wirklich eigenartig.«

»Gell?« Rosi hob die Schultern. »Grad wie wann s' a schlechts G'wissen hätt. Am End war sie's ja doch?«

»Nein.« Carolin schüttelte energisch den Kopf. »Ich habe noch einmal über den Abend nachgedacht. Ich glaube nicht, dass Herta Krauskopf die Möglichkeit hatte, die Tonicflasche zu vergiften.«

»Wie kommst jetzt auf des?« Rosi sah sie überrascht an.

»Auf dem Tresen neben dem Buffet, wo die Getränke vorbereitet wurden, gab es nur Sekt, Orangensaft, Mineralwasser und Bier. Für alles andere mussten die Kellner nach oben in die Küche. Und da wäre Frau Krauskopf doch bestimmt aufgefallen.«

»Vielleicht hat sie's scho vorher g'macht?«

Carolin winkte ab. »Wie denn? Für die Küche habe nicht einmal ich einen Schlüssel.«

»Hm.« Rosi kniff die Augen zusammen. »Magst des net der Polizei sagen?«

Carolin lachte auf. »Die hören doch nicht auf mich. Und solange sie nichts sagt, was zu ihrer Entlastung beiträgt, wird man sie für schuldig halten.«

»Des is wahr.« Rosi seufzte. »Der Valentin hat g'sagt, sie haben an Psychologen für sie b'stellt. Vielleicht redet s' ja mit dem.«

»Hoffentlich.« Carolin wies auf den Karton. »Soll ich Ferdinand mit nach oben nehmen?«

»Ja, bitte. Bevor ihn morgen in der Früh die Gäst sehen.« Sie zog die Nase kraus. »Im Internet steht ja, mir san tierfrei, da schaut so a riesiges Viech dann komisch aus.«

Carolin trat einen Schritt vor, um den Karton hochzuheben, aber Rosi hielt sie zurück. »Wanns d' a weng wartst, dann hilft dir der Peter beim Auffitragen. Der muaß eh glei kommen.«

Wenig später saß Carolin auf ihrem Sofa und sah zu, wie der Kater seine neue Umgebung erkundete. Zwischendurch ließ er immer wieder sein heiseres Maunzen hören. Er schaute aus dem Fenster, sprang auf den Esstisch, beschnupperte den Fußboden vor der kleinen Küchenzeile und untersuchte die Katzentoilette, die Carolin in die Ecke unter der Dachschräge geschoben hatte.

Peter hatte ihr alles hochgetragen, die Katzenfutterdosen, den Sack mit der Katzenstreu, das Katzenklo, die

Futterschüssel und sogar das Tablett, auf dem Frau Krauskopf ihren Ferdinand fütterte. Sie hatte es vor die Balkontür geschoben und ihm Futter hingestellt, aber er schien zu unruhig, um zu fressen.

Zuletzt kam er zu ihr aufs Sofa und rieb seinen Kopf an ihrem Arm. Sie streichelte seinen Rücken.

»Tut mir leid«, sagte sie leise. »Ich hoffe für dich, dass dein Frauchen bald wieder nach Hause kommt.«

Er schnurrte leise und rollte sich auf ihrem Schoß zusammen. Carolin ließ sich nochmals das Gespräch mit Josef Pechheim durch den Kopf gehen. Sie als Eventmanagerin? Oder was auch immer dieser Job bedeutete, den er ihr angeboten hatte. Sie war kein Profi auf diesem Gebiet, und sie fragte sich, wie er darauf kam, dass sie das konnte. Viel wahrscheinlicher war doch, dass er sie einfach auf seine Seite ziehen wollte. Womöglich hoffte er sogar, sie würde ihn in seinem Vorgehen gegen die Pläne der Bürgermeisterin unterstützen, dabei war genau das Gegenteil der Fall: Sie würde alles dafür tun, dass das Kulturzentrum zu einem Erfolg wurde. Etwas anderes kam gar nicht infrage.

Schließlich hob sie den schlafenden Kater von ihrem Schoß aufs Sofa und stand auf. Er maunzte ungnädig und sah ihr hinterher, während sie ins Badezimmer ging. Als sie wiederkam, lag er in ihrem Bett, als ob er da hingehörte.

»Na gut, mein Freund«, murmelte sie und schlüpfte unter die Decke. »Solange kein anderer Mann da ist, darfst du bleiben.«

Mit offenen Karten

Am nächsten Morgen fand Carolin auf ihrem Handy eine Nachricht der Bürgermeisterin. Frau Axamer hatte sie mitten in der Nacht geschickt, und unwillkürlich fragte sie sich, ob die Frau jemals schlief.

»Kommen Sie um acht in mein Büro«, lautete der Text. Kurz angebunden und ohne Umschweife.

Carolins Brauen hoben sich beim Lesen, und sie warf einen Blick aus dem Fenster. Der Himmel war noch immer grau, doch der Regen hatte aufgehört, sodass sie heute wieder das Fahrrad nehmen konnte.

Trotzdem beeilte sie sich mit ihrer Morgentoilette. Vor dem Spiegel kämpfte sie mit ihren Haaren – sie musste dringend zum Friseur. Auch dazu war sie in den letzten Wochen nicht gekommen, und das Ergebnis waren ziemlich wilde Locken, die ihr bis in die Augen hingen. Energisch bürstete sie sie nach hinten, benutzte ein wenig Gel, um sie an Ort und Stelle zu halten, und musste unwillkürlich an den geschniegelten Josef Pechheim denken. Sie schnitt ihrem Spiegelbild eine Grimasse und wandte sich ihrem neuen Mitbewohner zu, der heiser maunzend um ihre Beine strich und um sein Frühstück bettelte.

»Du scheinst dich um dein Frauchen nicht sonderlich zu grämen, oder?«, fragte sie ihn. »Und irgendwie scheint das auch sonst niemand zu tun.« Sie ging in die Hocke und streichelte seinen Kopf. Zur Antwort schnurrte er.

Sie tätschelte seinen Rücken, dann stellte sie ihm sein Futter hin und lief nach unten.

Zwanzig Minuten später klopfte sie an die Tür ihrer Chefin.

»Herein«, tönte es von drinnen.

Carolin trat ein. Frau Axamer sah ihr mit eisiger Miene entgegen und deutete mit der Hand auf den Besucherstuhl, der wohl nicht unbeabsichtigt ein klein wenig niedriger war als der ihre. Carolin nahm Platz und richtete sich gerade auf.

»Ich hab gehört, Sie haben sich gestern mit dem Sepp Pechheim getroffen?«, begann die Bürgermeisterin.

»Ja?« Carolin sah sie fragend an. »Ist das ein Problem?«

»Problem nicht gerade, aber ich muss mich schon fragen, wo Ihre Loyalitäten liegen.«

»Meine Loya…« Carolin riss die Augen auf. »Was denken Sie eigentlich von mir?«

»Immerhin hab ich Sie eing'stellt. Wenn Sie jetzt mit dem Oppositionsvorsitzenden in aller Öffentlichkeit kollaborieren, schaut das komisch aus.«

»Ich kollaboriere doch nicht mit ihm.« Carolin war empört. »Er hat mich zum Essen eingeladen, das ist alles.«

»Ich kenn doch den Pechheim.« Frau Axamers Augen blitzten. »Der macht nix ohne Hintergedanken.« Sie sah Carolin scharf an. »Also sagen S' schon, was wollt er von Ihnen?«

»Gar nichts wollte er.« Carolin runzelte die Brauen. »Er hat mich nur darüber in Kenntnis gesetzt, wie die Pläne für das Kulturzentrum aussehen, falls seine Partei bei der nächsten Wahl gewinnt.« Carolin sah nun ihrerseits die Bürgermeisterin an. »Davon haben Sie mir nichts gesagt.«

»Weil's komplett irrelevant ist.« Frau Axamer machte eine wegwerfende Handbewegung. »Das Kulturzentrum wird ein Erfolg, werden S' schon sehen. Und selbst die Dackeln von der Opposition werden net so blöd sein und das ganze Konzept wieder umschmeißen, wann's erst einmal lauft.«

»Aber dazu muss es erst einmal laufen.« Carolin schüttelte fassungslos den Kopf. »Herr Brunneder hat doch mit Ihnen über die Sabotageakte gesprochen, oder nicht?«

»Sabotage?« Die Bürgermeisterin lachte hell auf, aber ihre Augen blieben ernst. »Blödsinn, das bild't sich der Peter nur ein. Das sind ganz normale Missgeschicke, wie s' auf jeder Baustelle passieren. Sie werden's schon sehen, das klappt alles wie am Schnürchen.«

Carolin dachte an die geöffneten Fenster, die Sicherungen und den Schnitt in dem Saugnapf der Glaser, aber natürlich gab es keinen Beweis für eine Sabotage. Nicht einmal Peter wollte so recht daran glauben. Trotzdem schien ihr, als nähme die Bürgermeisterin dies alles zu sehr auf die leichte Schulter.

Frau Axamer erhob sich, nun war ihre Miene wieder freundlich. »Egal was der Pechheim Ihnen versprochen hat – sein Veranstaltungskonzept wird net aufgehen. Das ist nix Neues, das ist genau das, was alle anderen auch haben.« Sie atmete tief durch und sah Carolin fest in die Augen. »Halten S' Ihnen schön an unsere Planung, und alles wird gut.«

»Sie sind die Fachfrau.« Carolin grinste schief. »Ich hoffe nur, Sie haben recht. Weil mir gefällt mein Job recht gut, so wie er ist, und ich würde ihn ungern verlieren.«

»Na sehen S'.« Die Bürgermeisterin nickte und wandte sich zur Tür. »Kann ich sonst noch was für Sie tun?«

Gerade so, als hätte Carolin um dieses Gespräch gebeten und wäre nicht von Frau Axamer einbestellt worden. Im Stillen amüsierte Carolin sich darüber, aber sie ließ sich nichts anmerken. Es war typisch für die resolute Bürgermeisterin.

»Gibt es schon etwas Neues zu Frau Krauskopf?«, fragte sie.

Frau Axamer schüttelte den Kopf. »Nein. Ich hab vorhin grad mit dem Gruppeninspektor Hennrich telefoniert. Der darf mir natürlich keine Auskunft geben, aber unter der Hand hat er mir g'sagt, dass sie wohl in U-Haft bleiben wird, solang sie net redet.«

»Dass sie nicht spricht, ist wirklich eigenartig.« Carolin hob die Schultern. »Wie dem auch sei – uns fehlt eine Arbeitskraft in der Bibliothek. Können Sie uns vielleicht eine Aushilfe zur Verfügung stellen?«

»Ich hab selber keine Leut«, antwortete Frau Axamer. Die sind grad alle in Urlaub, bevor die Saison richtig losgeht.« Sie rieb sich die Stirn. »Aber ich könnt den Max Puntschuh anrufen, ob der vielleicht früher kommen kann.«

»Ist das die zusätzliche Kraft für den Sommer?«

»Genau. Der ist ein Student aus Wien und macht das als Ferienjob. Ich frag ihn, ob er jetzt schon Zeit hat. Dann ist er wenigstens schon eingearbeitet, wenn's in den Ferien richtig losgeht.«

Carolin nickte. »Ja, das ist eine gute Idee.«

Als Carolin das Gemeindeamt verließ, hatte es wieder zu regnen begonnen. Notdürftig trocknete sie den Sattel und schwang sich aufs Rad. Zum Glück war es nicht weit bis zum Parkhaus, dessen Aufzug inzwischen fast zu ihrem üblichen Arbeitsweg geworden war – das hätte sie sich am Tag ihrer Ankunft, als sie hier zum ersten Mal mit Peter Brunneder nach unten gefahren war, auch nicht träumen lassen.

Sie schob ihr Fahrrad die wenigen Meter hinüber zum Kulturzentrum und war froh, in den überdachten Zuweg zu dem Lagerraum einbiegen zu können, in dem sie ihr Fahrrad abstellte.

Durch den ungeplanten Besuch bei der Bürgermeisterin war sie spät dran, und Julia kam ihr schon im Foyer entgegen.

»Wo bleiben S' denn? Is was passiert?«

»Aber nein, alles in Ordnung. Ich hatte nur einen Termin bei Frau Axamer.«

»Ah so. Wegen der Herti?«

»Ja, auch. In erster Linie wollte sie wissen, warum ich mit Ihrem Freund, dem Herrn Pechheim, essen war.« Bloß keine Heimlichkeiten, schon gar nicht gegenüber ihrer Mitarbeiterin.

Julias Gesicht verdunkelte sich. »Der is nimmer mei Freind«, murmelte sie. »Mir haben uns gestern g'stritten.«

»Hoffentlich nicht wegen mir?«

Julia schüttelte den Kopf, dass ihre Locken flogen. »Naa. Aber i hab immer mehr des G'fühl g'habt, dem Sepp is gar nie um mi 'gangen. Der wollt oafach an Grund haben, dass er da bei uns umadumschnüffeln kann.«

»Ich dachte, er ist ganz offiziell in seiner Eigenschaft als Gemeinderat hier?«

»Ja, des hab i a z'erst denkt. Und dass er wegen mir so oft da is. Aber er hat immer so komische Sachen g'fragt, und amol hat er sogar meine Schlüssel mitg'nommen.« Sie schnaubte. »Natürlich nur versehentlich.«

Carolin hob alarmiert den Kopf. »Willst du damit sagen, dass er etwas mit der Sabotage zu tun hat, die Peter Brunneder vermutet?«

Julia zuckte mit den Achseln. »Naa, des grad net. Aber i glaub, dass er ganz genau hinschaut, ob er net was brauchen kann für sein bleden Wahlkampf.«

Carolin nickte langsam. »Ja, das würde auch zu dem passen, was er gestern gesagt hat.«

»Is egal. Gibt no andere Manner.« Julia zog ein schiefes Grinsen. »Außerdem war er eh z'oid für mi.«

Dem konnte Carolin nicht widersprechen, und sie lächelte ebenfalls. »Schön, wenn du es so locker siehst.«

Gemeinsam gingen sie die Treppe hinunter zur Bibliothek. »Was is denn jetzt mit der Herta?«, fragte Julia. »Kummt s' bald wieder?«

»Es sieht nicht so aus. Angeblich spricht sie nicht, und deshalb geht die Polizei davon aus, dass sie schuldig ist.«

»Glaub'n Sie des a?«

Carolin schüttelte den Kopf. »Nein. Ich glaube nicht, dass sie mit der Sache irgendetwas zu tun hat. Genauso wie ich auch nicht daran glaube, dass ich das Ziel des Anschlags war.«

»Sie hätt des ja die ganze Zeit vorher vü oafacher machen können«, bemerkte Julia und stieß die Tür zur Bücherei auf. »Des Tonic Water von Ihnen steht ja immer im Kühlschrank, und des trinkt sonst koaner.«

»Stimmt.« Carolin hob die Schultern. »Ich will auch gar nicht ausschließen, dass Herr Hutter aufgrund einer Verwechslung getötet wurde. Aber das geplante Opfer kann genauso gut jemand anderer gewesen sein.«

»Wieso net der Hutter?« Julia schob sich hinter den Tresen und schaltete den Computer ein.

»Es haben ihn doch alle in den Himmel gelobt. Nur zufriedene Patienten, ein Arzt ohne Fehl und Tadel.«

»Des glaubt oba nur die Polizei.« Julia rümpfte die Nase. »Mei Schwester arbeit' ja in der Kurklinik. Die täten nie was Schlechts über eam sagen. Aber in Wahrheit war der a ganz schönes G'frast.«

»G'frast?« Carolin sah ihre Mitarbeiterin fragend an. »Was ist das?«

»A Lump, a Schwindler, a Hochstapler und a Schürzenjäger.«

»Ach was. Der Herr Professor war also nicht unumstritten?«

»Des kann ma so sagen.« Julia schnaubte. »I woaß von mindestens zwoa Krankenschwestern, denen er nachg'stiegen is. Und mit die jungen Ärzte is er a net grad zimperlich g'wesen.«

»Das ist ja interessant.« Carolin rieb sich die Nase. »Er hatte also durchaus Feinde.«

»Na, Feinde tat i net sagen.« Julia grinste. »Sie haben eam doch kenneng'lernt. Der Hutter war so a schmalziger Charmeur, der si bei alle eing'schleimt hat. Und am End haben s' dann immer alle g'macht, was er wollen hat. Um'bracht hätt ihn deswegen koaner.«

»Irgendjemand scheinbar doch«, gab Carolin zurück.

»Bestimmt net die Herti«, meinte Julia und ließ sich in den Drehstuhl fallen. »Die hat den Professor doch verehrt wie nur was.«

Stimmen erklangen aus der Lounge, die ersten Besucher tauchten auf. Carolin wandte sich ab und ging nachdenklich zu ihrem Büro.

Bisher hatte sie die Aussagen, dass Professor Hutter beliebt und über jeden Zweifel erhaben gewesen sei, nicht hinterfragt – ganz so wie offenbar auch die Polizei. Aber wenn es stimmte, was Julia sagte, dann gab es vielleicht doch den einen oder anderen, der mit dem angesehenen Arzt eine Rechnung offen hatte. Sobald es um sexuelle Belästigung von Mitarbeiterinnen ging, waren die Grenzen des guten Geschmacks heute deutlich enger gesteckt als früher. Schließlich hatte auch sie selbst sein Verhalten als übergriffig und unangenehm empfunden. Sie hatte sich dieser Situation recht einfach entziehen können; andernfalls hätte sie irgendwann auch deutliche Worte finden müssen, und so etwas konnte sich aufschaukeln. Das wusste sie aus eigener Erfahrung.

Das schlechte Wetter schien heute mehr Besucher ins Medienzentrum zu treiben, sodass Carolin in den folgenden Stunden keine Zeit mehr zum Grübeln blieb. Zwei Familien mit insgesamt sieben Kindern nahmen den Spielebereich in Beschlag, ihr lautes Lachen tönte bis hinauf in den Lesesaal, woraufhin sich prompt eine ältere Dame beschwerte. Carolin vermittelte, bat die Kinder um Mäßigung und die Dame um Geduld, beantwortete Fragen, gab Tipps und Ratschläge und kümmerte sich zwischendurch um das Verbuchungsterminal, dessen Stecker sich schon wieder selbstständig gemacht hatte.

Auch Julia hatte alle Hände voll zu tun. Sie saß hinter dem Tresen am Eingang und half den Leuten, die mit den Selbstbedienungsgeräten nicht zurechtkamen, erteilte Auskunft, wo was zu finden war, und schaffte zu Carolins Freude sogar eine Mini-Führung im Heimatsaal mit einer Touristengruppe aus Belgien.

Zu Mittag war Carolin mehr als froh, die Türen der Bibliothek schließen zu dürfen. Ihr Knöchel hatte wieder zu schmerzen begonnen, das ständige Auf und Ab über die Treppen tat ihm nicht gut.

»Derf i heit a weng früher gehen?«, fragte Julia. Sie stand hinter dem Tresen und streckte sich, dass ihr Pullover hochrutschte und ihren flachen Bauch freigab.

Carolin sah auf die Uhr, es war kurz nach zwölf. »Kannst du vorher noch nach unten gehen und alles aufräumen, bitte? Und denk auch daran, die Geräte runterzufahren. Dann kannst du Schluss machen.«

»Okay, mach i.« Julia schlängelte sich hinter dem Tresen hervor. »A schens Wochenende wünsch i eana!«

»Dir auch, Julia!«

Wenig später verließ auch Carolin das Gebäude. Eigentlich hatte sie vorgehabt, den Heimweg heute auszudehnen und eine längere Runde mit dem Fahrrad zu drehen, aber ein Blick in den Himmel belehrte sie eines Besseren. Zwar regnete es gerade nicht, aber die Wolken hingen tief über den Bergen und verhüllten die Hänge. Rosi hatte Bad Gastein einmal als Wetterloch bezeichnet – wenn es erst einmal regnete, hörte es so schnell nicht mehr auf. Wie als Antwort wehte ihr der Wind eine feuchte Wolke Nieselregen ins Gesicht.

»Na, das ist aber eine Überraschung!«, tönte es plötzlich hinter ihr.

Carolin wandte sich um. Auf dem Bürgersteig stand der nette Arzt aus der Kurklinik und winkte heftig. Carolin strengte ihr Gedächtnis an. Hunold, genau, das war sein Name gewesen.

»Herr Hunold, schön, Sie zu treffen«, antwortete sie und ging zu ihm hinüber. Nun freute sie sich doch, ihn wiederzusehen. Sie hatte ihm gegenüber fast ein schlechtes Gewissen gehabt – immerhin hatte er ihr so freundlich geholfen, und sie hatte sich nicht einmal richtig bedankt, sondern ihn in dem Glauben gelassen, sie sei eine Touristin.

»Ich freue mich auch.« Er lächelte sie an. Offenbar war er schon länger unterwegs, denn am Rand seiner Kapuze hingen Wassertropfen. Er trug eine orangefarbene Regenjacke und einen kleinen Rucksack, der schwarz war vor Nässe. »Ich hab gedacht, Sie wären schon längst wieder abgereist.«

»Aber nein, ich arbeite hier«, sagte Carolin und deutete auf das Kulturzentrum.

»Ach, Sie sind gar keine Touristin?«

»Nein.« Sie schüttelte den Kopf. »Ich leite die Bibliothek.«

»Sie sind das also.« Er schmunzelte.

»Genau, ich bin das.« Sie streckte ihm die Hand hin. »Ich habe mich gar nie richtig vorgestellt. Carolin Halbach ist mein Name.«

Er schüttelte ihre Hand. »Sehr erfreut. Wirklich.« Seine braunen Augen leuchteten. »Wie geht's Ihrem Fuß?«

»Sehr gut, danke.« Sie erwiderte sein Lächeln. »Ich wollte mich schon längst bei Ihnen bedanken für die nette Hilfe nach meinem Sturz.«

Hunold lachte und machte eine wegwerfende Handbewegung. »Das war doch selbstverständlich.« Er sah sich um. »Haben S' ein bisserl Zeit? Ich würd gern mit Ihnen einen Kaffee trinken gehen.«

»Sie haben Glück.« Carolin grinste. »Ich habe gerade Feierabend gemacht.«

Er deutete auf das Café des Zentrums. »Na dann, worauf warten wir noch?«

Das Kaffeehaus war ähnlich gut besucht wie zuvor noch die Bibliothek, aber sie fanden noch einen freien Tisch direkt am Fenster, von wo aus Carolin auf den nassen Straubinger Platz hinausblickte. Nur wenige Menschen waren unterwegs, die meisten hatten sich ins Trockene geflüchtet.

»Was treibt Sie denn bei diesem Wetter auf die Straße?«, fragte sie.

Er zog seine nasse Jacke aus und verteilte Wassertropfen auf dem Tisch. »Ich war auf'm Berg«, erklärte er.

»Bei dem Regen?« Carolin sah ihn überrascht an.

»Ja klar.« Er grinste, ein Wassertropfen löste sich von seinem Haar und landete auf seiner Nase. »Wenn die Wolken so tief hängen, scheint manchmal oben auf den Gipfeln die Sonne.«

»Ah, verstehe.« Carolin nickte. »Das stelle ich mir sehr schön vor.«

»Kommen S' halt das nächste Mal mit.« Er winkte einen Kellner heran.

Carolin hob die Hände. »Ich fürchte, dafür reicht meine Kondition noch nicht aus. Dazu muss ich erst einmal trainieren.«

»Man kann auch mit der Seilbahn hochfahren und oben wandern gehen«, antwortete der Arzt. »Dann müssen S' net so weit aufsteigen.«

»Das ist eine gute Idee.« Carolin strahlte. »Irgendwie dachte ich bei der Seilbahn immer nur an Wintersport.«

Sie bestellten Kaffee, Hunold orderte noch eine Malakofftorte dazu. »Wollen S' auch was essen?«, fragte er.

»Ja.« Carolin hatte aufgrund des Termins mit der Bürgermeisterin auf das Frühstück verzichtet und verspürte nun tatsächlich Hunger. »Aber das zahle ich selbst.«

Er grinste. »Wie S' wollen.«

Das Kaffeehaus bot auch kleine Mittagsgerichte an, und Carolin wählte Gulaschsuppe, die mehr ein Eintopf als eine Suppe war und mit einem gut gefüllten Brotkorb serviert wurde. Carolin nahm sich eine Semmel und brach sie in kleine Stücke, die sie in die Suppe bröckelte.

Der Arzt machte sich über seine Torte her, ein wahrhaft imposantes Stück, das ebenfalls als Mittagessen durchgehen konnte. In erstaunlich kurzer Zeit hatte er es verdrückt, während sie noch an ihrer zweiten Semmel kaute. Mit dem letzten Happen wischte sie den Rest der Suppe aus dem Teller.

Ihr Gespräch mit Julia kam ihr in den Sinn, und sie beschloss, die günstige Gelegenheit zu nutzen. »Kannten Sie den Professor Hutter eigentlich gut?«, fragte sie und wischte sich den Mund mit der Serviette ab.

»Was …« Er stutzte. »Ach so, stimmt, das ist ja bei Ihnen in der Bibliothek passiert.« Er trank einen Schluck Kaffee und lehnte sich zurück. »Gut, was heißt schon gut«, sagte er und stellte die Tasse wieder ab. »Er war in den letzten drei Jahren mein Vorgesetzter. Da lernt man einen Menschen schon kennen. Wieso fragen S' das?«

Carolin zögerte kurz, dann beschloss sie, mit offenen Karten zu spielen. »Die Polizei geht davon aus, dass ich das eigentliche Ziel des Anschlags war, und man hat meine Mitarbeiterin verhaftet.«

»Ah.« Er sah sie aufmerksam an. »Und Sie glauben das nicht?«

Carolin schüttelte den Kopf. »Ich weiß es nicht. Ich kann es mir einfach nicht vorstellen.«

»Und jetzt wollen S' wissen, ob jemand Grund hatte, den Professor Hutter umzubringen?«

»Genau.«

»Die Polizei hat mich das auch schon gefragt.«

»Und was haben Sie denen gesagt?«

»Dass ich es mir nicht vorstellen kann.«

Carolin musste lachen. »Mord ist auch nur schwer vorstellbar.«

»Das ist wahr.« Hunold stützte die Arme auf den Tisch und lehnte sich vor. »Man will halt nichts Schlechtes über einen Toten reden«, sagte er mit gesenkter Stimme.

»Das verstehe ich natürlich.« Carolin sah ihn auffordernd an. »Aber wenn deshalb jemand unschuldig im Gefängnis sitzt, sollte man schon den Mund aufmachen.«

»Sie haben ja recht.« Der Arzt sah sich um. »Wenn ich ehrlich bin, war er nicht bei allen beliebt. Manchmal war er aufbrausend und nicht grad einfühlsam.«

»Sie meinen gegenüber Patienten?«

»Nein, nicht bei den Patienten, sondern gegenüber Kollegen.« Der Arzt sah aus dem Fenster. »Wissen S', fachlich war er top, unser Chef. Aber die Medizin ist nicht nur schwarz und weiß, und es gibt oft viele Wege, die zu einer Heilung führen. Der eine ist dabei nicht unbedingt schlechter als der andere, nur halt anders. Aber für den Professor Hutter hat es immer nur einen einzigen 'geben, nämlich seinen.« Er seufzte. »Da konnte er manchmal – entschuldigen S' – ein richtiges Arschloch sein.«

»Er ist also mit seinen Kollegen aneinandergeraten?«

Hunold nickte und rührte in seinem Kaffee. »Ja, so kann man's nennen. Vor allem wenn's stressig 'worden ist, dann hat er kein Blatt vor den Mund g'nommen. Besonders bei den jungen Ärzten, die hat er sogar vor den Patienten zusammeng'schissen.« Er schlug mit der flachen

Hand auf den Tisch. »Und so was g'hört sich nicht unter Kollegen.«

Ein Mann am Nachbartisch sah herüber, Carolin senkte ihre Stimme. »Sie wollen jetzt aber nicht andeuten, dass ihn deshalb einer Ihrer Kollegen umgebracht hat?«

»Natürlich nicht.« Hunold hob abwehrend die Hände. »Das waren immer rein fachliche Diskussionen, die man halt besser unter vier Augen besprechen hätt sollen und nicht vor den Patienten. Aber deshalb begeht man doch keinen Mord. Bestimmt nicht.« Er klang sehr überzeugt.

»Und was ist mit seinen Patienten? Hatte er vielleicht mit jemandem Streit?«

Der Arzt schüttelte den Kopf. »Höchstens, wenn er einmal wen nicht genommen hat.« Er grinste freudlos. »Es wollten ja viele privat zu ihm, er konnt sich seine Patienten aussuchen. Deshalb hat er auch nur die behandelt, wo die Bezahlung g'stimmt hat.«

»Sie meinen Privatversicherte?«

»Ja, die auch.« Er hob die Schultern. »In Österreich ist des anders als wie bei Ihnen in Deutschland. Bei uns kann man sich die Krankenkassa nicht aussuchen, und nicht alle zahlen am Ende das Gleiche. Und wenn er dann den Eisenbahner als Patienten nimmt und die Kassiererin vom Billa nicht, dann ist die natürlich ang'fressen.«

»Verstehe.« Carolin trank ihren Kaffee aus. »Nur wird die ihn deshalb auch nicht vergiften.«

»So ist des.« Er winkte den Kellner herbei. »Ich tät jetzt wirklich gern noch länger mit Ihnen plaudern, aber ich muss los. Ich hab heut Spätdienst und muss mich vorher noch umziehen.« Er sah sie aus seinen braunen Augen an. »Wenn S' mir Ihre Telefonnummer geben, dann ruf ich Sie an, wenn ich das nächste Mal aufn Berg geh.«

Ein seltsamer Scherz

Als Carolin das Kaffeehaus verließ, hatte es wieder zu regnen begonnen. Missmutig warf sie einen Blick in den nassen Himmel, als ob den ihre Meinung interessieren würde, da bemerkte sie den Wagen von Peter Brunneder, der mitten auf dem Vorplatz parkte. Das war ungewöhnlich, normalerweise stellte er sein Auto im Parkhaus ab, aber es kam ihr gelegen – vielleicht konnte er sie mitnehmen, wenn er nach Hause fuhr. Dann würde sie das Fahrrad stehen lassen und es später abholen, sobald der Regen nachgelassen hatte.

Sie drückte die Tür zum Kulturzentrum auf, zu ihrer Überraschung war sie unversperrt. Im Foyer sah sie sich um. Wo Peter wohl steckte? Er konnte überall in dem weitläufigen Gebäude sein. Sie zog ihr Telefon aus der Tasche, um ihm eine Nachricht zu schicken, in diesem Moment hörte sie Stimmen, die von links kamen, wo immer noch die Aufsteller mit den Plakaten den Anblick der Bauplanen verbargen.

Sie umrundete die Plakatwand, schob die Plane zur Seite und fand sich vor einer breiten Flügeltür aus fein gemasertem Holz wieder, die halb offen stand. Die Stimmen wurden lauter, sie ging durch die Tür und hielt überrascht inne.

Vor ihr erstreckte sich eine breite Galerie, die einmal um einen riesigen Raum herumführte. Sie trat an die Brüstung, dahinter ging es drei Stockwerke in die Tiefe.

Sie blickte auf helles Parkett und einen stufig ansteigenden Zuschauerraum im Schatten des Balkons, auf dem sie sich befand. Auf der Bühne gähnte ein schwarzer Schlund voller Zahnräder, Kolben und Maschinen, angestrahlt von starken Scheinwerfern, es sah aus wie im Maschinenraum eines U-Boots. Zwei Männer waren damit beschäftigt, ein weiteres Stück des Bühnenbodens anzuheben. Daneben erblickte sie Peter Brunneder und einen jungen Mann in grauem Nadelstreif, in dem sie Martin Schilling, den Leiter des Veranstaltungsmanagements wiedererkannte, der damals bei ihrem Vorstellungsgespräch per Videocall anwesend gewesen war. Beide gestikulierten heftig.

Carolin sah sich um und entdeckte ein Stück weiter einen Treppenabgang, der bis hinunter zum Saalboden führte. Die Stufen waren mit staubigem, grau fleckigem Filz ausgelegt, der jedes Geräusch schluckte, weshalb die Männer auf der Bühne sie auch erst bemerkten, als sie zu ihnen trat.

»Was ist denn hier los?«, fragte sie.

Peter fuhr herum. »Ach, du bist es.« Er fuhr sich mit der Hand durch die grauen Haare. Sorgenfalten umgaben seine Augen.

»Grüß Gott, Frau Magister«, sagte Schilling und streckte ihr die Hand hin. »Wir haben hier ein kleines Problem.«

»Kleines Problem?« Peter Brunneders Stimme wurde hoch und kippte. »Des is a Sauerei, was da passiert is. Die Eröffnung könn ma vergessen!«

Carolin erschrak. »Was ist denn los?« Sie kniff die Augen zusammen und spähte in den offenen Bühnenraum.

»Sabotage, des is los.« Peter Brunneder ballte die Fäuste. »Irgendwer hat letzte Nacht die Einstellungen für die Bühnenhydraulik verstellt. Und beim Probelauf heut in der Früh hat's des Podest da komplett zerbröselt.« Er deutete auf die beiden Arbeiter, die inzwischen eine Scherenmechanik unter dem Bühnenboden freigelegt hatten. »Diesmal lass ich mich net wieder von der Annamirl vertrösten. Ich ruf jetzt den Herzinger an.«

»Jetzt wart halt amol.« Der junge Mann griff nach Peters Ellenbogen, der schüttelte ihn unwirsch ab.

»Auf was soll i warten? Dass a Wunder passiert und des Ganze von allan wieder funktioniert?«

»Naa. Aber die Polizei kann uns a net helfen.« Der junge Mann deutete auf den Mechanismus. »Wann des bekannt wird, is Feuer am Dach.«

»Aber wir haben doch noch drei Wochen bis zur Eröffnung?«, fragte Carolin. »Wieso die Eile?«

»Weil am Mittwoch des Bauamt zur Abnahme kommt.« Peter raufte sich die Haare. »Und wenn die Untermaschinerie net funktioniert, gibt's ka Genehmigung für die Aufführung.«

»Kann man das nicht verschieben?«

»Verschieben, verschieben, was soll i denn no alles verschieben?«, knurrte Peter. »Die Firma, die die Bühnentechnik betreut, kommt aus Linz, die machen die Termine für die Wartung a halbes Jahr im Voraus. Die haben erst in frühestens einer Woche a Team frei, das sie uns schicken können.« Er breitete die Hände aus. »Und des Bauamt muss d' mindestens drei Monate vorher anmelden. Des kann i net einfach verschieben.«

»Kann das nicht jemand anderer machen?« Carolin deutete auf die beiden Handwerker. »Es wird in Österreich ja nicht nur eine Firma geben, die so etwas reparieren kann.«

Martin Schilling schüttelte den Kopf. »So einfach ist des net. Da gibt's natürlich Verträge und so. Außerdem haben die anderen a kane Kapazitäten.«

»G'schissener Scheißdreck!« Peter Brunneder ging zur Wand und schlug mit der Faust dagegen. So aufgebracht hatte Carolin ihn noch nie gesehen. »Des geht si nie alles aus bis zur Eröffnung!«

»Und was machen wir jetzt?«, fragte sie.

»Ich hab keine Ahnung.« Er kratzte sich am Bart. »Ich ruf jetzt trotzdem den Herzinger an, schon allan wegen der Versicherung. Die zahlen des net, wenn i ka Anzeige erstatte.«

»Schau bloß, dass der Valentin den Mund halt«, sagte Schilling. »I fahr jetzt ins Gemeindeamt und red mit dem Baudezernenten und mit der Frau Axamer. Weil egal, was passiert, des wird erst amol a Stange Geld kosten.«

»Davon kannst ausgehen.« Peter Brunneder schien in sich zusammenzusinken. Müde strich er sich mit der Hand über die Augen.

Schilling polterte die fünf Stufen von der Bühne hinunter in den Zuschauerraum und verschwand im Dunkel unter der Galerie.

Carolin trat zu Peter und legte ihm die Hand auf die Schulter. »Kann ich dir irgendwie helfen?«, fragte sie.

»Des is liab von dir.« Er nahm ihre Hand und drückte sie. »Aber wanns d' net zufällig an Bühnentechniker hervorzaubern kannst, dann eher net.«

Carolin holte tief Luft. »Vielleicht kann ich das tatsächlich.«

Peter Brunneder sah sie überrascht an. »Was meinst?«

»Mein Bruder ist selbstständiger Bühnentechniker mit einem eigenen Team. Ich habe allerdings keine Ahnung, wo er sich gerade herumtreibt.« Sie verdrehte die Augen. »Aber vielleicht hat er eine Idee.«

»Nur a Idee wird uns net helfen.« Peter fuhr sich durch die Haare. »Mia braucherten schon a Wunder, damit des alles no rechtzeitig wieder funktioniert.«

Zum Telefonieren zog sich Carolin in ihr Büro zurück, in dem sie einen Festnetzanschluss hatte. WLAN war im Gebäude kein Problem, es gab ein hauseigenes Netz, nur mit dem Mobilfunk haperte es trotz der Antenne auf dem Dach des Gebäudes immer wieder.

Paul meldete sich erst nach dem fünften Läuten und klang verschlafen.

»Schwesterherz! Was gibt's?«

»Sag mal, Paul, schläfst du noch?« Augenblicklich war er für sie wieder der kleine Junge von früher. »Hast du mal auf die Uhr gesehen?

»Heute noch nicht, Mama«, antwortete er prompt. »Wir hatten einen Gig, und ich bin erst um vier Uhr morgens ins Bett gekommen.« Er gähnte ausgiebig. »Warum rufst du an?«

»Ich brauche deine Hilfe.«

»Na, das ist mal was Neues.« Jetzt klang Paul hellwach. »Was kann ich für dich tun?«

»Bei uns im Veranstaltungszentrum ist ein Saboteur am Werk, der offenbar für schlechte Schlagzeilen sorgen will. Und letzte Nacht hat es die Bühnenhydraulik erwischt. Offenbar wurde irgendetwas verstellt, und jetzt funktioniert sie nicht mehr.«

Paul zog die Luft zwischen den Zähnen ein. »Das ist bitter.«

»Könntest du so etwas reparieren?«

»Wahrscheinlich schon.« Paul lachte trocken auf. »Aber wieso habt ihr dafür keine Vertragsfirma?«

»Haben wir doch. Nur können die frühestens in einer Woche jemanden schicken, und das Bauamt kommt schon am Mittwoch zur Abnahme.«

»Oha.« Paul schwieg einen Moment. »Das sind ja nur noch vier Tage. Das ist sportlich, Caro.«

»Aber nicht unmöglich?«

»Das hängt davon ab, was alles kaputt ist. Wenn ihr ein Ersatzteil braucht, ist es aussichtslos. Diese Teile werden auf Bestellung gefertigt, da ist mit Einbau und Justierung unter zwei Wochen nichts zu machen.«

»Soweit ich das verstanden habe, wurde nur an irgendwelchen Einstellungen gedreht.«

»Dann könnt es eventuell klappen.« Carolin hörte Rascheln im Hintergrund. »Kannst du mir mal euren Techniker geben? Oder wer auch immer bei euch dafür zuständig ist?« Nun klang er ernst und geschäftsmäßig.

»Ja, Moment bitte. Das ist Peter Brunneder. Bleib bitte dran.«

Carolin erhob sich, ging hinaus in die Lounge und öffnete eine der Türen, die zum Zuschauerraum des Veranstaltungssaals führten. Sie beugte sich übers Geländer und erblickte Peter Brunneder neben einem dicklichen Mann mit runder Brille, den sie schon einige Male hier gesehen hatte. Sie waren ins Gespräch vertieft, der andere gestikulierte heftig und raufte sich die Haare.

»Peter, kannst du bitte mal in mein Büro kommen?« Sie winkte hinunter, die beiden Männer blickten hoch. »Mein Bruder ist am Telefon und will mit dir reden!«

Er nickte, setzte sich in Bewegung und lief leichtfüßig die Treppe hoch. In ihrem Büro deutete sie auf den Hörer, der neben dem Telefon lag. »Kannst du ihm sagen, was genau kaputt ist?«

Peter verzog die Mundwinkel, dann nickte er. »Hallo? Herr Halbach? Brunneder ist mein Name, Peter Brunneder.«

Das folgende Gespräch beinhaltete eine Menge technischer Begriffe, die Carolin nichts sagten. Sie setzte sich auf das rote Sofa und hörte nur mit halbem Ohr zu. Endlich schienen die beiden zu einem Ende zu kommen. Peter reichte ihr den Hörer zurück und verließ ihr Büro, sein Gesichtsausdruck schien Carolin nicht mehr ganz so angespannt.

Sie hielt sich das Telefon ans Ohr. »Hallo? Paul?«

Es knisterte in der Leitung, dann ertönte wieder die Stimme ihres Bruders. »Du weißt gar nicht, was für ein Glück du hast, Caro.«

»Wieso?«

»Wir sind gerade in München, und heute Abend ist das letzte Konzert.« Er seufzte theatralisch. »Eigentlich haben wir uns alle auf ein freies Wochenende gefreut, aber wenn meine Schwester ruft, bin ich natürlich zur Stelle.«

»Ihr könnt es also reparieren?«

»Nach dem, was dein Herr Brunneder sagt, sollten wir das hinbekommen.« Er lachte. »Lustiger Dialekt übrigens.«

Carolin fiel ein Stein vom Herzen. »Paul, du bist ein Schatz. Wann kannst du hier sein?«

»Ich muss es noch mit meinen Leuten besprechen, aber wenn die Bezahlung stimmt, wird niemand etwas dagegen haben. Dann wären wir morgen Mittag da.«

»Ich freue mich.«

»Ich mich auch, Caro. Bis morgen also!«

Carolin beendete das Gespräch und ging zurück in die Veranstaltungshalle. Peter stand wieder auf der Bühne und sprach mit dem dicken Mann. »Sie kommen morgen«, sagte sie. »Ist das nicht großartig?«

Der Dicke lachte auf. »Wenn die das echt schaffen, das wär wirklich ein Wunder.«

»Dein Bruder hat sich immerhin ang'hört, als tät er wissen, was er tut«, antwortete Peter.

»Paul hat schon als Junge immer mein Fahrrad repariert. So viel anders ist das hier ja auch nicht.« Sie deutete auf die Zahnräder und den schweren Kettenantrieb, der unter der Bühnenkonstruktion verschwand.

Jetzt musste auch Peter lachen. »Hoffentlich hast recht.« Er rieb sich die Hände und schaute sich um. »Wir müssen das hier noch absichern, damit keiner in die offene Gruben fallt. Und dann hoff ma, dass über Nacht net noch was passiert.«

Carolin nickte, ihr war das Lachen vergangen. »Kannst du mich nachher mitnehmen?«, fragte sie. »Bei dem Regen lasse ich das Fahrrad lieber stehen.«

»Eh klar. Ich muss zum Valentin auf die Wachstuben und dann noch ins Gemeindeamt zur Frau Axamer und des Finanzielle für dein Bruder klären. Aber ich kann dich vorher daheim absetzen.«

»Danke.«

Peter verschwand durch den seitlichen Bühnenausgang. Carolin ging zum Rand der Bühne und betrachtete die imposante Halle. Unter ihr erstreckte sich das leere Parkett; es bot mit voller Bestuhlung bestimmt sechshundert Menschen Platz. Darüber erhoben sich Galerien und Balkone mit wuchtigen Brüstungen in mehreren

Etagen. An der Decke verliefen Schienen und Kabel, an denen riesige Lautsprecher und zahlreiche Scheinwerfer hingen, und sie versuchte sich vorzustellen, wie es sich für die Schauspieler oder Musiker anfühlen musste, wenn sie hier vor voll besetztem Haus spielten.

Der dicke Mann stand auf einmal neben ihr. »Is scho beeindruckend, net wahr?«

Carolin nickte. »Das kann man wohl sagen.« Sie sah sich um. »Ich war bis jetzt noch nie hier unten.«

»Wir haben uns noch gar net vorg'stellt«, sagte er. »Gestatten, Manfred Federmoser. Ich bin der technische Leiter der Bühne.«

Carolin nickte. »Ich bin Carolin Halbach, ich leite die Bibliothek.«

»Weiß ich doch.« Er zwinkerte ihr zu. »Sie waren schließlich in der Zeitung.«

Wenig später steuerte Peter den Lieferwagen durch die engen Straßen nach oben. Der Regen war wieder stärker geworden, die Scheibenwischer kamen kaum hinterher. Am Bahnhof bog Peter Brunneder zu Carolins Überraschung in eine Nebenstraße ab, die oberhalb der Bundesstraße steil nach oben führte. In der Kurve hielt er an.

»I bin gleich wieder da«, sagte er. »I muss nur schnell was abholen.«

Er sprang aus dem Auto und lief durch den strömenden Regen auf einen Treppenaufgang zu. »Felsentherme Bad Gastein« stand auf einem blauen Schild – offenbar handelte es sich um den Hintereingang zum Thermalbad. Vor Carolin erhob sich eine Felswand, mehrere Autos parkten hier, die Straße zog sich am Fels entlang nach oben.

»Wo geht es denn da hin?«, fragte Carolin, als Peter zurückkam. Seine Schultern waren nass, er warf eine Stofftasche nach hinten in den Laderaum.

»Das ist der Millionärshügel von Bad Gastein«, sagte er und verdrehte die Augen. »Der heißt so, weil da oben am Berg fast nur Zuagroaste wohnen.«

Carolin lachte. »Einen Millionärshügel gibt es bei uns in Düsseldorf auch«, sagte sie. »Der ist aber auf dem Friedhof.«

»Ah so.« Peter legte den Rückwärtsgang ein. »Gleich da hinten san no a paar Hotels. Und weiter oben haben s' in die Achtzigerjahr so a Neureichensiedlung 'baut. Lauter Bungalows, und die meisten haben s' an irgendwelche Ausländer verkauft. Als Zweitwohnsitz.« Das letzte Wort klang, als spuckte er es aus. »Der Professor Hutter hat a da oben g'wohnt.«

»Aber das war dann wohl kein Zweitwohnsitz?«

»Wos waß i.« Peter fuhr die schmale Straße wieder hinunter zur Bundesstraße. »Der is ja ursprünglich aus Salzburg 'kommen, und da hat er a no a Wohnung g'habt. Zumindest war sei Frau die meiste Zeit dort, was ma so hört.«

»Ja, das hat Frau Axamer auch einmal erwähnt.«

Peter bog in die Straße ein, die zum Haus Sonnenschein führte.

»So, mir san da. Sagst der Rosi bitte, dass bei mir heut später wird?«

»Mach ich. Und danke fürs Mitnehmen!«

Den Nachmittag verbrachte Carolin mit Hausarbeit. Erst wusch sie ihre Wäsche in Rosis Waschküche, dann beschäftigte sie sich mit Ferdinand, dem roten Kater, der sich über ihre Gesellschaft sichtlich freute. Während sie aufräumte, Staub wischte und saugte, folgte er ihr auf Schritt und Tritt. Schließlich rollte sie ein Blatt Papier zu einem Ball, den sie durchs Wohnzimmer warf. Ferdinand sprang hinterher, brachte ihn zurück und legte ihn ihr wieder vor die Füße – fast wie ein Hund, dachte Carolin.

Er tat ihr leid, weil ihr Appartement nicht viel Platz für ihn bot, aber sie wagte es nicht, ihn nach draußen zu lassen. Zum einen hätte er, um in den Garten zu gelangen, den Flur mit den Pensionszimmern durchqueren müssen, und zum anderen hatte sie Sorge, dass er versuchen würde, nach Hause zu laufen.

»Tut mir leid, mein Großer«, sagte sie und streichelte seinen dicken Kopf. »Du musst hier mit mir vorliebnehmen, bis dein Frauchen wiederkommt.« Falls sie überhaupt wiederkommt, setzte sie in Gedanken fort, aber sie sprach es nicht aus. Daran wollte sie lieber nicht denken.

Erst am Spätnachmittag hörte der Regen auf. Carolin hatte das Bedürfnis nach frischer Luft und beschloss, noch zum Kulturzentrum zu laufen und ihr Fahrrad zu holen. Der Wind hatte aufgefrischt, sie zog einen warmen Pullover und ihre Regenjacke über, bevor sie das Haus verließ.

Der Wasserfallweg war heute verwaist. Langsam stieg sie die vielen Stufen nach unten und hielt auf halber Höhe an, wo in einer Kehre eine kleine Aussichtsplattform über den Fluss ragte. Das Holzgeländer war schwarz vor Nässe, alles triefte und tropfte, und ein Geruch nach Moder und Erde lag in der Luft. Carolin beugte sich über das Geländer und starrte so lange in die gischtende Ache, bis ihr schwindelig wurde. Sie richtete sich auf und hielt sich am Geländer fest, bis der Boden unter ihren Füßen zu schwanken aufhörte. Noch einmal atmete sie tief durch, dann lief sie weiter.

Im Zentrum um den Straubinger Platz waren mehr Leute unterwegs. Ein Bus hatte am Platz vor dem Kulturzentrum gehalten und spuckte eine Reisegruppe aus, durchwegs ältere Leute, die für die Gasteiner Bergwelt nicht unbedingt richtig gekleidet waren. »Ohs« und »Ahs« ertönten, eine rothaarige Reiseführerin schnatterte los und entfernte sich in Richtung Grand Hotel d'Europe. Carolin sah der Gruppe nach, bis alle hinter der Kurve verschwunden waren. Dann wandte sie sich in die andere Richtung und bog in die Zufahrtsstraße ein, die zu dem Lagerraum führte, in dem ihr Fahrrad parkte.

Bevor sie das Tor zu ihrer Linken aufschloss, ging sie, der Macht der Gewohnheit folgend, nach hinten zur Brüstung, um einen Blick ins Tal zu werfen. Die nassen Wipfel der Tannen lagen zu ihren Füßen, weißgraue Nebelschwaden waberten zwischen den Bäumen und verdeckten die Sicht auf die unten liegenden Häuser, sodass sie das Gefühl hatte, frei über dem Talgrund zu schweben.

Sie wollte sich gerade abwenden, da nahm sie aus dem Augenwinkel eine Bewegung wahr. Am anderen Ende des offenen Gangs, der um die Gebäuderückseite herumführte, war ein Mann um die Ecke gebogen. Sie stand halb verdeckt von einer der Säulen an der Brüstung, deshalb bemerkte er sie nicht. Sie hörte seine Schritte näher kommen, doch plötzlich verstummten sie. Carolin beugte sich vor und spähte um die Säule herum, niemand war zu sehen. Er musste die Treppe genommen haben, die an der Außenseite des Gebäudes nach unten führte. Auf Zehenspitzen eilte Carolin den Balkon entlang und beugte sich übers Geländer. Genau wie beim letzten Mal sah sie eine Gestalt unten durch eine Tür ins Gebäudeinnere verschwinden. Doch beim letzten Mal war helllichter Tag gewesen, nun war Freitagabend, und kein Handwerker, der etwas auf sich hielt, würde jetzt noch arbeiten.

Wenn das nicht verdächtig war! »Na warte, mein Freund, dich krieg ich«, murmelte sie und lief leise die Treppe hinunter. Zwar hatte sie keine Ahnung, was sie tun würde, wenn sie den Mann stellte, aber sie wollte unbedingt wissen, wer das war.

Unten angekommen, fand sie sich vor einer grau gestrichenen Metalltür wieder. Hier war sie noch nie gewesen. Vorsichtig drückte sie die Klinke. Die Tür war unversperrt. Dahinter war es dunkel. Mit angehaltenem Atem betrat sie den Raum, die Tür ließ sie offen.

Im ersten Augenblick sah sie nicht viel. Sie blieb stehen und wartete, bis sich ihre Augen an die Dunkelheit gewöhnt hatten. Im schwachen Licht, das durch die Tür hereinfiel, erkannte sie schemenhaft Regale an der Wand und ein dunkles Gebilde, das in der Mitte des Raums aufragte. Der Raum selbst war lang und schmal und erstreckte sich vor ihr bis zu einem trüben Licht an der gegenüberliegenden Wand, das einen Lichtschalter zu markieren schien. Niemand war zu sehen, trotzdem hatte sie Herzklopfen, als sie auf Zehenspitzen den Raum durchquerte.

Sie umrundete den klobigen Gegenstand und stolperte prompt über eine vorstehende Kante, die sie nicht bemerkt hatte. Fluchend rieb sie sich den Zeh, humpelte weiter und betätigte den Schalter. Neonröhren flammten auf. Sie befand sich in einer Art Lagerraum, roch den scharfen Duft von Reinigungsmitteln und erblickte Packungen mit Papierhandtüchern und Toilettenpapier, Kanister mit Desinfektionsmittel, Putzlappen und übereinander gestapelte Eimer. Das dunkle Monster, das ihr auf den Zeh getreten war, entpuppte sich als elektrischer Hubwagen – sie war über eine der Gabeln gestolpert.

Neben ihr befand sich eine weitere Tür. Sie drückte die Klinke hinunter, aber sie war verschlossen. Sie zog ihren Schlüsselbund hervor und probierte alle Schlüssel durch, doch keiner passte. Enttäuscht wandte sie sich ab. In diesem Augenblick ging das Licht aus, sie erhaschte einen kurzen Blick auf die Silhouette eines Mannes gegen das graue Tageslicht, dann schlug die Tür mit einem lauten Knall zu. Sie stand in pechschwarzer Finsternis und hörte, wie sich ein Schlüssel im Schloss drehte.

Carolin erstarrte, das Herz pochte ihr bis zum Hals. War der Mann, den sie zuvor gesehen hatte, noch immer im Raum? Sie wagte nicht zu atmen, aber es blieb alles still. Schließlich nahm sie ihren Mut zusammen und drückte erneut auf den Lichtschalter, dessen LED noch schwach glimmte. Doch nichts geschah. Sie drückte mehrmals darauf, als ob das etwas daran ändern könnte, aber die Neonröhren blieben dunkel.

Sie zog ihr Telefon aus der Tasche und suchte sich im Licht der Handylampe ihren Weg zur anderen Seite. Mit angehaltenem Atem drückte sie die Klinke, aber die Tür bewegte sich nicht, sie war tatsächlich versperrt. Wer auch immer hier im Raum gewesen war, er hatte sie eingeschlossen. Wer konnte das gewesen sein? Hatte man es tatsächlich auf sie abgesehen?

Carolin bekämpfte die aufsteigende Panik und zwang sich zur Ruhe. Sie zog ihren Schlüsselbund aus der Tasche und probierte alle Schlüssel durch, aber sie hatte es schon befürchtet, auch hier passte keiner. Sie war eingesperrt, gefangen an ihrem eigenen Arbeitsplatz, was für eine irrwitzige Situation. Mit dem Telefon in der Hand leuchtete sie alle Winkel aus, doch es gab keine weitere Tür. Immerhin entdeckte sie ein Wandpaneel, das einen Spalt weit geöffnet war und hinter dem sich Sicherungsautomaten befanden. Sie drückte wahllos alle nach oben, zuletzt ging auch das Licht im Raum wieder an. Sie schaltete die Handylampe aus und bemerkte, dass sie hier unten – natürlich – keinen Empfang hatte. Sie konnte also nicht einmal telefonieren. »Verdammter Mist«, fluchte sie leise.

Sie setzte sich auf die Gabel des Hubwagens und dachte nach. Hinaus konnte sie nicht, und die Chance, dass sich am Wochenende jemand hierher in den Lagerraum für Putzmittel verirrte, war denkbar gering. Sie hatte nicht einmal Rosi Bescheid gesagt, wohin sie ging, fiel ihr ein, und sie biss sich verärgert auf die Unterlippe.

Schließlich erhob sie sich, aktivierte ihr Handy und schritt Meter für Meter den Raum ab. Vielleicht fand doch irgendwo ein winziger Funken Empfang den Weg herein, aber da war nichts. Stirnrunzelnd musterte sie das Display. Hinter den dicken Betonwänden gab es offensichtlich nicht nur kein Telefon, sondern auch kein Internet. Da halfen die WLAN-Verstärker in der Bibliothekslounge zwei Etagen über ihr auch nicht weiter.

Doch halt! Dunkel erinnerte sie sich, dass sich ihr WLAN immer ausschaltete, um Akku zu sparen, und sich nur an bekannten Orten automatisch verband. Sie kontrollierte die Einstellung, und tatsächlich, der WLAN-Empfang war ausgeschaltet, und mit angehaltenem Atem schaltete sie ihn ein. »Bitte, bitte funktioniere«, flüsterte sie.

Es dauerte einen Augenblick, dann erschien das WLAN-Symbol in der Schnellstartleiste, und nach einigen Sekunden, die Carolin wie eine Ewigkeit vorkamen, tauchte ein einzelner Punkt am Fuß des kleinen Kreissegments auf. Langsam durchwanderte sie den Raum, bis endlich ein zweiter Strich erschien. Das musste reichen. Sie tippte auf das grüne WhatsApp-Icon und schickte Peter Brunneder eine Nachricht.

Zum Glück dauerte es nicht lange. Keine fünfzehn Minuten später hörte Carolin Geräusche an der Außentür, ein Schlüssel wurde ins Schloss geschoben, dann öffnete sich die Tür, und Peter stand vor ihr. Hinter ihm erkannte sie Valentin Herzinger, der ihr grüßend zunickte.

»Haben S' mal wieder Detektiv gespielt, Miss Marple«, fragte er und kam ebenfalls herein. Aber er lächelte und wirkte erleichtert, wie ihr schien.

»Ich habe einen Mann auf der Außentreppe gesehen, der hier durch diese Tür verschwunden ist.« Sie deutete auf die offen stehende Metalltür. »Deshalb bin ich nachsehen gegangen.«

»Das war scho richtig so«, sagte Peter. »Da hat eigentlich kaner was verlor'n.«

»Der Mann hatte aber offenbar einen Schlüssel«, meinte Carolin.

»Deshalb hab ich auch gleich den Valentin ang'rufen.« Peter nickte zu dem Revierinspektor. »Vielleicht kannst Spuren sichern?«

Valentin Herzinger hatte einen kleinen Koffer in der Hand, den er nun auf den Gabeln des Hubwagens abstellte. »Zumindest Fingerabdrücke kann ich sicherstellen«, sagte er. »Dann könn ma am Montag schon amol die Abdrücke von die Arbeiter und dem Putztrupp nehmen und schauen, ob's an Treffer gibt.«

»Das ist eine gute Idee.« Carolin nickte. »Ich nehme an, Sie brauchen auch meine zum Vergleich?«

»Genau.« Er grinste spitzbübisch. »Dann hab ich Sie auch in meiner Kartei.«

Carolin musste lachen. »Der Mann hat die Sicherung ausgeschaltet, bevor er mich eingeschlossen hat. Deshalb konnte ich ihn auch nicht erkennen.« Sie ging am Regal entlang, bis sie zu dem Wandpaneel gelangte. »Hier ist es. Ich habe sie zwar auch angefasst, aber vielleicht ist ja trotzdem etwas zu finden.«

Der Polizist nickte und machte sich an die Arbeit. Er trug bereits schwarze Latexhandschuhe, nun packte er eine Dose und eine Puderquaste aus und behandelte damit die Türklinken sowie die Sicherungsschalter. »Des sind natürlich alles Mischspuren, die mir erst trennen müssen«, erklärte er. »Es gibt ja bestimmt Leut, die sich hier aufhalten dürfen.«

»Gar net so viele.« Peter deutete auf die Regale. »Des Personal vom Putzdienst kommt durch die andere Tür. Die da drüben is eigentlich nur a alter Fluchtweg. I waß gar net, wer da no an Schlüssel hat.«

»Dann hab'n mir vielleicht Glück.« Herzinger rollte ein Stück Klebeband ab und klebte es auf die Türklinke. »Da is jedenfalls was.«

Er wiederholte den gleichen Vorgang an der Außenseite, dann wandte er sich dem Sicherungskasten zu.

»Kommen S' morgen in der Früh bitte zu mir in die Wachstuben«, sagte er zu Carolin. »Ich nehm dann Ihre Fingerabdrücke und bring alles gleich nach Sankt Johann zur Auswertung. Die haben da a Kriminaltechnik.«

Carolin nickte. »In Ordnung.«

»Was wollten S' so spät überhaupt noch da?«, fragte Valentin Herzinger und packte seine Werkzeuge wieder ein.

»Mein Fahrrad holen«, gab Carolin zurück. »Ich habe es heute Nachmittag wegen des Regens stehen gelassen.«

»Na dann viel Spaß«, antwortete Herzinger lakonisch. »Es regnet nämlich scho wieder.«

Carolin verdrehte die Augen. »Kannst gleich mit mir mitfahren«, sagte Peter Brunneder. »Und dein Radl holst halt morgen.«

Ein ehrenwerter Mann

Früh am nächsten Morgen machte sich Carolin auf den Weg zur Polizeiinspektion. Den Schreck des gestrigen Abends hatte sie inzwischen überwunden, sie war nur noch wütend. Was bildete der Mann sich ein, sie einfach einzusperren? Wenn sie ihn in die Finger bekam, würde sie ihm gehörig die Meinung sagen!

Bis zur Wachstube war es nicht weit. Der Regen hatte endlich aufgehört, und ein klarer, zartblauer Himmel überspannte das Panorama der Alpen. Die Sonne verbarg sich noch hinter den Bergen, und alles wirkte wie frisch gewaschen. Carolin atmete tief die kühle Morgenluft ein, und mit jedem Schritt besserte sich ihre Laune. Falls das gestern Abend wirklich der mutmaßliche Saboteur gewesen war, hatte er sich damit selbst verraten, und sie konnten ihn endlich dingfest machen.

Die Wachstube von Bad Gastein befand sich in einem schmucken kleinen Haus, das sie sich mit einem Geschäft für Farben und Bastelmaterial teilte. Nur ein kleines Schild wies auf die Behörde hin, und sie musste ein wenig suchen, bis sie den Eingang an der Rückseite entdeckte.

Herzinger erwartete sie schon. »Grüß Ihnen, Frau Magister«, sagte er und bat sie in sein Büro.

Neugierig sah Carolin sich um. Die Einrichtung war zweckmäßig, und offenbar hatte man Zwischenwände entfernt, um ein Großraumbüro mit drei Arbeitsplätzen zu schaffen. Herzinger deutete auf einen der Schreibtische. »Setzen S' Ihnen bitte. Woll'n S' an Kaffee?«

»Ja, gerne.« Carolin schälte sich aus ihrer Jacke und nahm Platz. Während er nach draußen verschwand, musterte sie seinen Schreibtisch. Er war ziemlich vollgeräumt, mehrere Aktenordner bildeten einen wackeligen Stapel, und die Tastatur seines Computers verschwand unter losen Blättern. Dann war er wieder da, zwei große Henkeltassen in der Hand.

»Entschuldigen S' den Saustall«, sagte er. »Mir haben grad a Serie von Diebstählen in an Hotel, und i muss die alten Akten sichten.«

Carolin nickte und kostete von dem Kaffee. Er war heiß und stark.

Herzinger hob kurzerhand den Stoß Aktenordner vom Tisch, stellte ihn auf dem Boden ab und schob die losen Blätter zusammen.

»Mir müssen die Fingerabdrück auf die altmodische Art nehmen«, sagte er. »Mit Stempelfarbe.« Er holte ein Stempelkissen aus einer Schublade und legte einen Block daneben.

»Muss das sein?« Carolin sah irritiert auf die Farbe. »Ich dachte, es gibt inzwischen Scanner?«

»Ja, klar gibt's die. Und wann S' wirklich in die polizeiliche Kartei wollen, dann mach ich des auch gern damit.« Er grinste. »Aber tatsächlich san Sie ja net verdächtig, sondern a sogenannte Tatortberechtigte. Das heißt, ich brauch die Fingerabdrück nur zum Vergleich, und nachher werden s' wieder vernichtet. Des is für Sie also sicherer, wenn s' nur auf Papier sind.«

»Verstehe.« Carolin zuckte mit den Achseln. »Dann los, worauf warten wir noch?«

»Trinken S' z'erst den Kaffee aus, bitte.« Er nickte zu dem Stempelkissen hin. »Sie werden glei blaue Finger haben, dann krieg i wieder Ärger mit unserer Putzfrau.«

Carolin musste lachen, aber sie leerte die Tasse in einem Zug.

Er schob ihr den Block hinüber, und Carolin sah, dass zehn Felder aufgedruckt waren, für jeden Finger eines. »Sie müssen jeden Finger erst in die Farbe drücken, dann einmal da auf des Papier und dann auf den Vordruck für den jeweiligen Finger. Kriegen S' des hin?«

»Natürlich.« Carolin zog den Block zu sich heran.

»Ich könnt Ihnen sonst helfen«, meinte er beiläufig und blinzelte ihr zu.

»Danke, das schaffe ich auch allein«, antwortete Carolin und warf einen bedeutsamen Blick auf den Ring, den er am rechten Ringfinger trug. Flirtete er am Ende gerade mit ihr?

»Das würd ich auch nie zu bezweifeln wagen«, gab Herzinger zurück und hob in einer übertriebenen Geste der Unschuld die Hände.

Carolin warf ihm einen ungnädigen Blick zu, dann konzentrierte sie sich auf ihre Aufgabe. Sorgfältig drückte sie einen Finger nach dem anderen erst in die Stempelfarbe, dann wischte sie die überflüssige Farbe auf dem Blatt Papier ab und setzte zuletzt ihren Abdruck so gerade wie möglich in das jeweilige Feld.

»Bitte schön«, sagte sie und schob ihm den Block wieder hin. »Ich hoffe, das passt so.«

»Des passt ganz wunderbar«, sagte er und klappte das Stempelkissen zu. Sorgfältig beschriftete er das Blatt mit ihrem Namen und dem Datum. »Sie kriegen des Datenblatt dann z'ruck, sobald wir's nimmer brauchen.«

Er schob ihr noch ein eng beschriebenes Papier zu. »Und da brauchert i no a Unterschrift für die Akten.«

Carolin unterschrieb und erhob sich. »Gibt es eigentlich etwas Neues von Frau Krauskopf?«, fragte sie und griff nach ihrer Jacke.

»Naa.« Herzinger stand ebenfalls auf. »Sie sagt nix zu den Vorwürfen. Sie hat zwar nichts zugegeben, aber sie streitet auch nix ab. Grad so, als wollt sie schuldig g'sprochen werden.«

»Ich glaube trotzdem nicht an ihre Schuld.« Carolin schnitt eine Grimasse.

Herzinger nahm ihr die Jacke ab und hielt sie ihr hin. Irritiert sah sie ihn an, dann resignierte sie und ließ sich von ihm hineinhelfen. Österreicher!

»Wenn sie wirklich unschuldig wär, tät sie doch reden«, meinte Herzinger. Er hob die Hand und zählte an den Fingern ab. »Erstens: Sie hat des Mittel, den Eisenhut im Garten. Zweitens: Sie hat die Gelegenheit g'habt, weil sie war an dem Abend da. Und drittens: Sie hat ein Motiv, nämlich Sie.« Er wies mit ausgestrecktem Zeigefinger auf Carolin. »Was soll die Polizei denn da sonst glauben, wenn sie nix sagt?«

Carolin schüttelte den Kopf. »Das mit der Gelegenheit stimmt nicht.«

»Wie meinen S' des?«

»Direkt am Buffet gab es nur Sekt, Bier, Orangensaft und Wasser. Das Tonic mussten die Kellner von oben aus der Küche holen. Da wäre sie nicht so ohne Weiteres drangekommen.«

»Ah so?« Herzinger runzelte die Brauen. »Aber wieso sagt s' uns des net?«

»Das weiß ich auch nicht.« Carolin rieb sich die Stirn.

»Ihr Motiv steht übrigens auch auf sehr schwachen Beinen. Selbst wenn sie mich aus dem Weg geräumt hätte, ändert das ja nichts an ihrer Tätigkeit in der Bibliothek. Sie würde höchstens vorübergehend die Leitung übernehmen.«

»Solang mir net wissen, was in der Krauskopf ihrem Kopf vorgeht, entlastet sie des aber net.«

In diesem Moment kam Carolin ein Gedanke. Er war so abwegig, dass sie ihn gleich wieder verwerfen wollte, aber es passte zu gut: Falls Pechheims Pläne aufgingen, die Bibliothek wirklich verkleinert wurde und ihre eigene Stelle wegfiel, wäre Herta Krauskopf wieder alleinverantwortlich für die Bücherei. Sie schüttelte unwillkürlich den Kopf. Dazu musste Frau Krauskopf sie doch nicht aus dem Weg räumen!

Herzinger sah sie fragend an, aber sie winkte ab. Das würde sie dem Polizisten ganz bestimmt nicht auf die Nase binden.

Er deutete zur Tür. »Am Montag soll a Psychologe mit ihr reden. Vielleicht san mir dann alle schlauer.«

Als Carolin aus der Dienststelle trat, war die Sonne hinter den Bergen hervorgekommen. Der Himmel wölbte sich vergissmeinnichtblau über ihr, keine einzige Wolke war zu sehen. Sie sah auf die Uhr. Es war kurz nach neun, ihr Bruder würde frühestens zu Mittag hier sein, sie hatte also reichlich Zeit totzuschlagen, die sie bei diesem Kaiserwetter nicht in ihrem Zimmer verbringen wollte – auch wenn ihr Ferdinand leidtat, der die Gesellschaft von Menschen zu lieben schien.

Langsam schlenderte sie die Straße entlang in Richtung Bahnhof. Die unschöne Ansammlung von schäbigen kleinen Läden neben dem Eingang zur Felsentherme erinnerte sie an die schmale Straße, die Peter Brunneder gestern zum oberen Eingang des Thermalbads hochgefahren war. Hatte er nicht gesagt, Herr Hutter habe da oben gewohnt? Kurzerhand beschloss sie, sich das ehemalige Domizil des Professors anzusehen. Vielleicht würde ihr einer seiner Nachbarn etwas über ihn erzählen können?

Sie stieg über einen Treppenaufgang hoch zu einem Fußgängerüberweg, der die Talstation der Stubnerkogelbahn mit dem Felsenbad verband, und folgte der Straße weiter nach oben. Rustikale Hotels mit balkongeschwängerten Fassaden dominierten das Straßenbild, dann erblickte sie auf der rechten Seite zwei alte Thermalwasserbehälter. Die Straße wurde eng, die Felswand drängte herein, lichte Lärchen bewuchsen den Hang. Sie bog um eine Kurve, die ganze Straße war eigentlich eine einzige Kurve, wie ihr schien, und plötzlich änderte sich das Bild. Ein Garagenhof, wie er auch in einer der Schlafsiedlungen am Stadtrand von Düsseldorf hätte stehen können, tauchte auf, und sie sah den ersten von mehreren Bungalows, die sich den Hang hochzogen. Flachdach und Jägerzaun schienen die verbindenden Elemente zu sein, die Straße wand sich weiter in einer Rechtskurve empor. Auf einmal gab es wieder Ausblick ins Tal, und dann endete sie auch schon an einer Reihe von weiteren Garagen.

Carolin blieb stehen und drehte sich einmal im Kreis. Viel los war hier nicht. Keine Menschen auf der Straße, die Häuser wirkten irgendwie abweisend. An einem hing ein Schild: »Ferienhaus zu vermieten«.

Da öffnete sich eine Tür, und ein älterer Mann trat aus dem letzten Haus zur Linken. Offenbar war doch nicht alles verlassen.

»Suchen Sie was?«, fragte er nicht gerade freundlich.

»Aber nein«, antwortete Carolin. »Ich kam nur gerade hier entlang und wundere mich, wie der Weg weitergeht.«

»Sie sehen doch, das ist eine Sackgasse.« Er deutete ans Ende der Straße, das – natürlich – von einer Garage markiert wurde. »Das steht sogar unten auf dem Schild.«

Carolin lächelte unverbindlich. »Ich habe gehofft, man kommt zu Fuß weiter.«

»Nein, tut man nicht.« Er zog eine missbilligende Miene. »Sind Sie womöglich Journalistin?« Seinem Akzent nach kam er aus Norddeutschland.

»Nein, wieso?« Carolin sah ihn überrascht an. »Wie kommen Sie darauf?«

»Sie wären nicht die erste, die hier herumschnüffelt.« Er verzog die Mundwinkel. »Seit dem Tod von Herrn Hutter laufen hier komische Leute herum.«

»Nein, nein, keine Sorge.« Sie setzte eine unschuldige Miene auf. »Ich bin rein privat hier.«

»Dann ist es ja gut.« Er musterte sie. »Aber ich kenne Sie doch. Sind Sie nicht die neue Leiterin von der Bibliothek?«

»Ja, genau, die bin ich.« Sie blickte ihn fragend an. »Sollten wir uns kennen?«

»Aber nein.« Jetzt lächelte er sogar. »Ich sah Sie in der Zeitung.«

»Ach so.« Sie lächelte ebenfalls und schaute sich um. »Herr Hutter hat hier oben gewohnt?«

»Ja. Furchtbare Geschichte, nicht wahr?« Der Mann deutete in die Richtung, aus der Carolin gekommen war. »Ein Stück die Straße hinunter, das weiße Haus genau in der Kurve.« Er schüttelte den Kopf. »Wird wohl bald verkauft werden, was man so hört.« Sein Gesicht verfinsterte sich. »Ich hoffe nur, dass das nicht auch noch ein Ferienhaus wird.« Mit diesen Worten wandte er sich ab. Offenbar war das Thema Hutter damit für ihn erledigt.

»Auf Wiedersehen«, rief Carolin ihm nach.

Er hob die Hand und verschwand im Haus.

Langsam ging Carolin die Straße zurück. An dem Haus, das angeblich Professor Hutter gehört hatte, hielt sie an. Es war etwas größer als die anderen, und durch seine exponierte Lage bot es garantiert eine grandiose Aussicht. Auf der gegenüberliegenden Straßenseite parkte ein Mercedes mit verchromten Zierleisten und Salzburger Kennzeichen. Neugierig spähte Carolin durch die dunkle Seitenscheibe, da ging die Haustür auf. Eine sehr schlanke, sehr blonde Frau stand in der Tür und blickte misstrauisch herüber.

»Was machen S' denn da?«

»Nichts, entschuldigen Sie bitte.« Carolin fuhr ertappt zusammen. Rasch richtete sie sich auf und überquerte die Straße. »Sind Sie Frau Hutter?«, fragte sie höflich.

»Wieso wollen S' des wissen?« Ihre Stimme klang rau. Im ersten Moment hatte sie jugendlich gewirkt, doch bei genauerem Hinsehen verriet ihr Hals das Alter.

Carolin zögerte mit der Antwort, denn eigentlich war es ungehörig, eine trauernde Witwe so zu überfallen. Doch dann gab sie sich einen Ruck. Wenn sie nicht mit den Menschen redete, würde sie nie etwas herausfinden.

»Mein Name ist Carolin Halbach, ich bin die Leiterin der Bibliothek im Kulturzentrum«, erklärte sie. »Ich war dabei, als Ihr Mann …«

»Ah so?«, unterbrach sie die Frau und musterte sie mit skeptischem Blick. »Dann kommen S' halt rein.«

Auf einmal fühlte sich Carolin mehr als unbehaglich in der Rolle der Miss Marple, aber sie überwand ihre Hemmung, atmete tief durch und folgte der Frau ins Haus.

Drinnen war alles hell und sonnig, Glas und Chrom und sehr modern. Ein riesiges Wohnzimmer mit einer fußbodentiefen Fensterfront ließ plakativ die Bergwelt herein – andere Leute klebten sich so etwas als Fototapete an die Wand, ging Carolin durch den Kopf.

»Mein herzliches Beileid zu Ihrem Verlust«, sagte sie.

»Ist schon gut.« Frau Hutter wies auf die cremefarbene Sofalandschaft. »Setzen S' Ihnen.« Ihre Aussprache war ein klein wenig undeutlich. Das Sektglas auf dem Glastisch war Erklärung genug. »Wollen S' auch was trinken?«, fragte sie und deutete auf das Glas.

Carolin nickte ergeben. Sekt am Vormittag gehörte zwar nicht zu ihren Gewohnheiten, aber nun durfte sie nicht kneifen. »Ja, gern.«

Es war dann kein Sekt, sondern tatsächlich Champagner, den Frau Hutter ihr eingoss. »Ersparen S' mir die Einzelheiten, ich will's eh net so genau wissen«, sagte sie und prostete Carolin zu. »Ich wollt nur net allein trinken.«

Carolin hob ebenfalls ihr Glas. »Das ist doch völlig in Ordnung.« Sie nahm einen Schluck, es schmeckte nicht einmal schlecht. »Wie geht es Ihnen denn?«, fragte sie vorsichtig.

»Wie soll's mir schon gehen«, antwortete die Frau und zündete sich eine Zigarette an. »Der Leopold is halt nimmer da. I derf jetzt im Wohnzimmer rauchen, sonst is net so viel anders für mi.«

Carolin schluckte. Nach trauernder Witwe hörte sich das nicht gerade an. Sie deutete auf die lichtdurchflutete Aussicht. »Immerhin gehört das jetzt alles Ihnen.«

»Ja, des schon.« Frau Hutter zog an ihrer Zigarette, trank ihr Glas in einem Zug leer und schenkte sich noch einmal nach. »Aber ich will's eh net behalten.« Sie schob Carolin die Zigarettenpackung hin. »Rauchen S'?«

Carolin schüttelte den Kopf. »Wieso denn nicht? Es ist doch ein traumhaftes Haus.«

»Ja eh.« Frau Hutter gestikulierte mit der Zigarette zum Fenster, Asche fiel auf den Glastisch. »Aber des mit die Berg, des is net so meins. Der Leopold hat halt sei Arbeit in Gastein g'habt, deswegen hamma des Riesenhaus da 'kauft. I brauch des echt net.«

Carolin nippte am Champagner. »Dabei ist es hier doch wunderschön.«

»So, finden S'?« Frau Hutter verzog angewidert das Gesicht und drückte die Zigarette aus. »I siach da nix Schönes.« Sie ging zum Fenster und schob es auf, kühle Luft strömte herein. »Gastein ist mondän, hat er g'sagt. Da trifft sich die Welt, hat er g'sagt. Wirst sehen, Betty, der Job is unser Eintritt in die High Society.« Sie schüttelte den Kopf und wandte sich wieder zu Carolin um. »Schnecken. Nix davon war wahr. Im Winter nur b'soffene Schweden und im Sommer verruckte Sportler, für die i viel z'alt bin.«

Carolin unterdrückte ein Kichern. Sie musste aufpassen, dass ihr der Champagner nicht zu Kopf stieg. »Dabei soll sich das Publikum doch jetzt gerade ändern.«

»Des glauben S' doch selber net.« Frau Hutter ging hinaus und kam mit einer neuen Flasche Champagner zurück. Bevor Carolin protestieren konnte, schenkte sie beide Gläser voll. »Die Idee von der Axamer klingt vielleicht auf'n ersten Blick ganz guat, aber die Leit wollen doch in Wirklichkeit ganz was anderes. Da kann s' mit ihrem Kulturzentrum noch so viel Tamtam machen.« Auf einmal klang sie fast nüchtern.

»Warten wir doch einmal ab, wie sich die Sache entwickelt«, sagte Carolin. »Ihr Mann hat das Konzept jedenfalls kräftig unterstützt, soweit ich mitbekommen habe.«

»Der Leopold hat alles unterstützt, was ihm gute Publicity 'bracht hat.« Frau Hutter zog abfällig die Mundwinkel nach unten. »Dem is immer nur um die Außenwirkung 'gangen, sonst gar nix. Oder glauben S', der hat mich wegen der Liebe g'heiratet?«

»Hat er nicht?« Carolin hob die Brauen. Das Bild des großherzigen Arztes bröckelte zunehmend.

»Schnecken! Ich war genauso a Investition wie der Job in Bad Gastein. Karriere, Ansehen, Weiterkommen, das war alles, was für ihn 'zählt hat. Und i hab sei hübsches Aushängeschild spün derfen.« Frau Hutter hob das Glas. »Trink ma auf uns. Die Männer san doch alle scheiße.« Sie grinste schief. »I bin die Bettina.«

»Ich heiße Carolin.« Sie prostete der Witwe zu. »Aber meine Freunde nennen mich Caro.«

»Manche Leit sagen Betty zu mir, aber des san net meine Freind.«

Die Gläser klirrten aneinander. »Prost Bettina.«

»Prost Carolin.« Bettina Hutter richtete ihren unsteten Blick auf sie. »Magst du vielleicht des Haus da haben?«

Carolin verschluckte sich, hustete und nahm dankbar ein Taschentuch, das Bettina ihr reichte. »Ich glaube nicht, dass ich mir das leisten kann.«

»Schad.« Bettina Hutter goss sich noch einmal ein. »Wär halt einfacher g'wesen, wenn wir das gleich unter uns machen täten.«

»Ja, bestimmt«, antwortete Carolin und bemühte sich um eine ernste Miene. Insgeheim fragte sie sich, ob Bettina Hutter wirklich so naiv war, wie sie sich gab. »Wirklich schade. Aber tatsächlich suche ich etwas Kleineres.«

Bettina stand auf. »I glaub, du musst jetzt gehen.« Sie schwankte ein wenig und hielt sich an der Sofalehne fest. »Ich leg mich ein bisserl nieder.«

Carolin stellte das halb volle Glas ab und erhob sich ebenfalls. »Danke für den Champagner, Bettina«, sagte sie.

»Danke fürs Reden, Caro«, antwortete die Witwe. »Bist fei in Ordnung für a Deutsche.«

Carolin war ein klein wenig beschwipst, aber auch sehr nachdenklich, als sie den »Millionärshügel« langsam hinunterging. Was Bettina Hutter da über ihren Mann erzählte, entsprach ganz und gar nicht dem schönen Bild, das bisher von ihm gezeichnet worden war.

Julia hatte es ja schon angedeutet, und Hunold, der Arzt aus der Kurklinik, hatte es quasi bestätigt: Professor Hutter war ein eitler Protz gewesen, sehr von sich eingenommen und im Zweifel auch rücksichtslos gegenüber seinen Mitmenschen, wenn es seinen Zwecken diente.

Am ersten der beiden Thermalwasserbehälter hielt Carolin an und setzte sich auf die kleine Steinbank. Es war kühl im Schatten der Treppe, fröstelnd zog sie ihre Jacke wieder an. Tatsächlich war das ein Wetter, wie sie es liebte: Trotz des Sonnenscheins war die Luft noch immer frisch, und im Schatten brauchte man Jacke oder Pullover. Ganz anders als in Düsseldorf, wo es oft schon im Frühsommer so unerträglich heiß wurde, dass man es weder drinnen noch draußen aushielt. Ihr Büro war zwar klimatisiert gewesen, das hatte aber nur dazu geführt, dass sie ständig falsch angezogen war und von der spätnachmittäglichen Hitze regelrecht erschlagen wurde, wenn sie das Gebäude verließ.

Schließlich erhob sich Carolin und ging weiter. Genau über ihr befand sich die Villa von Professor Hutter. Die breite Glasfront des Wohnzimmers war nicht zu verkennen, und sie glaubte, die helle Gestalt von Bettina Hutter am Fenster zu sehen. Sie hatte nicht den Eindruck erweckt, als ob sie der Tod ihres Mannes sonderlich schwer träfe. Im Gegenteil, sie schien ganz froh zu sein, Bad Gastein endlich hinter sich lassen zu können. Aber ihr deshalb ein Mordmotiv zu unterstellen, ging sicherlich zu weit. Außerdem war sie an dem betreffenden Abend gar nicht dabei gewesen, und man konnte sicher sein, dass die Polizei ihr Alibi überprüft hatte.

Im Schatten der Felswand, an der Peter Brunneder gestern geparkt hatte, standen heute mehrere Autos. Eines davon kannte Carolin, es war der dunkle BMW, der Josef Pechheim gehörte. Suchend sah sie sich um, amüsiert darüber, dass man hier im Dorf ständig denselben Leuten über den Weg lief, aber sie sah ihn nicht. Wahrscheinlich war er im Felsenbad und erholte sich von seinem Job, der sich bei einem Diskothekenbesitzer wohl eher nächtens abspielte.

Carolin wandte sich ab und ging weiter in Richtung Bahnhof. Vorbei an dem Fahrradladen, in dem sie ihr E-Bike gekauft hatte, dann die schmale Straße hinunter, die Peter Brunneder mit ihr an ihrem Ankunftstag genommen hatte, ins Parkhaus und mit dem Aufzug nach unten. Diese Abkürzung war inzwischen zu einem häufig benutzten Weg zu ihrem Arbeitsplatz geworden, zumindest wenn sie es eilig hatte. Heute war Samstag, kein Arbeitstag, was auch daran zu erkennen war, dass das Parkhaus gut gefüllt war. Trotzdem zog es sie zum Kulturzentrum – sie wollte unbedingt vor Ort sein, wenn Paul ankam, und keine Minute länger als nötig auf ihr Wiedersehen warten.

Die nächsten drei Stunden verbrachte Carolin an ihrem Schreibtisch, kümmerte sich um liegen gebliebenen Schreibkram und hing ihren Gedanken nach. Tatsächlich mochte sie die Atmosphäre, wenn außer ihr niemand in der Bibliothek war, diese ganz eigene Stille einer ansonsten von Geräuschen erfüllten Welt, in der Gespräche und Gedanken nur noch als unhörbare Echos im Raum hingen. Die Bücher schienen dann zum Leben zu erwachen und fügten diesem stummen Orchester ihre ganz eigenen Töne hinzu, denen sie stundenlang zuhören konnte.

Kurz nach vierzehn Uhr riss sie das Brummen ihres Mobiltelefons aus wirren Träumen – sie war tatsächlich kurz eingedöst. Eine Nachricht von Paul leuchtete auf dem Display: »Wir sind da!«

Carolin schüttelte die Benommenheit ab, sprang auf und lief nach draußen. Auf der breiten Treppe hoch ins Foyer nahm sie immer zwei Stufen auf einmal und war etwas außer Atem, als sie oben ankam. Vor der breiten Glastür des Kulturzentrums parkte ein riesiger schwarzer Lkw und schluckte das wenige Licht, das sonst durch die getönten Scheiben hereinfiel. Die Tür war versperrt, ungeduldig nestelte sie die Chipkarte hervor, die sie öffnete.

Und dann stand Paul vor ihr. Er breitete lachend die Arme aus, und sie stürzte sich hinein. »Ach, ist das schön, dich zu sehen«, murmelte sie in die raue Wolle seines Pullovers.

Er schob sie ein Stück von sich weg. »Hey, Schwesterherz, Tränen?«

Paul war fast zehn Jahre jünger als sie, und sie hatten erst spät den Kontakt zueinander gefunden. Als Teenager hatte sie mit dem quengeligen Kleinkind nicht viel anzufangen gewusst, und als er endlich zu einem vernunftbegabten Menschen heranreifte, war sie längst von zu Hause ausgezogen. Doch nun war er alles, was sie an Familie noch hatte, und er bedeutete ihr mehr als jeder andere Mensch auf der Welt.

Sie sah zu ihm hoch. Er war groß und dünn, einen ganzen Kopf größer als sie, und hatte die gleichen blaugrauen Augen und ebenso dunkle Locken, die er lang und zu einem Pferdeschwanz gebunden trug. Ein kleines Bärtchen bedeckte sein Kinn, das war neu.

»Freudentränen«, gab sie zurück und schniefte. Dann boxte sie ihn spielerisch in die Rippen. »Wir sehen uns einfach viel zu selten.«

»Da hast du recht.« Er wandte sich um und deutete auf die ehemalige Stadthalle. »Das ist also dein neuer Arbeitsplatz?« Zustimmend nickte er. »Es sieht fantastisch aus.«

»Nicht wahr.« Carolin fühlte einen Anflug von Besitzerstolz. »Nun muss nur noch das mit der Veranstaltungshalle klappen.«

»Wird schon.« Er blinzelte verschwörerisch. »Nun sind wir ja da.«

Ein weiterer Mann war aus dem Lkw geklettert, ein schwarzer Renault Espace bog gerade schwungvoll auf den Platz ein und hielt hinter dem Truck. Zwei Männer und eine Frau stiegen aus und kamen heran.

»Leute, das ist meine Schwester Carolin«, rief Paul ihnen entgegen und legte den Arm um ihre Schulter. »Ihr verdanken wir diesen Gig, also seid nett zu ihr.«

Die anderen lachten, Carolin schüttelte Hände und versuchte, sich die Namen von Pauls Team zu merken. Bernhard war Pauls Kompagnon, den kannte sie schon länger, die anderen drei, Stefan, Marc und Denise waren offenbar neu. »Freut mich sehr«, sagte sie. »Habt ihr Zimmer bekommen?«

»Brauchen wir nicht«, antwortete Paul und deutete auf den Truck. »Wir schlafen da drin.«

»Ah, wie praktisch.« Carolin nickte. Wenn man so wie Paul ständig unterwegs war, machte das durchaus Sinn.

Hinter ihr ging die Tür auf, und Peter Brunneder kam heraus. »Endlich«, sagte er und strahlte übers ganze Gesicht. »Ihr seids unsere Rettung.« Nach einer weiteren Runde Händeschütteln blieb er vor Paul stehen. »Du bist der Carolin ihr Bruder?«

Paul nickte. »Und du musst Peter sein.«

Die beiden Männer musterten sich, und Carolin wurde bewusst, wie sehr Peter und Rosi Brunneder für sie inzwischen zu einer Art Familie geworden waren. Dass nun auch Paul hier war, machte das Ganze irgendwie perfekt.

Peter Brunneder schien das ähnlich zu sehen. »Die Rosi hat g'sagt, ich soll dich heut Abend mitbringen«, sagte er. »Sie macht Fleischknödel für uns.«

Paul grinste. »Ich freue mich darauf.« Er wandte sich um und klatschte in die Hände. »Aber bis dahin haben wir noch viel zu tun. Auf geht's, Leute!«

Carolin schloss sich der Truppe an, die sich von Peter Brunneder in den Zuschauerraum führen ließ. Als sie auf die Galerie hinaustraten, pfiff Paul anerkennend durch die Zähne. »Das ist ja eine Wucht.«

Carolin musste ihm recht geben. Die alten Betonsäulen des ursprünglichen Gebäudes, die die Decke trugen, die roten Akzente der Stühle und Verkleidungen, das helle Holz, all das zusammen ergab ein beeindruckendes Bild. Dazu kam die schiere Größe der Halle, die sich nicht nur in Länge und Breite, sondern auch durch ihre Tiefe auszeichnete – mit ihren ansteigenden Zuschauerbalkonen erinnerte sie ein wenig an ein Theater aus der Zeit von Shakespeare.

Pechheims Pläne kamen ihr in den Sinn, der aus diesem oberen Bereich mit den Säulen eine Shopping-Mall machen wollte. Die Galerien darunter sollten Bars und Sitzgelegenheiten bieten, während der Zuschauerraum im Parkett, wenn es nach ihm ging, zu einer Tanzfläche werden sollte. Ja, auch diese Planung könnte aufgehen, und sie würde diesem einmaligen Raum nicht schlechter anstehen. Aber sein Vorhaben würde niemals dem kulturellen Anspruch von Frau Axamer gerecht werden, mit dem sie Bad Gastein in eine neue Zukunft führen wollte.

Carolin wandte sich ab und folgte den anderen die Treppe hinunter zum Boden des Zuschauerraums. Peter Brunneder war offensichtlich nicht untätig gewesen. Der Fußboden der Bühne war inzwischen komplett entfernt worden, sodass der Blick auf die darunterliegende Maschinerie frei war. Ein unübersichtliches Gewirr von

Zahnrädern, Ketten und hydraulischen Stangen aus Edelstahl war zu sehen, und Carolin fragte sich, wie man sich da jemals zurechtfinden sollte.

Doch für Paul und seine Leute schien das kein Problem zu sein. Paul umrundete den Bühnenbereich, dann sprang er hinunter und landete zwischen zwei martialisch aussehenden Maschinen.

»Ganz schön groß«, stellte er fest. »Das wird ein ordentliches Stück Arbeit.«

»Das hab i dir doch g'sagt«, antwortete Peter und beugte sich über die offene Grube. »Hauptsach, ihr schaffts des bis Dienstagabend.«

»Notfalls legen wir eine Nachtschicht ein«, sagte Paul. »Ist alles nur eine Frage der Bezahlung.« Er grinste schief.

»Das is geklärt, ka Sorge.« Peter richtete sich auf. »Ihr kriegts euer Geld, selbst wenn die Versicherung den Eilzuschlag net zahlen sollt. Die Frau Axamer hat's scho bewilligt.«

Carolin überließ die Techniker ihren Gesprächen. Sie ging durch eine offen stehende Flügeltür, die sie in einen weiteren Vorraum mit Zuschauergarderoben brachte. Ein Aufzug wartete mit einladend geöffneten Türen, aber sie wandte sich zu der breiten Treppe, die über drei Stockwerke nach oben in die Lounge und ins Foyer führte.

Sie verließ das Gebäude durch den Haupteingang und rannte prompt Josef Pechheim in die Arme, der neben dem schwarzen Truck stand und ihn mit ungnädigem Gesichtsausdruck musterte.

»Was ist denn das für ein Idiot, der hier parkt?«, brummte er.

Das fragte ausgerechnet er, der seine Karre auch überall da abstellte, wo es ihm passte. Carolin sah ihn kühl an.

»Der Idiot ist mein Bruder«, antwortete sie. »Er ist hier, um die Bühnenhydraulik zu reparieren.«

»Ist die denn kaputt?«

»Offenbar hat vorletzte Nacht jemand alles verstellt, jedenfalls funktioniert jetzt nichts mehr.« Carolin deutete nach drinnen. »Mein Bruder ist selbstständiger Bühnentechniker. Und da die Vertragsfirma so kurzfristig niemanden abstellen konnte, ist er mit seinem Team eingesprungen.«

»Na, das ist doch …« Pechheim schnaufte empört. »So geht das aber nicht. So etwas muss doch mit dem Finanzausschuss der Gemeinde abgesprochen werden.«

»Frau Axamer hat schon zugestimmt«, entgegnete Carolin und sah ihn irritiert an. »Am Mittwoch ist der Termin mit dem Bauamt, und wenn die Bühnentechnik da nicht funktioniert, gibt es keine Bewilligung zum Betrieb.«

»Des is dann halt Pech.« Er machte ein finsteres Gesicht. »Die Axamer kann uns net scho wieder so übergehen.« Plötzlich schien er sich bewusst zu werden, was er eben gesagt hatte. »Verstehen S' mich net falsch, natürlich will ich auch, dass alles klappt. Aber es gibt Vorschriften, und die darf die Frau Axamer net ständig aushebeln.«

»Wenn ich das richtig verstanden habe, ist das ohnehin ein Fall für die Versicherung«, antwortete Carolin. »Es geht also bestenfalls um eine Vorleistung und nicht um eine Überschreitung des Budgets.«

»Trotzdem.« Er schnaubte wütend durch die Nase. »So was darf nur der Finanzausschuss entscheiden.« Er wandte sich zur Eingangstür. »Ich geh und schau mir das einmal an. Pfüat Ihnen, Frau Halbach.«

»Auf Wiedersehen.«

Carolin sah ihm nach, als er im Gebäude verschwand. Ein eigenartiger Mann. Er hatte ihr gegenüber kein Hehl daraus gemacht, seine eigenen Interessen zu verfolgen, was das Kulturzentrum betraf. Aber er konnte deshalb doch nicht die Pläne behindern, denen der Gemeinderat immerhin zugestimmt hatte?

Sie rieb sich die Stirn. Das war definitiv Frau Axamers Problem. Alles, was sie tun konnte, war, ihren Job so gut als möglich zu machen. Sie wandte sich ab und umrundete das Gebäude, war nicht überrascht, dass Pechheims BMW hier parkte, und holte ihr Fahrrad aus dem Lagerraum. Das Wetter war zu schön, um sich den Tag von solchen Gedanken verderben zu lassen.

Über den Wolken

Eine gute Stunde später landete Carolin außer Atem und gründlich durchgelüftet in Bad Hofgastein. Das war zu ihrer Überraschung eine trubelige kleine Ortschaft mit einem echten Stadtkern, der sogar ein richtiges Einkaufszentrum vorzuweisen hatte.

Doch die bessere Infrastruktur hatte ihren Preis: Zahlreiche Menschen drängten sich durch die engen Gassen und belegten alle Plätze in den hübschen Gastgärten unter bunten Schirmen und Markisen, in denen Carolin eigentlich nur einen Kaffee trinken wollte. So kaufte sie sich in einer Bäckerei einen Kaffee im Pappbecher, setzte sich auf den Rand eines Brunnens und beobachtete das geschäftige Treiben. Zum Einkaufen war die Ortschaft nicht schlecht, befand sie, alles lag dicht beisammen und war fußläufig erreichbar. Nicht wie in Bad Gastein, das eigentlich mehr ein Straßendorf war, nur dass sich dessen Hauptstraße in langen Serpentinen über viel zu viele Höhenmeter erstreckte. Trotzdem gefiel ihr die hochherrschaftliche Ruhe besser, die die alten Hotels im Zentrum von Bad Gastein verströmten. Die Besucher verteilten sich irgendwie anders, zum Einkaufen fuhr man nach oben, zum Feiern nach unten, und dazwischen gab es Kultur vom Feinsten – vorausgesetzt, ihr Bruder und sein Team schafften es, die Bühnentechnik rechtzeitig zu reparieren.

Ein kühler Wind wehte und brachte sie bald zum Frösteln, so trank sie ihren Kaffee aus und brach wieder auf. Etwas langsamer diesmal, denn zurück ging es stetig bergauf, und sie hatte die Elektro-Unterstützung ausgeschaltet. Ihr Akku zeigte nur noch zwanzig Prozent, und die wollte sie für den letzten Anstieg in Bad Gastein aufsparen. Deshalb wählte sie für den Rückweg auch die Promenade entlang der Gasteiner Ache, die ziemlich eben war, auch wenn sie hier ständig anderen Radfahrern, Fußgängern und Menschen auf Rollschuhen, Skate- und Hoverboards ausweichen musste.

Irgendwo in Badbruck verpasste sie eine Abzweigung und fand sich auf einmal mitten auf einem Golfplatz wieder. Doch die Straße führte halbwegs in die richtige Richtung, deshalb fuhr sie unverdrossen weiter, bis erneut Häuser auftauchten. Ein großer Parkplatz und ein riesiges Schild mit der Aufschrift »Tanztenne« ließen sie bremsen. Der Name kam ihr bekannt vor. Sie sah sich um, und schon wieder entdeckte sie Josef Pechheims Auto. Der Anblick brachte auch die Erinnerung zurück, Julia hatte die »Tanztenne« erwähnt – das musste Pechheims Diskothek sein.

Sie hatte keine Lust auf ein erneutes Zusammentreffen, deshalb stieg sie schnell wieder aufs Rad, doch bevor sie anfahren konnte, kam Pechheim aus dem Gebäude. Er war in Begleitung eines Mannes, untersetzt und mit dunklem Haar. Sie waren in ein Gespräch vertieft und schienen uneins zu sein, denn Pechheim gestikulierte heftig, der Zweite antwortete offensichtlich laut. Hinter Carolin ratterte ein Traktor vorbei, weshalb sie nicht hören konnte, worum es ging, aber Pechheims Gesichtsausdruck nach war das, was der andere sagte, nicht gerade freundlich.

Als sie losfuhr, hob Pechheim den Kopf, und sie hob grüßend die Hand. Er wirkte einen Moment lang irritiert, doch dann glättete sich seine Miene, er lächelte strahlend und winkte zurück. Carolin fuhr an ihnen vorbei, Pechheim packte sein Gegenüber am Ellenbogen und zog ihn mit sich ins Gebäude. Im Eingang drehte der andere sich um und warf ihr einen unfreundlichen Blick zu, als ob er ihr die Unterbrechung des Gesprächs verübelte.

Die Straße führte durch ein kleines Wäldchen zurück zur Ache, sie fand eine Brücke, durchquerte eine kleine Siedlung und landete zuletzt an der Badbergstraße, die sie wiedererkannte. Erleichtert nahm sie das letzte Stück in Angriff.

Die Sonne stand schon tief, als Carolin am Haus Sonnenschein ankam. Während sie das Gartentor öffnete und ihr Fahrrad hindurchschob, trat Patrick Wiesmayr aus der Haustür. Er zog sich eine hellgrüne Maske vom Gesicht und schob sie in die Tasche.

Carolin sah ihn erschrocken an. »Ist was mit Rosi?«, fragte sie. »Geht's ihr gut?«

»Keine Sorge, Frau Halbach, es ist alles in Ordnung mit ihr.« Wiesmayr lächelte beruhigend. »Ich hab ihr nur ihre Tropfen vorbei'bracht und sie noch einmal a bisserl massiert.« Er streckte ihr die Hand entgegen.

»Ah.« Carolin war erleichtert. »Ich dachte schon.« Sie erwiderte seinen Händedruck.

Er warf ihr einen scharfen Blick zu und zog die Brauen zusammen. »Mit Ihrem Fuß ist wieder alles in Ordnung?«, fragte er.

»Ja, danke.« Sie lächelte. »Ihre Salbe hat wirklich Wunder gewirkt. Ich spüre kaum noch etwas.«

»Das ist fein.« Er hielt noch immer ihre Hand in lockerem Griff. »Aber irgendwas belastet Sie doch.«

Carolin sah ihn überrascht an. »Woher wissen Sie das?«

Er schmunzelte. »Das ist doch mein Beruf.«

»Ich dachte, Sie sind Physiotherapeut.«

»Stimmt scho.« Er zuckte mit den Schultern und ließ ihre Hand los. »Deswegen g'spür ich auch, wenn wer ang'spannt ist.«

»Ach so.« Carolin bewegte ihre Finger, die eigenartig kribbelten. »Ich mache mir Sorgen wegen unseres Kulturzentrums«, gab sie zu. »Erst diese schlimme Sache mit dem Toten. Und nun ist offenbar ein Saboteur am Werk, der verhindern möchte, dass wir termingerecht eröffnen können.«

Wiesmayr nickte. »Ja, davon hab ich auch schon g'hört.«

Carolin verdrehte die Augen. »Ich habe gehofft, dass das nicht schon Stadtgespräch ist.«

»Zumindest beim Friseur wird drüber g'redt«, antwortete er und grinste schief. »Die Zentrale vom dörflichen Klatsch und Tratsch.«

Carolin schnitt eine Grimasse. »Das ließ sich wohl nicht verhindern.«

»Zumindest net, wenn der Reparaturtrupp mit so an riesigen Lastwagen kommt und dann a no genau vor der Tür steht.«

Sie musste lachen. »Da haben Sie auch wieder recht. Dann hoffen wir mal, dass alles gut geht.«

»Ganz bestimmt.« Er sah sie ernst an. »Sie müssen nur fest dran glauben.«

Carolin sah ihm nach, als er mit weit ausholenden Schritten zum Gartentor ging. Sie würde zu gern daran glauben, aber sie befürchtete, dass Glauben allein in diesem Fall nicht reichen würde.

Es war schon nach sieben, als Peter Brunneder endlich nach Hause kam, den ölverschmierten Paul im Schlepptau.

»Peter hat gemeint, ich darf bei dir duschen«, sagte Paul und begrüßte Carolin mit einem Kuss auf die Wange.

Sie musterte ihn von oben bis unten. »Nur wenn du anschließend sauber machst«, antwortete sie mit gespielter Strenge.

Er verzog das Gesicht. »Ja, ja. Schon klar, Mama.«

Sie lachte. »Komm mit!«

Wenig später saßen sie in der brunnederschen Küche. Peter hatte eine Flasche Wein aus dem Keller geholt und schenkte ihn in dickbauchige Gläser mit grünem Stiel ein. Rosi werkelte am Herd herum, es roch nach Sauerkraut und gerösteten Zwiebeln.

Paul sah sich um, sein Gesicht glänzte, seine Haare waren noch feucht und fielen ihm in die Stirn. »Gemütlich habt ihr es hier.«

Ohne viel Federlesens hatte er auch Rosi sofort geduzt. Sie blinzelte ihm zu. »So was kennts es im Norden net, gell?«

»Na ja, schon, aber anders.« Paul deutete auf die lange Anrichte auf der anderen Seite des Raums. »Zumindest sind bei uns die Küchen meistens kleiner.«

»Das kommt davon, dass d' ein Stadtkind bist«, bemerkte Peter. »Prost.«

Sie hoben die Gläser und stießen miteinander an, Carolin nahm einen Schluck. Es war ein anderer Wein als beim letzten Mal, leichter und fruchtiger, er trank sich fast wie Himbeersaft. Gefährlich.

Rosi stellte eine Schüssel mit golden glänzenden Knödeln und einen Topf Sauerkraut auf den Tisch. »Nehmts eich selber«, sagte sie. »I muss no mei Medizin einnehmen.«

Sie füllte ein Glas zur Hälfte mit Wasser, griff nach einem braunen Fläschchen, das in der Ecke neben den Gewürzen stand, zählte Tropfen ab und trank die Mischung mit großen Schlucken aus.

»San des dem Wiesmayr seine Tropfen?«, wollte Peter wissen.

»Ja.« Rosi stellte das Glas weg und kam an den Tisch. »Stell dir vor, der is vorhin extra kommen und hat s' mir vorbei'bracht.«

»Der is halt ein Guter«, antwortete Peter und verteilte Sauerkraut. »A echter Arzt tat des nie.«

»Genau.« Rosi legte einen Knödel auf Carolins Teller. »Außerdem kenn i kan, der so massieren kann wie der.« Sie befüllte die restlichen Teller. »Aber jetzt lassts es eich schmecken!«

Zum Nachtisch gab es echte Salzburger Nockerln. Rosi holte die fluffige Süßspeise aus dem Ofen, und Carolin riss erstaunt die Augen auf. Sie hatte von dieser Spezialität bisher nur gehört und keine rechte Vorstellung davon gehabt, wie sie aussah. In einer großen Auflaufform türmte sich ein goldgelbes Gebirge und erzitterte leicht, als Rosi die Form auf den Tisch stellte.

»Es is nur Eischnee«, erklärte Rosi bescheiden, während sie großzügige Portionen auf die Teller häufte. »Die Kunst is net des Machen, sondern dass es net z'sammenfallt, wenn ma's ausm Ofen holt.«

»Die beherrschst du ganz offenbar«, sagte Paul. Er senkte seinen Löffel in die cremige Masse und schob eine kleinere Version des Berges vom Teller in seinen Mund. »Und es schmeckt genauso genial, wie es aussieht.«

Carolin kostete ebenfalls und war überrascht. Es war keineswegs nur Eischnee, es schmeckte nach Vanille, und obwohl die Süßspeise hauptsächlich aus Luft zu bestehen schien, gab es eine wahre Geschmacksexplosion im Mund.

Sie wandte sich an Paul. »Wie ging es übrigens heute mit eurer Reparatur voran?«

Er hielt Rosi den Teller hin für einen Nachschlag. »Wir haben erst einmal alles gesichtet«, antwortete er. »Wer auch immer das war, er hatte zum Glück nicht viel Ahnung von der Sache.« Er schob sich noch einen Löffel in den Mund. »Er hat an allen möglichen Einstellungen gedreht, aber wenn er es richtig gemacht hätte, dann wäre beim ersten Einschalten alles Mögliche kaputtgegangen.«

»Richtig ist gut.« Peter Brunneder kratzte sich den Bart. »So hat's nur des Podest vom Dirigenten erwischt. Das is vergleichsweise harmlos.«

»Also Glück im Unglück«, stellte Carolin fest.

»Ist trotzdem ganz schön viel Arbeit, bis alles wieder passt«, antwortete Paul. »Aber das bekommen wir schon hin.«

Rosi strahlte. »Ihr seids tüchtige junge Leut.«

»Und Retter in der Not«, ergänzte Carolin.

Paul hob die Schultern. »Es ist schließlich unser Job. Und ob wir den in Salzburg oder in Niedersachsen machen, ist am Ende egal.«

Carolin knuffte ihn in die Seite. »Bad Gastein ist aber schon was anderes.«

Er musste lachen. »Ja klar. Und dich wiederzusehen, ist sozusagen das Sahnehäubchen.«

Peter Brunneder stand auf und kam wenig später mit einer neuen Flasche Wein wieder. »Den müssts noch probieren«, sagte er. »Ein roter Muskateller aus der Steiermark. Und dann hör ma auf, von der Arbeit z'reden.«

Morgens um neun klingelte Carolins Handy und weckte sie aus unruhigem Schlaf. Es war spät geworden, und Peters spontane Weinverkostung hatte das Ihre dazu beigetragen. Ihr Kopf fühlte sich an wie in Watte gepackt, ihre Augen waren verklebt, und sie blinzelte ins Sonnenlicht, das unbarmherzig zum Fenster hereinfiel. Das Klingeln hörte nicht auf, also streckte sie einen Arm aus und tastete nach dem Telefon, das auf dem Nachttisch lag.

»Ja bitte?«, krächzte sie.

»Na, Sie hören sich ja g'sund an«, erklang eine tiefe Männerstimme.

»Nicht wirklich«, gab Carolin zurück und gähnte. »Wer spricht denn da?«

»Hier ist Bruno Hunold.« Er lachte. »Ich wollt Sie fragen, ob Sie Lust haben, mit mir auf den Stubnerkogel zu fahren.«

»Auf den ...« Carolin setzte sich auf und bereute es sofort. Das Zimmer drehte sich, ihr wurde übel. »Ich glaube nicht, dass ich dazu heute in der Lage bin.«

»Aber geh.« Hunold klang erschreckend munter. »Die frische Luft wird Ihnen guttun, werden S' sehen.«

»Ich weiß nicht ...«

»Keine Widerrede. Ich hol Sie in einer Stunde ab. Passt Ihnen das?«

Carolin holte tief Luft, um scharf zu widersprechen, doch dann besann sie sich. Wahrscheinlich hatte er recht, und die Bewegung würde ihr wirklich guttun. Außerdem war es nett, dass er an sein Versprechen dachte. Sie seufzte theatralisch. »Ist das eine ärztliche Anweisung?«

»So kann man es nennen.« Er lachte verhalten. »Bis nachher, Frau Halbach!«

Carolin streckte sich noch einmal genüsslich, dann kletterte sie aus dem Bett und warf einen Blick ins Wohnzimmer, doch es war leer. Nur der Kater lag noch in dem ungemachten Bett auf dem Sofa und rekelte sich demonstrativ, als er sie sah. Paul hatte darauf verzichtet, mitten in der Nacht zurück zu seinem Truck zu laufen, und Peter hätte ihn nicht mehr fahren können, weshalb sie ihrem Bruder das Sofa im Wohnzimmer angeboten hatte. Ganz offensichtlich hatte er die Nacht mit Ferdinand verbracht, aber so, wie es aussah, war er schon wieder unterwegs, und sie bewunderte ihn dafür.

Sie ging ins Bad und stellte sich ausgiebig unter die Dusche. Das heiße Wasser weckte ihre Lebensgeister und vertrieb die Watte aus ihrem Kopf. In ein Handtuch gewickelt, trat sie auf den Balkon und atmete tief ein. Die Sonne hatte schon erstaunliche Kraft, aber die Haut ihrer nackten Arme prickelte in der kühlen Luft. Die Frau mit dem Dackel ging unten auf der Straße vorbei und winkte herüber, sie winkte zurück, rettete ihr Handtuch und verschwand wieder nach drinnen, bevor sie zum öffentlichen Ärgernis wurde.

Auf einmal war sie von Vorfreude erfüllt. Sie zog sich an, wählte Jeans, einen warmen Pullover und eine Windjacke und dachte vor dem Schnüren ihrer Schuhe sogar daran, ihren Knöchel nochmals mit Wiesmayrs Wundersalbe zu behandeln und fünf von seinen Kügelchen zu nehmen. Zuletzt fütterte sie den Kater, der maunzend um ihre Beine strich. Sie streichelte seinen Rücken, er machte einen Buckel, hob den Schwanz und schnurrte.

»Ich bin gespannt, wie es mit dir weitergeht«, murmelte sie. »Ich hoffe ja immer noch, dass dein Frauchen zurückkommt.«

Sie ließ ihn allein und lief nach unten. Rosi war in der Küche und räumte die Spülmaschine ein, auf der Anrichte türmten sich leere Teller und Tassen. Carolin griff zu und half ihr, dann schenkte sie sich Kaffee aus einer der Thermoskannen ein und nahm sich eine Semmel.

»Ich fahre heute auf den Stubnerkogel«, berichtete sie, während sie das Brötchen mit Marmelade bestrich.

»Auf'n Stubnerkogel?« Rosi nickte. »Des is fein.« Sie sah ebenfalls müde aus. »Frische Luft is des Beste nach so oaner Nacht.«

Wie zur Bestätigung musste Carolin gähnen, sie hielt sich die Hand vor den Mund.

»Machst des alloan?«, wollte Rosi wissen.

»Nein, Herr Hunold hat mich vorhin angerufen.« Carolin biss von ihrer Semmel ab. »Das ist der Arzt, der neulich meinen Knöchel versorgt hat.«

»Nachdem er di z'sammg'fahren hat.«

»Na ja, so war es nicht ganz«, stellte Carolin richtig. »Er konnte schließlich nichts dafür.«

»Is scho recht.« Rosi goss sich ein Glas Wasser ein und setzte sich zu ihr an den Tisch. Aus Wiesmayrs braunem Fläschchen zählte sie fünfzehn Tropfen ab, schwenkte das Glas und trank es in einem Zug aus. »Brrr, is des bitter«, sagte sie.

»Was ist da eigentlich drin?«, fragte Carolin.

»Koa Ahnung.« Rosi zuckte mit den Achseln. »Des mischt der selber aus Heilpflanzen z'samm.«

»Na Hauptsache, es hilft.«

»Helfen tuat's wirklich«, antwortete Rosi und nickte bekräftigend. »Der kennt si echt guat aus, unser Wiesmayr.«

Carolin hatte gerade ihren letzten Schluck Kaffee getrunken, als es draußen hupte. Sie sah aus dem Fenster und erkannte Hunold, der aus dem Auto stieg. Sie sprang auf. »Ich muss los!«

»Viel Spaß«, rief ihr Rosi hinterher. »Und brich dir net wieder was!«

Das schöne Wetter hatte einige Leute auf dieselbe Idee gebracht, aber der Andrang hielt sich in Grenzen. Die Saison hatte noch nicht richtig begonnen, die Seilbahn fuhr zwar schon, aber, wie ein Schild am Eingang verriet, noch mit eingeschränktem Betrieb. Sie teilten sich die kleine Gondel mit zwei weiteren Personen, einem älteren Ehepaar, das bewaffnet mit Wanderstöcken und bunten Windjacken diese Fahrt offenbar nicht zum ersten Mal unternahm.

Die orangefarbene Kabine bewegte sich langsam auf den Ausgang zu. Plötzlich gab es einen sanften Ruck, das Gefährt beschleunigte, und auf einmal blieb das Gebäude hinter ihnen zurück. Der Boden entfernte sich immer weiter, Carolin bekam ein mulmiges Gefühl, und bei der ersten Stütze, die ihre Gondel in holprige Schwingung versetzte, schnappte sie nach Luft und suchte unwillkürlich nach Halt. Hunold bot ihr seinen Arm.

»Es nutzt zwar nix, aber wenn Ihnen dann leichter ist, dann halten Sie sich an mir fest.«

Dankbar griff Carolin nach seiner Hand, und es half tatsächlich, das aufkommende Schwindelgefühl zu besänftigen. Sie atmete tief durch und richtete den Blick auf die Berggipfel in der Ferne, die einer nach dem anderen hinter dem Horizont auftauchten, je höher sie kamen. Solange sie nicht nach unten blickte, war alles in Ordnung, und bei der letzten der siebenundzwanzig Stützen – sie hatte mitgezählt – war sie schon fast entspannt. Der Boden rückte wieder heran, die dunkle Öffnung im orangeroten Quader der Bergstation kam näher und verschluckte schon die Gondel vor ihnen. Dann rumpelte es noch einmal, und sie waren da. Das Gefährt wurde langsamer, zischend öffnete sich die Tür. Hunold zog sie hoch, sie hielt noch immer seine Hand, und rasch ließ sie los. »Danke«, sagte sie und machte, dass sie aus der Kabine kam. Auf einmal war ihr seine Nähe peinlich.

Prompt stolperte sie, und er griff nach ihrem Ellenbogen. »Vorsichtig«, sagte er. »Net dass Ihnen wieder wehtun.«

Sie grinste schief und atmete tief durch. »Immerhin habe ich diesmal den Arzt gleich dabei.«

Er lachte, kleine Fältchen kräuselten sich um seine Augen. »Ich würd vorschlagen, wir trinken z'erst einen Kaffee«, sagte er. »Die Aussicht rennt uns net weg, und vielleicht beruhigt sich dann Ihr Magen.«

Carolin nickte dankbar und war froh, dass er ihre plötzliche Unsicherheit auf die schaukelige Fahrt zurückführte und nicht auf seine Anwesenheit. Sie folgte Hunold durch einen Durchgang und betrat hinter ihm das Restaurant, das direkt an die Seilbahnstation angeschlossen war. Er deutete auf einen Tisch am Fenster. »Setzen S' Ihnen, ich bring uns was.«

Dankbar ließ sich Carolin nieder. Ihre Knie waren tatsächlich ein bisschen weich, und sie fühlte sich seltsam kurzatmig. Dabei gab es in Hunolds Gegenwart doch gar keinen Grund für Herzklopfen, schalt sie sich. Er war zwar nett, aber mehr auch nicht.

Es dauerte nicht lange, und Hunold kam mit einem Tablett zurück, auf dem nicht nur zwei Kaffeetassen, sondern auch zwei Schnapsgläser mit einer klaren Flüssigkeit standen. Er stellte Tasse und Schnaps vor ihr ab.

»Das ist medizinisch verordnet«, sagte er mit ernster Miene und setzte sich ihr gegenüber. »Außerdem sind wir auf über zweitausend Meter, da sagt man ›Du‹«. Er hob sein Glas. »Prost Carolin, ich bin der Bruno.«

»Prost Bruno. Meine Freunde sagen Caro zu mir.« Carolin kippte den Schnaps hinunter, Wärme breitete sich aus und vertrieb das leichte Unwohlsein. »Zirbengeist?«, fragte sie.

»Klar.« Bruno Hunold grinste. »Das Allheilhausmittel hier.«

»Offensichtlich.« Carolin leckte sich die Lippen und spürte dem Geschmack nach, der entfernt an Tannennadeln erinnerte. Langsam gewöhnte sie sich an den Geschmack. Dann zog sie die Kaffeetasse heran. »Ich hoffe, der bringt meinen Kreislauf in Schwung. Ich habe das Gefühl, außer Atem zu sein, obwohl ich mich gar nicht bewege.«

»Das ist nur die Höhenluft«, erklärte Bruno. »Die Luft hier heroben ist dünner als unten im Tal, das spürst halt.«

»Ach so.« Carolin trank einen Schluck Kaffee und war erleichtert. Offenbar waren ihre Symptome doch nicht auf ihr brachliegendes Gefühlsleben zurückzuführen. Das war irgendwie beruhigend.

Wenig später verließen sie das Gipfelrestaurant durch den Hinterausgang. Die Terrasse war trotz des eisigen

Windes, der hier wehte, gut besetzt. Wanderer in bunten Jacken hatten die Beine ausgestreckt, Rucksäcke lehnten an der Hauswand, Gesichter waren der Sonne zugewandt.

Bruno Hunold wandte sich nach rechts zu einer Rampe, über die man auf eine erstaunlich lange Hängeseilbrücke gelangte, die zwischen der Seilbahnstation und dem benachbarten Gipfel gespannt war. Sie war gut besucht, aber sie schien nur touristischen Zwecken zu dienen, denn parallel dazu gab es auch noch eine schmale Straße, die zu einem Sendemast hochführte.

»Von hier hat man eine tolle Aussicht«, sagte Hunold. »Aber grad sind zu viele Leute da. Das machen wir später.«

Er kehrte um und wandte sich in die andere Richtung. »Wir wandern z'erst da rüber zum Felsenweg, und wenns d' es schaffst, dann könn ma noch ein Stückerl weiter zur Zittrauer Scharte gehen.«

Carolin blickte zu dem Berggrat, der sich aus der Senke vor ihr erhob. Es sah nicht weit aus, und sie nickte. »Jawohl, Herr Doktor.«

Er warf einen prüfenden Blick auf ihre Turnschuhe. »Für heut wird's gehen. Aber beim nächsten Mal ziehst bitte Bergschuh an.«

»Okay.« Sie hob die Schultern. »Bisher habe ich noch keine gebraucht.«

»Das kommt schon noch, wenn wir öfter z'sammen in die Berg gehen.«

Carolin gab keine Antwort, sie kämpfte mit ihrem Atem. Offenbar dachte Bruno Hunold schon ein Stück weiter, aber erst einmal musste sie die heutige Tour bewältigen.

Wenig später erreichte sie keuchend die erste Aussichtsplattform und sah sich staunend um. Eine Art

Kanzel war auf einem exponierten Felsen errichtet worden, von wo aus man fast ungehinderte Rundumsicht hatte.

»Das ist großartig«, sagte sie.

»Bei klarem Wetter kann man von hier aus den Großglockner sehen«, erklärte Bruno Hunold. »Heute ist es leider zu diesig.« Er deutete mit der Hand die Richtung an. »Aber ich glaub, man sieht trotzdem genug.«

Carolin fand das auch. Die umliegenden Almen leuchteten in hellem Grün, doch die Berggipfel trugen noch immer eine Mütze aus Schnee und vermittelten aus der Ferne ein majestätisches Bild von eisigen Höhen. Sie konnte sich gar nicht sattsehen.

Schließlich gingen sie weiter. Der Weg führte erst ein Stück bergab, dann den Höhenrücken entlang, bis sie zu einem gut ausgebauten und befestigten Steig kamen, der sich um einen mächtigen Felsen herumwand und an einem zweiten Aussichtspunkt endete. Das letzte Stück ging über eine kurze Hängebrücke, und Bruno Hunold reichte Carolin fürsorglich die Hand. »Geht's noch mit deinem Fuß?«

Carolin ignorierte seine Hand und nickte. »Ja, es geht schon.«

In Wahrheit spürte sie die Anstrengung deutlich in ihrem Knöchel und hätte viel um feste Wanderstiefel gegeben, aber sie wollte sich keine Blöße geben. Der Weg war gut ausgebaut, offenbar für Halbschuhtouristen wie sie konzipiert, aber solch eine lange Wegstrecke war sie seit ihrem Unfall noch nicht am Stück gelaufen. Im Stillen schalt sie sich für ihre Unvernunft, mit Turnschuhen in die Berge zu gehen, und beschloss, vor der nächsten Tour in vernünftiges Schuhwerk zu investieren.

Der herrliche Ausblick von der Plattform, die ein Zwilling der ersten zu sein schien, entschädigte sie für die Anstrengung. Sie waren allein, und ihr fiel die unglaubliche Ruhe auf, die hier herrschte. Es gab keine Vögel, die sangen, nur die Drahtverstrebungen summten im Wind, ein eigenartiger Ton, der die Stille der Natur noch zu unterstreichen schien. Bruno Hunold öffnete seinen Rucksack und entnahm ihm eine Thermoskanne. Er goss dampfenden Tee in den Deckel und reichte ihr die improvisierte Tasse.

»Danke.« Carolin trank einen Schluck, schmeckte aromatische Kräuter und einen schwachen Hauch von Alkohol. »Sehr lecker. Was ist das?«

»Kräutertee«, antwortete Hunold. »Mit ein bisserl Zirbenschnaps.«

Carolin nickte. »Der Tee schmeckt wirklich gut. Wo gibt es den zu kaufen?«

»Den mischt unser Physiotherapeut selber«, antwortete Hunold. »Kennst den? Patrick Wiesmayr heißt er.«

Caro schmunzelte. »Klar. Was meinst du, warum mein Fuß wieder so gut wie neu ist.«

»Ich hätt's mir denken können.« Er grinste zurück. »Der Wiesmayr ist echt super bei solche Sachen.«

»Er hat mir auch homöopathische Kügelchen und eine Salbe mitgegeben.« Carolin deutete auf ihren Knöchel. »Ich glaube, ohne die hätte ich diese Wanderung heute gar nicht überstanden.«

Hunold schnitt eine Grimasse. »Red bitte net zu viel drüber«, sagte er. »Weil eigentlich darf er das gar net machen.«

»Nicht?« Carolin sah ihn überrascht an. »Ich dachte, er wäre Heilpraktiker.«

»Ja, eh.« Ein älteres Ehepaar mit einem Hund an der Leine betrat die Plattform. »Aber richtige Heilpraktiker, mit Zulassung und so, die gibt's nur in Deutschland. Bei uns in Österreich ist des anders, da musst Arzt sein, damit du die Leut mit so was behandeln darfst.«

»Ach so, das wusste ich nicht.« Carolin zuckte mit den Achseln. »Meine Zimmerwirtin schwört auch auf seine Tropfen, und sie scheinen ihr gut zu helfen.«

Hunold machte eine unwillige Geste. »Darum geht's doch gar net.« Er senkte die Stimme. »Du sollst nur das mit seiner Medizin net an die große Glocke hängen. Weil sonst kriegt der Patrick Ärger, und dann darf er am Ende gar nimmer arbeiten.«

»Verstehe.« Carolin kaute nachdenklich auf ihrer Unterlippe. »Ich hatte nicht den Eindruck, dass er das heimlich macht.«

Hunold schraubte die Thermoskanne zu. »Der Wiesmayr ist ein verdammt guter Physiotherapeut. Der weiß schon, was er tut, und er hilft den Leuten wirklich, deswegen halten auch alle den Mund in Gastein.« Er schaute in den Himmel. Der Dunst hatte sich verdichtet, der Wind war stärker geworden. »Mir gehen jetzt besser z'rück, bevor uns des schlechte Wetter erwischt.«

Als Carolin gegen Abend zurück zum Haus Sonnenschein kam, fand sie Rosi allein in der Küche vor. Sie setzte sich zu ihr an den Tisch und nahm dankbar eine Tasse Tee entgegen. Natürlich hatte sie der Regen auf dem Rückweg von der Aussichtsplattform noch eingeholt, und sie war ziemlich nass geworden. Ihre Regenjacke hatte sich als nicht so wasserdicht erwiesen wie gedacht, und Bruno Hunold hatte darauf bestanden, mit ihr so lange im Gipfelrestaurant zu bleiben, bis sie wieder halbwegs durchgetrocknet war. »Du holst dir sonst den Tod in der Seilbahn«, sagte er. »Und das kann i net verantworten.« Dabei hatte er sie aus seinen schönen braunen Augen so treuherzig angesehen, dass ihr trotz der nassen Kleidung ganz warm ums Herz geworden war.

Energisch schüttelte Carolin den Gedanken ab. »Ist Peter gar nicht da?«, erkundigte sie sich bei Rosi.

»Naa, die san immer no am Arbeiten, des dauert heit länger.« Ihr Gesicht verfinsterte sich. »Stell dir vor, letzte Nacht hat schon wieder wer probiert, an der Bühne was z'machen. Aber die Leit von deim Bruder haben was g'merkt und san nachschauen 'gangen, da is er davong'rennt.«

»Das gibt's doch nicht.«

»Echt schlimm, wie weit's kommen is mit die Leit.« Sie zog die Nase kraus. »Sie haben no probiert, ob s' eam kriagn, aber er war z'schnell.«

»Immerhin wissen wir jetzt, dass wirklich ein Mensch mit bösen Absichten hinter all diesen Dingen steckt und nicht alles nur Zufall ist.«

»Des kannst laut sagen.« Rosi nickte nachdrücklich. »Jedenfalls will der Peter heit über d'Nacht im Kulturzentrum bleiben und aufpassen.«

Carolin sah hoch. »Ist das nicht zu gefährlich? Was ist, wenn der Saboteur wiederkommt?«

»I glaub, des traut si der net. Der will si ja net derwischen lassen.«

»Dein Wort in Gottes Ohr.«

Rosi seufzte. »Mir wär a wohler, wenn des wer anderer machert. Aber er hat si's net ausreden lassen.«

»Immerhin sind ja Pauls Leute auch in der Nähe.«

»Ja, hast recht.« Sie strich sich übers Gesicht. Dann stand sie auf und holte ihre Tropfen von der Anrichte. In dem Ritual, das Carolin schon kannte, zählte sie fünfzehn Tropfen in ein Wasserglas und kippte alles auf einmal hinunter.

»Hast du gewusst, dass Herr Wiesmayr das gar nicht machen darf?« Carolin deutete auf das braune Fläschchen.

»Er is Therapeut, und a guater no dazu.« Rosi hob die Schultern. »Und seine Tropfen san des Oanzige, was mir mit meim Rücken hilft. Alles andere interessiert mi net.«

»Ich verstehe dich schon. Mein Knöchel ist ja auch dank seiner Hilfe sehr schnell verheilt.« Carolin rührte in ihrem Kaffee. »Aber hat er keine Angst, dass ihn deshalb jemand anzeigt?« Sie trank ihre Tasse leer.

»Des kann i mir net vorstellen.« Rosi lachte. »Wieso sollt des denn wer machen? Er hilft ja die Leit. Von denen zeigt ihn doch koaner an.« Sie schüttelte den Kopf. »Weißt, der Wiesmayr, der is ein richtiger Heiler. Der g'spürt des irgendwie, was den Leuten fehlt, und dann macht er sie g'sund.«

»Rosi, das ist Unsinn. Es gibt keine Heiler. Er ist einfach nur ein guter Beobachter.«

»Dann halt des.« Sie reckte das Kinn kampflustig in die Höhe. »Aber auf ihn lass i nix kommen, und wenn ihn einer anzeigen will, dann kriegt er's mit mir z'tuan.«

Die Versuchung

Der Montagmorgen begann frisch und klar. Ein blassblauer Himmel überspannte die grünen Matten und versprach einen sonnigen Tag. Carolin hatte Muskelkater, aber immerhin war sie ausgeschlafen – die ungewohnte Anstrengung hatte gestern dazu geführt, dass sie früh zu Bett gegangen war. Aber es rächte sich, dass sie in letzter Zeit so wenig für ihre Kondition getan hatte. Ächzend schwang sie sich aufs Fahrrad, trat in die Pedale und ignorierte das schmerzhafte Ziehen in ihren Unterschenkeln.

Sie war heute früh dran, der Akku war frisch geladen, und spontan entschloss sie sich zu einem Umweg. Schon nach wenigen Hundert Metern wurde ihr warm, und sie genoss den kalten Fahrtwind, der ihr um die Nase pfiff. Sie radelte die Kötschachtaler Straße entlang, an Frau Krauskopfs Haus vorbei, das verschlossen und irgendwie abweisend aussah, immer weiter hinauf, bis sie hoch oben über dem Tal war.

In einer Kurve stieg sie ab und bewunderte die Aussicht. Von hier aus hatte man einen ungehinderten Blick zurück auf den Steilhang mit dem Wasserfall und die umgebenden alten Hotels. Ein regelrechter Postkartenanblick, ging ihr durch den Kopf. Besonders das ehemalige Grand Hotel d'Europe stach aus der Kulisse hervor: Es war beeindruckend groß, und mit seinem Türmchen, der versetzten Fassade und den verschnörkelten Balkonen wirkte es fast wie ein Märchenschloss.

Schließlich fuhr sie weiter, bog von der Kötschachtaler Straße ab und folgte einer schmalen Straße wieder nach unten. Über eine der vielen Promenaden, die sich zum Glück auch mit dem Fahrrad befahren ließen, kehrte sie zurück. Sie rollte die Serpentinen hinter dem leer stehenden Hotel Persipan hinunter und betete, dass die Bremsen hielten, denn ihr Fahrrad wurde immer schneller. Dann war sie am historischen Dunstbad und schlängelte sich an diversen Gerüsten und Bauwänden vorbei, die den Straubinger Platz noch immer verschandelten. Mit kalten Ohren und erhitztem Gesicht kam sie am Kulturzentrum an.

Die »Plaza« vor dem Gebäude sah aus, als hätte sie sich in einen Parkplatz verwandelt. Neben Pauls Truck und dem Auto seiner Mitarbeiter parkten Peter Brunneders Lieferwagen, ein Streifenwagen der Polizei und ein weiteres Auto. Carolin erinnerte sich, dass Herzinger heute die Fingerabdrücke der Bauarbeiter zum Vergleich nehmen wollte – die Episode vom Freitag mit ihrer kurzzeitigen Gefangenschaft hatte sie schon fast wieder vergessen, so viel war in der Zwischenzeit passiert.

Sie schob ihr Fahrrad in den Lagerraum und betrat das Foyer vom Balkon aus durch den Hintereingang. In dem großen Raum brummte es heute wie in einem Bienenstock. Valentin Herzinger hatte den Teil neben der Treppe in Beschlag genommen und zwischen roten Sofas und filigranen Kübelpflanzen eine Art mobile Station zur erkennungsdienstlichen Behandlung eingerichtet. Ein Kollege war bei ihm, einige Arbeiter in weißen Overalls standen in einer kleinen Gruppe zusammen. Carolin trat an den Klapptisch, auf dem ein elektronischer Fingerabdruckscanner aufgebaut war, wie Carolin ihn von der Passbehörde kannte. Herzinger blickte auf.

»Ah, die Frau Magister«, sagte er und grinste schief. Er senkte die Stimme. »Wir nehmen grad die Vergleichsproben, um Ihren Saboteur zu finden.«

»Verstehe.« Sie sah sich um. »Sind denn überhaupt alle hier, die Zugang zum Gebäude haben?«

Herzingers korpulenter Kollege schüttelte den Kopf. »Naa, wie denn. Die Elektriker san letzte Woch'n scho fertig g'worden. Und die Installateur san a nimmer do.«

»Nur noch die Maler«, ergänzte Herzinger und deutete auf die Männergruppe in Weiß. »Die streichen grad die Künstlergarderoben unten im Bühnentrakt.«

»I red nachher no mit dem Bauleiter«, sagte sein Kollege. »Der wird ja wissen, wer von seine Leit am Freitag a am Abend no da war.«

»Aber was, wenn es gar kein Arbeiter war?«, gab Carolin zu bedenken. »Im Prinzip kann das doch jeder gewesen sein, der einen Schlüssel hat.« Sie schnitt eine Grimasse. »Ich habe den Mann nur ganz kurz gesehen, aber ich bin mir sicher, dass er keine Arbeitskleidung trug.«

»Aber wer hätt denn sonst an Schlüssel?«, fragte Herzinger. »Und wer wissert von dem Sicherungskasten?«

»Das ist auch wieder wahr«, gab Carolin zu. »Haben Sie an die Leute von der Putzfirma gedacht?«

Er sah sie mit amüsiertem Gesichtsausdruck an. »Was glauben S' denn, Miss Marple? Dass i des zum ersten Mal mach?«

Sie zuckte mit den Schultern. »Sorry. Es ist mir nur gerade eingefallen.«

»Is scho recht.« Er deutete auf die Gruppe. »Ich muss jetzt weitertun. Ich meld mich bei Ihnen, sobald wir was wissen.«

Carolin ging hinüber zum Eingang der Veranstaltungshalle und stieg die Treppe von der Galerie zum Zuschauerraum hinunter. Unten auf der Bühne waren bereits mehrere Leute zugange. Sie erkannte Pauls lange Gestalt und Peter Brunneder daneben, kleiner, grau und ein wenig zerknittert.

»Guten Morgen, Schwesterherz«, begrüßte Paul sie und gab ihr einen Kuss auf die Wange.

»Guten Morgen.« Sie sah sich um. Neben dem offenen Bühnenkasten stand ein aufgeschlagenes Feldbett mit einer zerknüllten Decke.

»War die Nacht wenigstens ruhig?«, fragte sie Peter.

»Ja, Gott sei Dank.« Er gähnte und rieb sich das stoppelige Kinn. »Keiner is 'kommen. Nur i bin z'alt für so was.« Er deutete auf das Feldbett. »I hab heut schlimmer Kreuzweh als wie die Rosi.«

Carolin grinste. »Musst vielleicht auch zum Herrn Wiesmayr gehen.«

Sein Gesicht hellte sich auf. »Des is a gute Idee. Ich ruf den gleich an.«

Carolin hob überrascht den Kopf. Eigentlich hatte sie das spaßig gemeint, denn sie hätte nicht gedacht, dass sich Peter ebenfalls von dem Naturheilkundler behandeln ließ. »Kannst du überhaupt fahren?«

»Was glaubst denn.« Er sah sie mit gespielter Entrüstung an. »I bin vielleicht alt und grau, aber Autofahren geht grad no.«

»Na dann …« Carolin wandte sich an Paul. »Und wie seid ihr gestern vorangekommen?«

»Gut.« Er deutete nach unten. »Der hintere Bühnenkörper funktioniert wieder. Nun geht die Spielerei an den Seitenbühnen los, das ist komplizierter.«

Carolin schaute in den Maschinenraum. »Ich würde mich da niemals zurechtfinden.«

Er grinste. »Ich habe dafür keine Ahnung von Büchern.«

Einer seiner Kollegen winkte ihm, er wandte sich ab. »Ich muss weitermachen. Wir sehen uns später, ja?«

»In Ordnung.« Carolin nickte. »Ich gehe dann auch mal an meine Arbeit.«

Zu Mittag verließ Carolin die Bibliothek, um sich beim Metzger ein Brötchen zu holen. Der hieß hier Fleischhauer und hatte die beste Fleischwurst, die sie jemals gegessen hatte. Extrawurst nannte man sie hier, und der Mann verkaufte sie dünn aufgeschnitten in einer frischen Semmel mit einer Essiggurke – wirklich lecker und ihr liebster Mittagssnack, wenn sie keine Zeit für ein richtiges Essen hatte.

Vor der Tür hatte sich das Fahrzeugaufkommen vom Morgen ein wenig gelichtet. Nur der Truck von Paul und der Wagen seines Teams parkten noch hier. Neu hinzugekommen war der BMW von Pechheim, der offenbar auch irgendwo hier unterwegs war.

Ob er wohl versuchte, sich mit Julia auszusöhnen? Sie hatte die junge Frau heute Vormittag kaum gesehen. Julia hatte sich um die Ausleihen am Tresen gekümmert, während Carolin heute den Auskunftsdienst am Infodesk übernommen hatte.

Sie umrundete Pauls Truck. Auf einmal stand Bruno Hunold vor ihr und lächelte sie erfreut an.

»Carolin, so ein Zufall«, sagte er und beugte sich zu ihr. Bevor sie es verhindern konnte, hatte er ihr einen Kuss auf die Wange gedrückt. »Zu dir wollt ich gerade!«

»Ach, wirklich?« Sie trat einen Schritt zurück.

Er war nett, ja, aber erneut hatte sie das Gefühl, dass ihr das alles zu schnell ging. Sie kannte ihn doch kaum! Immerhin war er nicht verheiratet, das hatte sie gestern herausgefunden. Geschieden, klar, mit einem Sohn in der Pubertät, der bei der Mutter in Graz lebte und den er nur selten sah. Trotzdem war sie noch nicht bereit, sich auf eine neue Beziehung einzulassen, auch wenn seine braunen Augen noch so sehr leuchteten, sobald er sie sah.

»Ich wollt mit dir mittagessen gehen«, antwortete er und deutete auf das Kaffeehaus des Kulturzentrums. »Oder magst lieber woanders hin?«

Offenbar setzte er ihr Einverständnis voraus, und unwillkürlich störte sich Carolin daran. »Ich habe leider gar keine Zeit«, sagte sie. »Ich wollte mir nur schnell beim Metzger ein Brötchen holen.«

»Dann komm ich mit, wenn's recht ist.« Wie selbstverständlich legte er ihr den Arm um die Schultern. »Und wir picknicken auf der Bank am Wasserfall.«

In diesem Augenblick bog der Polizeiwagen auf die Plaza ein und hielt neben ihnen an. Herzinger stieg aus.

Carolin machte sich von Hunold los und trat einen Schritt auf ihn zu. »Hallo, Herr Herzinger.«

»Grüß Ihnen, Frau Magister.« Er warf Hunold einen abschätzenden Blick zu, dann wandte er sich an Carolin. »Haben S' kurz Zeit für mich? Ich wollt Sie was fragen.«

Dankbar nickte Carolin. »Ja, natürlich.« Sie drehte sich zu Hunold. »Tut mir leid, Bruno. Vielleicht ein andermal.«

Er ließ die Arme hängen und verzog das Gesicht zu einem traurigen Dackelblick. »Schade.« Dann grinste er und hob die Schultern. »Aber gegen die Polizeigewalt komm ich natürlich nicht an.«

Carolin blickte ihm nach, als er um die Ecke des Trucks verschwand. Es gab keinen Grund dafür, aber sie fühlte sich irgendwie von Herzinger ertappt, obwohl doch gar nichts geschehen war. Sie schüttelte unwillig den Kopf. Männer! Das Leben wäre definitiv einfacher ohne sie.

Herzinger überholte sie mit einem raschen Schritt und hielt die Eingangstür für sie auf. Sie verdrehte die Augen, als sie hindurchging, aber sie sagte nichts dazu. »Haben Sie den Mann gefunden?«, fragte sie, während die Tür hinter ihnen zufiel.

Der Revierinspektor nahm die Dienstmütze ab, fuhr sich durch die Haare und setzte die Kappe wieder auf. »Wir haben zumindest eine Übereinstimmung der Fingerabdrücke«, sagte er. »Wie schon vermutet, gehören s' einem von den Handwerkern. Ich nehm ihn gleich mit zur Vernehmung.«

Carolin öffnete den Reißverschluss ihrer Jacke. »Wer ist es?«

»Miroslav Burkovic heißt er.« Er sah sie fragend an. »Sagt Ihnen der Name was?«

Sie schüttelte den Kopf. »Nein, sollte er?«

»Naa.« Er deutete mit dem Kinn in Richtung Eventzentrum. »Aber könnten S' vielleicht schnell mitkommen und schauen, ob S' ihn identifizieren können?«

»Ich glaube nicht, dass ich das kann.« Carolin drehte die Handflächen nach oben. »Ich habe den Mann ja gar nicht richtig gesehen.«

»Trotzdem. Dauert ja net lang.«

»Na gut.«

Sie folgte ihm durch die breiten Flügeltüren in den Veranstaltungssaal und die Treppe hinunter. Im Vorbeigehen winkte sie Paul zu, der mit seinen Leuten zusammenstand. Peter Brunneder schloss sich ihnen an.

»Wo san denn die Maler grad?«, fragte Herzinger.

»Kummts mit«, antwortete Peter.

Er führte sie durch den Bereich hinter der Bühne, einen großen Raum, in dem alle möglichen Gegenstände herumstanden. An der Seite fiel Licht durch ein breites, offenes Tor. Es ging eine schmale Treppe nach oben und einen Gang entlang, in dem es nach frischer Farbe roch. Der Fußboden war mit Papierbahnen abgedeckt.

Peter stieß eine Tür auf. »Die machen grad Pause«, meinte er.

Mehrere Männer in weißen Arbeitsanzügen saßen in einem fensterlosen Raum um einen Tisch herum. Brot und Wurst lagen auf dem Tisch, einer schenkte sich soeben Wasser aus einer Flasche ein.

»Miroslav Burkovic, wer von euch ist des?«, fragte Herzinger.

Ein Mann mit weißer Stoffmütze auf dem Kopf saß mit dem Rücken zur Tür, er wandte sich um. Als er Carolin erblickte, weiteten sich kurz seine Augen, doch er hatte sich sofort wieder in der Gewalt. »Ja?«

Carolin rieb sich die Stirn, der Mann kam ihr vage bekannt vor, aber ihr fiel nicht ein, woher.

»Stehen S' mal auf, bitte«, sagte Herzinger. »Kann der des g'wesen sein?«, fragte er an Carolin gewandt.

»Möglich. Die Statur würde schon passen.« Sie hob die Schultern. »Aber ich habe ihn ja nur ganz kurz im Gegenlicht gesehen.«

Der Mann senkte den Kopf. »Was du wollen von mir?« Er hatte einen deutlichen Akzent, seine dunklen Haare fielen ihm ins Gesicht.

»Ich muss Sie mit auf die Wache nehmen«, sagte der Revierinspektor und senkte die Stimme. »Wir haben Ihre Fingerabdrücke in dem Putzraum im Unterg'schoß g'funden, wo die Frau Magister eing'sperrt worden ist.«

Burkovic fuhr auf und sah Carolin finster an. »Ich nix damit zu tun haben.«

»Wie kommen dann Ihre Fingerabdrücke dahin?«

Er zuckte mit den Achseln. »Haben schon amal Farbe g'holt von dort.«

»Am Sicherungskasten? Des können S' sonst wem erzählen, Herr Burkovic. Sie kommen jetzt mit.«

Burkovic wirkte jetzt doch unsicher. »Ich jetzt verhaftet?«

»Naa.« Valentin Herzinger ergriff seinen Arm. »Nur zur Vernehmung. Aber dann schau'n ma weiter.«

Der Mann nahm die weiße Kappe vom Kopf und schüttelte die Hand des Polizisten ab. »Kann selber gehen«, brummte er.

Carolin sah sich um. Die anderen Männer hatten kaum darauf geachtet, was hier geschah, sondern einfach weitergegessen. Offenbar kannten sie sich nicht sehr gut, anders konnte sie sich dieses Desinteresse nicht erklären.

Sie folgte Herzinger und Burkovic nach oben. Peter Brunneder war wieder in den Tiefen des Bühnenraums verschwunden, auch von Paul war nichts zu sehen. Oben übergab Herzinger den Mann an seinen Kollegen und wandte sich Carolin zu.

»Danke trotzdem.«

»Es tut mir leid, dass ich nicht besser helfen konnte.« Wieder kam ihr diese flüchtige Erinnerung in den Sinn, aber erneut konnte sie sie nicht greifen. Irritiert schüttelte sie den Kopf.

Herzinger sah sie neugierig an. »Ist Ihnen doch no was eing'fallen?«

»Ich habe den Mann schon einmal gesehen, aber ich komme nicht drauf, wo das war.« Sie hob die Schultern. »Wenn es mir wieder einfällt, sage ich Ihnen Bescheid.«

Herzinger nickte und wandte sich zum Eingang.

»Moment noch«, hielt Carolin ihn auf. »Gibt es etwas Neues von Herta Krauskopf?«

»Leider net.« Er blieb stehen und drehte in einer Geste der Hilflosigkeit die Handflächen nach oben. »Heut in der Früh war ein Psychologe bei ihr, aber sie hat mit ihm a nix g'red't.«

»Ich verstehe es einfach nicht.« Carolin seufzte. »Ich glaube inzwischen, dass hinter ihrem Schweigen etwas ganz anderes steckt.«

»Sie meinen, die will wen schützen?« Herzinger schüttelte den Kopf. »Naa. Ich wissert auch gar net, wen. So enge Freund hat die keine. Außer vielleicht den Pfarrer, aber der war's ja bestimmt net.«

Carolin hob den Kopf. »Der Pfarrer, sagen Sie?«

»Ja klar. Die Herta ist doch im Kirchenchor und rennt jeden Sonntag in d' Mess.«

»Ach.« Carolin erinnerte sich an das Kruzifix in Herta Krauskopfs Wohnzimmer. »Vielleicht sollte statt des Psychologen besser der Pfarrer mit ihr sprechen?«

»Ah!« Herzingers Gesicht hellte sich auf, und er nickte anerkennend. »Wissen S' was? Das is a gute Idee. Des geb ich gleich nach Salzburg weiter, und dann red ich mit unserem Pfarrer.« Er grinste schief und winkte zum Abschied. »Auf Wiederschau'n, Frau Magister. Wird ja doch noch a Miss Marple aus Ihnen.« Der Revierinspektor verließ das Gebäude und stieg in den wartenden Streifenwagen, das Fahrzeug setzte zurück und verschwand um die Hausecke.

Als sich Carolin umdrehte, kam Josef Pechheim durch das Foyer auf sie zugeeilt.

»Grüß Ihnen, Frau Halbach«, sagte er. Er strich sich das gegelte Haar zurück. »Wissen S' zufällig, wo die Julia is?«

»Ach, Herr Pechheim.« Carolin hob die Schultern. »Ist sie nicht in der Bibliothek?«

Er schüttelte den Kopf. »Naa. Zumindest hab ich sie net g'funden.«

»Dann kann ich Ihnen auch nicht helfen.« Vielleicht wollte Julia Gschwendtner ja nicht gefunden werden. »Kann ich ihr etwas ausrichten?«

»Nein, danke. Des sag ich ihr lieber selber.« Er sah demonstrativ auf die Uhr. »Ich hab jetzt auch koa Zeit mehr, wir haben heut Abend a Live-Performance in der Tenne.«

»Na dann.« Sie wandte sich ab, in diesem Moment kam die Erinnerung zurück, und sie fuhr herum. »Der Mann, mit dem ich Sie am Samstag gesehen habe«, stieß sie hervor. »Was haben Sie mit dem zu tun?«

»Der Miros?« Pechheim sah sie mit unschuldiger Miene an. »Der arbeit manchmal bei mir in der Diskothek, wenn was z'machen ist. Letzte Wochen hat er mir die Klos g'strichen. Wieso wollen S' des denn wissen?«

»Herr Herzinger hat ihn gerade zur Vernehmung mitgenommen.«

»Ja, des hab ich mit'kriegt.« Pechheim wedelte mit den Händen. »Aber wieso denn?«

»Am Freitagabend ist jemand hier herumgeschlichen und hat mich am Ende in einem Lagerraum eingeschlossen«, erklärte Carolin. »Es besteht der Verdacht, dass er es war.« Sie sah Pechheim scharf an.

»Und Sie denken jetzt, ich hab was mit der Sach zu tun? Nur weil Sie mi mit eam g'sehen haben?« Er lachte herzlich. »Des glauben S' doch selber net. Wieso sollt ich denn so was machen?«

»Es ergibt zumindest ein komisches Bild.«

»Aber geh.« Er machte eine wegwerfende Handbewegung. »Was der Miros treibt, wenn er net grad bei mir ist, des weiß ich doch net.« Er sah sich um und senkte die Stimme. »Trotzdem wär ich froh, wenn S' niemandem sagen, dass ich den kenn.«

»Ach?« Carolin hob die Brauen. »Wieso das denn?«

»Na weil der das doch schwarz macht bei mir.« Pechheim beugte sich vertraulich vor. »Ich tät mich auch erkenntlich zeigen.«

Carolin sah ihn irritiert an. Pechheim wurde ihr immer unsympathischer. »Wie darf ich das verstehen?«

»Ich hab da was an der Hand, was Sie interessieren könnt«, begann er. Er sah sich um, dann ergriff er ihren Ellenbogen und zog sie hinter die Treppe, wo sie von der Eingangstür aus nicht mehr zu sehen waren. »Ich bin an ein paar Wohnungen im Grand Hotel beteiligt, und da wird grad a Appartement frei«, sagte er leise. »Normal dürft ich Ihnen des gar net sagen, aber ich könnt Ihnen das ohne Provision vermitteln.«

Sie schüttelte seinen Arm ab. »Wollen Sie mich bestechen?«

Er hob die Hände. »Aber nein, natürlich net.« Sein Blick war pure gekränkte Unschuld. »Des tät ja heißen, dass ich was zu verbergen hätt. Ich wollt Ihnen nur einen Gefallen tun.«

»Einen Gefallen, soso.« Carolin wandte sich ab. Ein kleiner Stich des Bedauerns durchzuckte sie, denn eine Wohnung im ehemaligen Grand Hotel d'Europe wäre tatsächlich ein Traum, aber so etwas von Pechheim anzunehmen kam natürlich überhaupt nicht infrage. »Danke schön, aber an solchen Gefallen habe ich kein Interesse.«

Nichtsdestotrotz hielt Carolin auf dem Heimweg am Grand Hotel d'Europe an. An der anderen Straßenseite stand eine Bank im Schatten einer Felswand, sie lehnte ihr Rad gegen die Steine, setzte sich und betrachtete die schöne alte Fassade mit den verschnörkelten Balkongeländern.

Das ehemalige Luxushotel wurde bereits seit einigen Jahren nur noch als Appartementhaus genutzt, einen richtigen Hotelbetrieb gab es nicht mehr. Die riesigen Zimmer waren zu kleinen Wohnungen umgebaut worden, viele der Appartements wurden als Ferienwohnungen vermietet, aber es gab auch Dauergäste von auswärts, die das frühere Luxushotel als Zweitwohnsitz nutzten.

Als Carolin Anfang des Jahres begonnen hatte, sich mit dem Umzug nach Bad Gastein zu beschäftigen, und Ausschau nach einer bezahlbaren Wohnung gehalten hatte, war sie auch über das monumentale geschichtsträchtige Gebäude gestolpert. Es beherbergte neben den Appartements auch das Gasteiner Museum, das sie noch immer nicht besucht hatte, und ein Lokal, das allerdings öfter den Betreiber zu wechseln schien. War es damals noch eine Pizzeria gewesen, residierte heute eine Edelbar in den Räumlichkeiten und warb mit 300 Sorten Gin.

Es wäre wirklich großartig, hier zu wohnen, mitten im historischen Zentrum von Bad Gastein und in fußläufiger

Entfernung zu ihrem Arbeitsplatz. Aber natürlich würde sie das Angebot von Josef Pechheim niemals annehmen und sich für ihr Stillschweigen mit einer der begehrten Wohnungen bezahlen lassen. Abgesehen davon – ihr kleines Appartement im Haus Sonnenschein war vielleicht nicht so mondän wie dieses Prunkgebäude, dafür hatte sie mit Rosi und Peter so etwas wie Familienanschluss gewonnen, der die einfachere Ausstattung mehr als aufwog. Seufzend erhob sie sich und machte sich auf den Heimweg.

Klugheit ist gefährlich

Am nächsten Morgen war das Wetter wieder grau und trüb, aber immerhin regnete es nicht. Carolin streckte sich unter der Bettdecke, der Muskelkater schmerzte noch immer, und einen Augenblick war sie versucht, Peter zu bitten, sie heute im Auto mitzunehmen. Nach seiner Feldbett-Erfahrung hatte er sich überreden lassen, die Nachtwache besser der jüngeren und fitteren Truppe von Paul zu überlassen. Nach außen hin widerstrebend, aber wahrscheinlich doch dankbar hatte er am Ende zugestimmt und die Nacht im eigenen Bett verbracht.

Carolin schlug die Bettdecke zurück. Nein, sie hatte sich vorgenommen, an ihrer Kondition zu arbeiten, also kam es gar nicht infrage, Peters Chaffeursdienste in Anspruch zu nehmen. Schwungvoll sprang sie aus dem Bett. Der echte Kater quittierte die rasche Bewegung mit einem Maunzen, er hatte die Nacht wie immer am Fußende des Bettes verbracht.

Nach einer raschen Morgentoilette, der umso ausgiebigeren Versorgung des Katers und einem Kaffee in Rosis Küche schwang sie sich aufs Rad. Ganz bewusst wählte sie den weiteren Weg außen herum über den Mozartplatz, vorbei am Bahnhof, der Lederhosenbar und dem Café Schwan, dessen Kronleuchter durch die Spitzenvorhänge blinkten.

Sie hatte den Motor ausgeschaltet, es ging stetig bergab, und das Fahrrad gewann zunehmend an Geschwindigkeit. Kurz vor der Kreuzung bremste sie sachte, doch der Zug an den Hebeln zeigte kaum Wirkung. Erschrocken zog sie fester, es fühlte sich an wie ein nasser Schwamm, und plötzlich rutschten ihr die Bremshebel ohne Widerstand aus den Fingern. Die Bremsen reagierten nicht mehr. Laut ihrem Tacho hatte sie über dreißig Stundenkilometer drauf – mit dieser Geschwindigkeit brauchte sie gar nicht erst versuchen, um die Kurve zu lenken.

Starr vor Angst und mit zusammengebissenen Zähnen überquerte sie die Kreuzung und raste die Bundesstraße weiter nach unten. Das Fahrrad wurde immer schneller, und der Fahrtwind trieb ihr die Tränen in die Augen, sodass sie kaum noch etwas sehen konnte. Rechter Hand tauchte die Zufahrt zu einem Parkplatz auf, doch sie war zu schnell vorbei, um reagieren zu können. Ein Stück voraus erkannte sie eine kleine Straße, die in spitzem Winkel nach links abzweigte und parallel zur Hauptstraße nach oben zu führen schien. Das war ihre einzige Chance.

Sie wagte nicht, den Lenker für ein Handzeichen loszulassen, schwenkte zur Straßenmitte, ein Auto hinter ihr hupte, aber darauf konnte sie keine Rücksicht nehmen. Zum Glück kam ihr niemand entgegen, und mit einem harten Ruck, der schmerzhaft ihre Zähne aufeinanderschlagen ließ, holperte das Fahrrad über den flachen Bordstein. Das Haus an der Ecke wurde gerade renoviert, ein Bauarbeiter konnte im letzten Augenblick zur Seite springen und rief ihr etwas Unflätiges hinterher, aber sie hatte es geschafft. Die Straße wurde schmaler, war nur noch eine Fahrspur und stieg immer steiler an, das Fahrrad wurde langsamer, rollte aus und kam nach zwanzig Metern zum Stehen.

Carolin schlug das Herz bis zum Hals. Mit weichen Knien stieg sie ab, ihre Hände zitterten, und in ihrem Mund schmeckte sie Blut, offenbar hatte sie sich beim Überqueren der Bordsteinkante auf die Unterlippe gebissen. Sie stellte das Fahrrad auf den Ständer und rieb sich übers Gesicht. Bei dieser Geschwindigkeit hätte sie auch der Helm nicht vor gröberen Verletzungen bewahrt, das war ihr klar. Sie atmete tief durch und umrundete das Rad, aber zu sehen war nichts. Sie musterte die Bremshebel, verfolgte mit dem Finger die Bremsleitung des Hinterrads und spürte auf einmal Feuchtigkeit. Die Leitung musste irgendwo undicht sein, Flüssigkeit war ausgetreten. Bei einem neuen Fahrrad?

Nicht auszudenken, wenn ihr das gestern bei ihrer Abfahrt an den Serpentinen der Reitl-Promenade passiert wäre! Mit einem mulmigen Gefühl schob sie das Rad zurück zur Bundesstraße. Hier ging es wieder bergauf, also bestieg sie ihr Rad, schaltete den Motor auf die niedrigste Stufe und fuhr überaus vorsichtig zurück. An der Kreuzung, die ins Ortszentrum führte, stellte sie den Motor wieder aus, ließ das Rad ausrollen und stieg ab. Am liebsten hätte sie das Fahrrad direkt zu dem Händler gebracht, bei dem sie es gekauft hatte, aber es war noch zu früh, er hatte noch gar nicht geöffnet. Also schob sie das Rad bis zum Kulturzentrum, denn auch hier ging die Straße stetig bergab, und sie würde heute kein Risiko mehr eingehen.

Es war schon nach acht, als Carolin endlich an ihrem Arbeitsplatz ankam. Schon von Weitem sah sie einen Rettungswagen und den Streifenwagen auf der Plaza stehen. Ihr wurde eiskalt. Sie beschleunigte ihren Schritt und beeilte sich mit dem Abstellen des Fahrrads. Auf einmal hatte sie Angst.

Im Foyer kam ihr Peter Brunneder kreidebleich entgegen. »Carolin, der Paul …«

»Was ist mit Paul?« Carolin stieß ihn zur Seite und rannte zum Veranstaltungssaal. Panik stieg in ihr hoch. Unten auf der Bühne sah sie mehrere Leute, zwei in Rot gekleidete Sanitäter und zu ihrer Erleichterung Paul, der auf dem Feldbett saß. Einer der Sanitäter legte ihm gerade einen Verband an.

Sie eilte die Treppe hinunter. »Was ist passiert?«, rief sie.

Paul sah hoch, er war ziemlich blass um die Nase, aber er schaffte ein halbes Grinsen. »Alles in Ordnung«, sagte er. »Es sieht schlimmer aus, als es ist.«

Julia erhob sich von dem Feldbett, sie hatte neben Paul gesessen. »Niederg'schlagen hat ihn einer!«, sagte sie empört. »Stellen S' Ihnen das vor!«

»Wie bitte?« Carolin blickte in die Runde. »Kann mir vielleicht endlich jemand sagen, was passiert ist?«

Peter Brunneder war ebenfalls die Treppe heruntergekommen. »Heut Nacht haben der Paul und seine Leut da auf'passt«, sagte er und wies auf das Feldbett. »Der Paul hat die letzte Schicht g'habt, und da ist einer 'kommen und hat ihn an'griffen.«

Paul machte eine wegwerfende Geste mit der freien Hand. »Ich habe geschlafen und bin aufgewacht, als jemand gerade in die Maschinerie klettern wollte«, sagte er. »Ich bin natürlich hin, um ihn aufzuhalten, da hat er mich gestoßen und ich bin hinuntergefallen.« Er verzog das Gesicht und betastete seinen Kopf. »Dabei habe ich mich am Arm verletzt und konnte nicht mehr rausklettern. Blöd gelaufen.«

»Konntest du sehen, wer es war?«

Er schüttelte den Kopf. »Nein, es war ja noch dunkel«, sagte er. »Aber ich denke, ich habe ihn auch ordentlich erwischt.« Er ballte seine Rechte zur Faust. »So schnell kommt der nicht wieder.«

»Du musst unbedingt Anzeige erstatten«, sagte Carolin.

»Was soll denn das bringen, wenn ich den Typen nicht einmal gesehen habe?« Er winkte ab. »Und es ist ja nicht viel passiert.«

»So siehst du aber nicht aus.« Carolin musterte sein blasses Gesicht.

»Des mit der Anzeige machen mir scho«, sagte einer der Sanitäter. »Wenn's Fremdverschulden war, dann geben mir des zu Protokoll, dann kümmert si die Polizei automatisch drum.«

Paul hob die Schultern. »Von mir aus. Es wird nur nichts bei rumkommen.«

»Ist wirklich alles okay mit dir?«, fragte Carolin.

»Der Arm is womöglich 'brochen«, sagte der Sanitäter. »Wir bringen eam jetz ins Spital zum Röntgen.« Er bedeutete Paul aufzustehen. »Können S' allan gehen?«

Paul nickte und stemmte sich hoch. Julia griff nach seinem gesunden Arm und half ihm, er stützte sich an ihrer Schulter ab. »Danke dir.« Dann wandte er sich an Carolin. »Immerhin sind wir gestern mit der Reparatur fast fertig geworden«, sagte er. »Den Rest schaffen meine Leute auch allein.« Er schien schon wieder guter Dinge.

»Kommen S' jetzt mit«, sagte der Sanitäter. »Wir haben schließlich net ewig Zeit.«

»Zu Befehl, Meister.«

Der zweite Sanitäter packte seinen Koffer zusammen. »Sie san die Schwester?«, fragte er.

Carolin nickte.

»Rufen S' z'Mittag im Krankenhaus an. Dann können Ihnen die schon was sagen.«

»Danke.«

Sie sah den Sanitätern nach, die Paul durch den seitlichen Bühnenausgang nach draußen brachten. Die anderen hatten sich verlaufen, sie stand mit Julia allein auf der Bühne. »Wie kommst du denn dazu?«, fragte sie.

Julia zuckte mit den Achseln. »I war heit früher dran, no vor die ganzen Arbeiter«, sagte sie. »Es war no alles finster, aber die Tür zur Zuschauergalerie in der Lounge war offen. Deshalb bin i nachschauen 'gangen, und da hab i eam in der Grub'n sitzen g'sehen.«

»Das war ganz schön mutig von dir.« Sie lächelte die jüngere Frau an. »Der Angreifer hätte ja noch hier sein können.«

Julia machte eine wegwerfende Handbewegung. »War gar net so oafach, eam da ausserz'kriegen.« Sie grinste. »Is ja a ganz schöner Lackel, Eana Bruder.«

»Ja, das kann man wohl sagen.« Carolin schmunzelte. »Gut, dass du so aufmerksam warst.« Sie sah auf die Uhr. »Aber jetzt sollten wir nach oben gehen, sonst stehen unsere Besucher nachher vor verschlossenen Türen.«

Carolin war noch immer aufgewühlt, als sie zu Mittag im Krankenhaus anrief. Es dauerte ein wenig, bis sie mit der richtigen Station verbunden war, dann musste sie noch die Schwester am anderen Ende der Leitung überzeugen, dass sie ihr Auskunft geben durfte. Aber zuletzt erfuhr sie, dass Paul gerade operiert wurde. Es war ein einfacher Bruch, der sicherlich gut verheilen würde, immerhin, aber es bestand der Verdacht auf eine Gehirnerschütterung, und er müsse zur Beobachtung über Nacht im Krankenhaus bleiben. Wenn es keine Komplikationen gab, könne er morgen nach der Visite nach Hause.

Carolin war erleichtert – immerhin schien die Sache für ihn glimpflich ausgegangen zu sein, auch wenn es für sein Team natürlich eine ziemliche Katastrophe war. Aber das sollte ausnahmsweise nicht ihre Sorge sein.

Anschließend verließ Carolin das Kulturzentrum und brachte ihr Fahrrad zum Händler. Sie traute sich nicht mehr zu fahren, denn die Straßen waren ziemlich belebt – offenbar war ganz Bad Gastein auf den Beinen, um dem Ort vor Beginn der Sommersaison den letzten Schliff zu verpassen. Überall wurde gebaut, gestrichen und geputzt.

Der Fahrradhändler schüttelte den Kopf, als sie ihm berichtete, was sie heute Morgen erlebt hatte. »Dass bei an neuen Radl mal was nachg'stellt werden muss, is ganz normal«, sagte er. »Ich hab 'dacht, ich hätt Ihnen das g'sagt.« Er bewegte die Bremshebel, die locker in ihren Gelenken schlackerten. »Aber dass beide Bremsen gleichzeitig leer san, des darf natürlich net passieren.«

Er betrachtete das Fahrrad mit zusammengezogenen Brauen, dann ging er in die Hocke und musterte die Hinterradbremse. »Da, schaun S' her.« Mit dem Finger deutete er auf die Stelle, an der die Bremsleitung in den Bremsklotz überging. »Da is a Loch.«

Carolin schaute genauer hin. »Tatsächlich.«

»Und da vorn a.« Er erhob sich. »Des is net von allan passiert, da hat aner was dran g'macht.«

Carolin schloss einen Moment lang die Augen. Sie hatte es vom ersten Moment an vermutet, aber den Gedanken verdrängt. Wer sollte denn so etwas tun? Und vor allem – warum? Trachtete ihr wirklich jemand nach dem Leben? Sie schüttelte den Kopf. Wohl kaum, dazu war diese Aktion zu unsicher. Wenn sie die Bremsen gleich beim Losfahren in der Straße vor Haus Sonnenschein betätigt hätte, wäre ihr die Manipulation sofort aufgefallen, und es wäre überhaupt nichts passiert. Auch so hatte sie sich nur heillos erschrocken, und wahrscheinlich war das auch das Ziel gewesen: ihr einen Schrecken einzujagen. Aber wer würde das tun?

»Sagen S' net naa, ich seh des doch.« Der Fahrradhändler hatte ihr Kopfschütteln anders gedeutet, und offenbar wollte er jegliche Verantwortung an dem Beinahe-Unfall von sich weisen.

»Bis wann können Sie es reparieren?«, fragte sie.

Er sah auf die Uhr. »Heit geht si des nimmer aus. Aber morgen z'Mittag können S' Ihr Radl abholen.«

Mit langsamen Schritten kehrte Carolin zum Zentrum zurück. Ihre Gedanken kreisten nur um ein einziges Thema: Wie und wann war der Attentäter an ihr Fahrrad gekommen? War es die gleiche Person, die ständig die Arbeiten in ihrem Kulturzentrum zu sabotieren versuchte, oder war das tatsächlich ein Anschlag auf sie persönlich gewesen? Wie hing das alles zusammen?

Gestern Morgen war sie mit dem Fahrrad die steile Reitl-Promenade hinuntergeschossen, da hatten die Bremsen definitiv noch funktioniert, sonst stünde sie heute ziemlich sicher nicht hier. Auch auf der Heimfahrt am Abend hatte sie nichts Ungewöhnliches bemerkt – allerdings ging es vom Straubinger Platz zum Haus Sonnenschein beständig bergauf, und sie hatte die Bremsen wahrscheinlich kaum benutzt. Über Nacht hatte das Fahrrad im Schuppen der Brunneders gestanden, und der war immer abgeschlossen. Es blieb also nur der Lagerraum im Kulturzentrum, in dem sie ihr Fahrrad tagsüber immer abstellte. Aber auch der war abgesperrt, und den Schlüssel besaßen ihres Wissens nach nur die Mitarbeiterinnen der Bibliothek und Peter Brunneder natürlich, aber der war über jeden Verdacht erhaben. Sie kam mit ihren Grübeleien auf keinen grünen Zweig.

Als Carolin das Kulturzentrum durch den Haupteingang betrat, hörte sie laute Stimmen. Sie kamen aus dem Veranstaltungssaal, und sofort war sie mit ihren Gedanken wieder bei Paul und dem versuchten Attentat der letzten Nacht. Sie eilte hinüber, schlängelte sich an den Plakatwänden vorbei und trat durch die offen stehende Tür.

Von oben bot sich ihr ein erstaunliches Bild. Die gestikulierende Gruppe rund um Peter Brunneder, die sich an der offen liegenden Bühnenmechanik versammelt hatte, war schon fast ein gewohnter Anblick. Ungewöhnlich war dagegen die Tatsache, dass sämtliche Bühnenteile komplett nach unten gefahren waren, was der Bühne den Anblick einer umgedrehten Salatschüssel gab. Der Mittelteil mit den diskutierenden Menschen ragte in die Höhe, während die Seitenbühne und die verschiedenen Podeste alle unterschiedlich weit abgesenkt waren.

Carolin lief die Treppe hinunter. »Was ist denn hier passiert?«, rief sie.

Ein eigentümlicher Geruch stieg ihr in die Nase, der sie an den Gasherd erinnerte, auf dem sie in Düsseldorf gekocht hatte. Sie betrat die Bühne und balancierte über den Rand des Mittelbodens, der sich als einziger noch auf der ursprünglichen Höhe befand. Als sie in die Grube mit der Bühnenmaschinerie blickte, sah sie das Problem: Eine glänzende honigfarbene Flüssigkeit schwappte über den Boden.

»Unser kleiner Saboteur hat das Hydraulik-Öl abgelassen«, erklärte Bernhard und wandte sich zu ihr um. »Offenbar hat Paul ihn dabei gestört, deshalb konnte er letzte Nacht nicht mehr anstellen. Aber das ist schon schlimm genug.«

»Was bedeutet das?«, fragte Carolin.

»Erst amal is des a Riesensauerei«, antwortete Peter Brunneder. Er deutete nach unten. »Des muss alles sauber g'macht werden, und dann brauch ma neues Öl.«

Bernhard schnitt eine Grimasse. »Noch eine Nachtschicht, das bedeutet es.«

»Dann kann wenigstens der Saboteur nichts mehr anstellen«, gab Denise lakonisch zurück.

Marc schubste sie an der Schulter. »Und du spielst da unten Putzfrau?«

»Das machst du schön selber«, fauchte sie ihn an. »Gib hier nicht den Chauvinisten.«

Carolin verkniff sich ein Schmunzeln. Denise hatte raspelkurze Haare, Piercings in der Lippe und tätowierte Arme – mit ihr war, was solche Witze betraf, bestimmt nicht gut Kirschen essen.

»Friede, Leute.« Das war Stefan, der blonde, schlaksige Typ aus Pauls Team. »Wir müssen alle zusammenhelfen, wenn wir das bis morgen früh sauber haben wollen.«

»Kann ich euch irgendwie helfen?«, fragte Carolin.

Bernhard drehte sich zu ihr um. »Jede Hand hilft«, sagte er. »Wir müssen das Öl von da unten wegbekommen, und dann brauchen wir neue Hydraulikflüssigkeit.« Er zeigte auf Peter Brunneder. »Das ist sein Job.«

Peter nickte. »Ich werd die Lagerhäuser in der Gegend abtelefonieren. Die haben so was ja für die Landwirtschaft.«

Bernhard klatschte in die Hände. »Dann los, worauf warten wir noch?«

Es war nach acht, als Carolin sich ächzend aufrichtete. »Ich muss aufhören«, stöhnte sie. »Mir bricht gleich der Rücken durch.«

In der Bibliothek waren heute nur wenig Besucher gewesen, deshalb hatte sie Julia gebeten, die Stellung zu halten, und war Pauls Team bei der Reinigung des Unterbodens der Bühne zur Hand gegangen. Erst mit Schaufeln und Eimern, dann mit Lappen und noch mehr Eimern hatte sie geholfen, die stinkende Flüssigkeit vom Boden des Maschinenraums zu entfernen. Das klebrige Öl haftete an ihren Händen, sie hatte seit dem Morgen nichts gegessen, und von dem Geruch wurde ihr schwindelig.

»Es ist gut«, sagte Denise und legte ihr die Hand auf den Arm. »Du hast für heute genug getan.« Sie deutete auf die glänzenden Hydraulikstangen. »Wir sind fast fertig. Sobald Peter mit dem Öl da ist, füllen wir wieder ein, dann kannst du uns ohnehin nicht mehr helfen.«

»Danke dir herzlich«, sagte Bernhard und legte ihr kurz den Arm um die Schultern. »Das war wirklich großartig von dir.«

»Wann kommen die vom Bauamt?«, fragte Carolin und zog sich den geliehenen Kittel aus.

»Die sind morgen um acht da«, sagte Peter, der gerade zum Seiteneingang der Bühne hereinkam. »Schaffts ihr des bis dahin?«

»Ganz bestimmt.« Bernhard lächelte aufmunternd. »Das sind wir Paul jetzt schuldig.«

»Super.« Peter klatschte in die Hände. »Kommts es bitte und helfts mir? Ich hab zwanzig Kanister Öl im Auto.«

Carolin wandte sich ab. Sie wollte nur noch nach Hause.

Langsam stieg sie die Treppe nach oben. Sie hatte noch ihre Jacke und ihren Rucksack im Büro, deshalb verließ sie den Zuschauerraum auf Höhe der Lounge. Kein Licht brannte, die Möbel waren nur schemenhaft zu erkennen. Vorsichtig bahnte sie sich ihren Weg zwischen den Tischen und Sesseln hindurch.

Als sie an der Tür zur Bibliothek ankam, stutzte sie. Die getönte Glastür stand einen Spaltbreit offen. Hatte Julia vergessen abzuschließen? Das sah der jungen Frau gar nicht ähnlich. Sie hielt den Atem an. Drinnen war alles dunkel. Sie blieb an der Tür stehen und lauschte, aber nichts war zu hören. Normalerweise hätte sie jetzt einfach das Licht angemacht und wäre zu ihrem Büro gegangen, aber nach den Ereignissen der letzten Tage war sie misstrauisch.

Inzwischen hatten sich ihre Augen an die Dunkelheit gewöhnt, aber nichts deutete auf einen unbefugten Eindringling hin.

Schließlich fasste sie sich ein Herz, drückte die Tür auf und knipste das Licht an. Aus dem Gang, der zu den Büros führte, war ein Rumpeln zu hören, eine Tür schlug zu. Carolin eilte dem Geräusch hinterher, doch der Flur war leer. Sie öffnete alle Türen und spähte hinein, in ihr Büro, in das von Julia und Herta Krauskopf und zuletzt in die Küche. Die Tür, die auf den Balkon führte, war geöffnet. Sie rannte hinaus, blickte nach links und rechts, doch niemand war zu sehen. Carolin blieb stehen und lauschte, aber keine Schritte, kein verräterisches Keuchen, nichts. Nur der Wind fuhr durch die Bäume und brachte die Wipfel zum Rauschen.

Sie kehrte in die Küche zurück, verschloss sorgfältig die Tür und wandte sich zu ihrem Büro. Als sie den Lichtschalter betätigte, zuckte sie mit einem leichten Aufschrei zusammen – sie hatte einen elektrischen Schlag bekommen. Sie runzelte die Stirn und musterte den Schalter, aber im Dunkel konnte sie nichts erkennen, also holte sie einen Plastikkugelschreiber von ihrem Schreibtisch und drückte damit auf den Taster. Licht flammte auf, und sie bemerkte einen kleinen Draht, der hinter der Abdeckung hervorlugte. Sie rieb sich die Schläfen. War das ein weiterer Nadelstich bei dem Versuch, sie zu verunsichern? Oder hing der Draht schon länger lose herum, und es war ihr bisher nicht aufgefallen, weil sie normalerweise nie so spät im Büro war, dass sie das Licht einschalten musste?

In jedem Fall war es eigenartig. Sehr eigenartig.

Die Unschuld in Person

Die Nacht war schon hereingebrochen, als Carolin endlich nach Hause kam. In Rosis Küche war noch Licht, und sie steckte den Kopf zur Tür hinein.

»Ah, die Caro.« Rosi sah hoch. »Fein, dass d' kommst.« Sie deutete auf einen Mann in schwarzem Pullover, der am Küchentisch saß. Erst beim zweiten Hinsehen bemerkte Carolin den Priesterkragen im Ausschnitt. »Des is der Simon Wurzwallner, unser Pfarrer.«

Der Mann erhob sich und schüttelte Carolin die Hand.

»Setz di nieder«, forderte Rosi sie auf. »Der Simon war heit bei der Herti.«

»Ah.« Carolin rutschte auf die Bank. »Hat sie endlich gesprochen?«

Der Priester senkte den Kopf. »Ja, sie hat mit mir g'red't.«

Rosi stellte Schnapsgläser auf den Tisch. »Pfarrer, trinkst an mit?«

Er nickte, Rosi füllte die Gläser. »Prost«, sagte sie. »Und jetzt verzähl!«

»Erst einmal lasst sie sich recht schön bedanken bei dir«, begann der Priester. »Dafür, dass d' dich um den Kater kümmerst.«

»Des macht die Caro, net i«, antwortete Rosi und deutete auf Carolin. »Und weiter?«

»Nix weiter.« Der Simon Wurzwallner breitete die Hände aus. »Der Rest fallt unters Beichtgeheimnis.«

»Geh sag.« Rosi trank ihren Schnaps aus. »War sie's am End wirklich?«

Der Priester schüttelte den Kopf. »Naa, sie war's net. Aber sie wird trotzdem nix sagen.«

»Aber warum denn nicht?« Carolin sah ihn erstaunt an. »Will sie jemanden schützen?«

»Ja, so könnt ma's vielleicht nennen.« Er fuhr mit dem Finger die Linien im Holz nach. »Nur dass die Person, die s' schützen will, sie selber ist.« Er hob die Schultern. »Sie will vor Gericht g'stellt werden, weil vor Gericht ist man in Gottes Hand, hat sie g'sagt. Und der Herrgott soll's entscheiden.«

Rosi schlug mit der Faust auf den Tisch. »Hearst, Pfarrer, du kannst sie do net im G'fängnis lassen, wanns d' eh scho woaßt, dass sie unschuldig is.«

Simon Wurzwallner sah sie ernst an. »Des Menschen Wille ist sein Himmelreich«, antwortete er. »Sie hat an Grund für des, was sie tut, und den muss i respektieren.« Er nickte zu Carolin hin. »Es tut mir leid.«

Carolin hob die Brauen. »Hat es mit mir zu tun?«

»Ja. Auch.« Er bewegte die Hände in einer bedauernden Geste. »Aber bitte fragen S' net. I darf dazu nix sagen.« Er stand auf. »Danke, Rosi, für'n Schnaps. Ich besuch die Herta bald wieder, aber solang sie des net will, kann ich ihr net helfen.«

»Solange sie nicht redet, läuft hier ein Mörder frei herum. Ist ihr das eigentlich klar?«

Er neigte den Kopf. »Ich richt's ihr aus. Aber ich fürcht, das macht für sie koan Unterschied.«

Der nächste Morgen begann wie der Tag zuvor grau und kühl und passte damit genau zu Carolins Stimmung.

Sie hatte lange wach gelegen und gegrübelt. Warum brachte Herta Krauskopf nichts zu ihrer Entlastung vor? Warum bestand sie darauf, als Unschuldige vor Gericht gestellt zu werden? Denn dass ihre Mitarbeiterin unschuldig war, daran gab es für Carolin nach dem Besuch des Priesters keinen Zweifel mehr.

Ferdinand, der Kater, schien zu spüren, woran Carolin dachte. Anders als sonst wollte er hinaus auf den Balkon, wo er eine geschlagene halbe Stunde lang auf dem Geländer saß und in die Nacht starrte. Zuletzt musste Carolin ihn zurück ins Wohnzimmer tragen, was ihr einen Kratzer am Unterarm einbrachte. Fluchend reinigte sie die Wunde. »Sei lieber froh, dass ich mich um dich kümmere«, schimpfte sie. Als Antwort hatte er nur gemaunzt und war mit hoch erhobenem Schwanz ins Schlafzimmer spaziert.

Ihr Rücken tat weh von der ungewohnten Arbeit des Vortags, und unwillkürlich dachte sie an Patrick Wiesmayr. Vielleicht sollte sie ihn heute Nachmittag in seiner Praxis aufsuchen und sich von ihm massieren lassen, überlegte sie. Aber nun musste sie erst einmal zur Arbeit. Im Stillen hoffte sie, dass Peter noch hier war und sie mitnehmen konnte, doch Rosi schüttelte bedauernd den Kopf.

»Der is scho um sechse los«, sagte sie und schenkte Carolin Kaffee ein. »Heit kummen doch die vom Bauamt, da wollt er früh gnua da sein.«

»Ja, stimmt.« Carolin nickte. An das Bauamt hatte sie gar nicht mehr gedacht, obwohl das doch der Anlass für die Schufterei von gestern Abend war. »Sind Pauls Leute fertig geworden?«

»Jo, freili.« Rosi wandte sich zur Anrichte und füllte die Brotkörbe auf. »Und die Buam haben alle z'samm an der Bühne g'schlafen, damit net no amol was passiert.«

»Sehr gut.« Carolin wischte sich den Mund ab. »Dann mache ich mich mal auf den Weg.«

Als Carolin am Kulturzentrum ankam, parkte ein weißer Volvo Kombi mit Salzburger Kennzeichen neben Pauls Truck. Seit der große Lastwagen hier stand, schienen immer mehr Menschen die Plaza für einen Parkplatz zu halten. Kopfschüttelnd musterte sie das Auto, da entdeckte sie eine Plakette hinter der Windschutzscheibe, die den Wagen als Fahrzeug der Bezirksverwaltung, Abteilung Bau und Gewerbe, auswies. Das mussten die Leute vom Bauamt sein.

Carolin hatte damit zwar nichts zu tun, aber sie war neugierig, deshalb warf sie einen Blick in den Veranstaltungsraum. Unten auf der Bühne tummelte sich eine Gruppe von Menschen, sie erkannte Peter Brunneder, Martin Schilling und Manfred Federmoser. Sogar die Bürgermeisterin war gekommen und stand neben den anderen am Rand der Bühne. Der technische Leiter betätigte gerade irgendeine Fernbedienung, und die linke Seitenbühne fuhr geräuschlos nach oben. Der Geruch nach Hydrauliköl lag zwar noch immer in der Luft, aber die Funktion schien wiederhergestellt zu sein. Erleichtert wandte sie sich ab.

Draußen im Foyer lief ihr Bernhard über den Weg, Pauls Kompagnon.

»Glückwunsch«, sagte sie und umarmte ihn kurz. »Ihr habt es offenbar geschafft.«

»Ja.« Er sah müde aus. »War eine anstrengende Nachtschicht, aber nun funktioniert alles wieder.«

»Danke nochmals.« Carolin strahlte ihn an. »Ihr habt uns damit mehr geholfen, als ihr euch vorstellen könnt.«

»Peter hat so etwas auch angedeutet.« Er sah sich in dem halbdunklen Foyer um. »Das ist eine tolle Anlage. Und es hat wirklich Spaß gemacht, hier zu arbeiten.«

»Wann müsst ihr wieder los?«

»Morgen.« Er sah sie bedauernd an. »Wir haben am Freitag schon den nächsten Gig.«

»Was ist mit Paul, weißt du schon etwas Neues?«

»Ich habe vorhin mit ihm telefoniert, er darf heute raus.« Er sah auf die Uhr. »Ich fahre nachher nach Schwarzach und hole ihn ab.«

»Sehr gut.« Carolin lächelte. »Ich habe nämlich noch immer kein Auto.« Dann wurde sie ernst. »Hat die Polizei die Anzeige aufgenommen?«

»Ja.« Bernhard nickte. »Ein Polizist war vorhin bei ihm im Krankenhaus. Herzinger hieß der, kennst du ihn?«

»Ja, natürlich.« Sie grinste schief. »Der befasst sich mit all diesen Vorfällen der letzten Zeit. Nur kommt er damit nicht so richtig weiter.« Sie deutete zum Veranstaltungsraum hinüber. »Ich hoffe, ihr habt wenigstens eine Versicherung, die Pauls Ausfall bezahlt?«

»Das kläre ich gerade«, antwortete Bernhard. »Aber die Unfallversicherung hat schon abgewunken, weil eine Nachtwache nicht zu unserem Job gehört.«

»Soll ich mit Frau Axamer sprechen?«

Er schüttelte den Kopf. »Das ist lieb von dir, aber ich glaube, der steht das Wasser bis zum Hals.« Er lachte trocken auf. »Finanziell meine ich. Wir können froh sein, wenn wir den Gig hier irgendwann von eurer Versicherung bezahlt bekommen.«

»Mist. Das wusste ich nicht.«

Er machte eine wegwerfende Handbewegung. »Das ist nicht deine Schuld. Und es passiert uns auch nicht zum ersten Mal. Normalerweise sitzen wir das aus. Nur Pauls Ausfall kommt gerade ein bisschen unpassend.«

»Wenn ich euch irgendwie helfen kann …«

»Mach dir bitte keine Sorgen. Wir bekommen das schon hin.«

Kurz vor zwölf erhielt Carolin einen Anruf vom Fahrradhändler, ihr E-Bike sei fertig und sie könne es abholen kommen. Das passte gut, und sie nutzte die Mittagspause, um über Schubert- und Grillparzerstraße zum Bahnhofsvorplatz hochzusteigen, an dem der Fahrradhändler seinen Laden hatte.

Er hatte die undichten Bremsleitungen aufbewahrt und zeigte ihr die winzigen Schnitte, die direkt hinter den Anschlüssen der Bremsbacken gesetzt worden waren.

»Da hat einer genau g'wusst, was er tut«, sagte er. »Grad so groß, dass es net glei auffallt, aber bei der ersten Vollbremsung is sofort Schicht im Schacht.« Er packte die beiden Schläuche in eine Plastiktüte und reichte sie ihr über den Tresen. »Sie sollten damit zur Polizei gehen«, riet er ihr.

»Ja, das sollte ich vielleicht wirklich.« Nach der Sache mit dem Lichtschalter gestern Abend war Carolin von dieser Auskunft nicht überrascht. Das alles war kein Zufall, da versuchte jemand, sie einzuschüchtern. Aber warum?

Sie stopfte die Tüte in ihre Tasche und dachte daran, was Valentin Herzinger wohl dazu sagen würde, wenn sie ihm erzählte, was passiert war. Wahrscheinlich würde er sagen, das käme von ihrem Herumschnüffeln und dass sie aufhören solle, Miss Marple zu spielen.

»Passen S' nur auf.« Der Fahrradhändler unterbrach ihre Gedanken. »Des is versuchte Körperverletzung. Da hört si der Spaß auf.«

»Danke«, sagte Carolin freundlich. »Ich werde aufpassen.« Sie wusste seine Fürsorge zu schätzen. Und vielleicht sollte sie sich damit wirklich an die Polizei wenden.

Diesmal probierte sie die Bremsen aus, bevor sie aufs Rad stieg, dann trat sie in die Pedale. Auf dem letzten Stück ließ sie das Fahrrad die abschüssige Straße hinunterrollen. Nervös zog sie immer wieder die Bremshebel, aber heute hielten sie. Als sie zurück zum Kulturzentrum kam, fuhr der Volvo vom Bauamt gerade ab, dafür bog der schwarze Espace von Pauls Team auf die Plaza ein. Er hielt neben dem Truck, die Tür ging auf, und Paul kletterte umständlich vom Beifahrersitz.

Carolin stellte das Fahrrad ab und lief auf ihn zu. »Paul, wie geht's dir?«

Er war etwas blass, seine Wangenknochen stachen scharf hervor, sein linker Arm war eingegipst, aber er grinste. »Wieder auf den Beinen«, antwortete er. »Zwar noch etwas wackelig, aber der Arzt hat versprochen, dass sich das bald bessert.«

Carolin nickte. »Wartest du bitte auf mich? Ich bringe nur schnell das Fahrrad weg. Dann können wir reden.«

Die Tür des Kulturzentrums ging auf, die anderen Mitglieder von Pauls Team kamen heran und umringten ihn. Er winkte ihr zu. »Klar, mach nur. Ich laufe nicht weg.«

Sie lachte und schob ihr Fahrrad zu dem Lagerraum. Josef Pechheims Wagen parkte mal wieder in der Zufahrt, und sie musste an die rückwärtige Brüstung ausweichen, um den Lack seines BMW nicht zu beschädigen.

Sie sperrte den Lagerraum auf und ließ die Tür offen stehen, schaltete das Licht ein und schob das Fahrrad an seinen üblichen Platz in der Ecke. Aufmerksam musterte sie den groben Betonboden. Tatsächlich, da war ein dunkler Tropfen, ungefähr an der Stelle, an der ihr Rad sonst immer stand. Sie tauchte den Finger hinein und schnupperte, ja, der Geruch nach Hydrauliköl war unverkennbar. Immerhin wusste sie nun, wo es passiert war, auch wenn es keine Überraschung war.

Sie richtete sich wieder auf, im gleichen Moment drehte sich ein Schlüssel in der zweiten Tür, die zur Catering-Küche führte und für die sie keinen Schlüssel besaß. Die Tür ging auf, und Josef Pechheim betrat den Raum. Er erschrak sichtlich, als er sie erblickte, schloss die Tür und ließ unauffällig einen dicken Schlüsselbund in der Hosentasche verschwinden.

»Was machen Sie denn da?«, fragte er.

»Das sollte ich wohl besser Sie fragen«, gab Carolin zurück. »Wieso haben Sie einen Schlüssel zu diesem Lagerraum?«

Pechheim machte eine fahrige Geste. »Ich bin im Kontrollausschuss vom Gemeinderat«, gab er patzig zurück. »Ich hab alle Schlüssel.«

»Das wage ich stark zu bezweifeln«, antwortete Carolin. »Für diese Tür habe nicht einmal ich einen, und ich vermute, wenn ich mir Frau Axamers Schlüssellisten ansehen würde, wäre die Ihre nicht besonders lang.« Sie hob das Kinn. »Haben Sie sich deshalb an Julia Gschwendtner herangemacht? Um an weitere Schlüssel zu kommen und hier herumzuschnüffeln?«

»Des geht Sie überhaupt nix an.« Er sah sie böse an. »San S' lieber vorsichtig mit dem, was S' sagen, Frau

Magister.« Er nickte zum Fahrrad hin. »So a Unfall is schnell passiert.«

Carolin holte tief Luft. »Sie wagen es ernsthaft, mir zu drohen?« Auf einmal war sie wütend. »*Sie* stecken doch hinter all diesen Sabotageakten auf der Baustelle, oder nicht? Und weil Ihnen das nicht reicht, haben Sie es jetzt auch noch auf mich abgesehen!«

»Sie können mir überhaupt nix beweisen.«

»Da wäre ich an Ihrer Stelle nicht so sicher.« Carolin deutete auf die Tür hinter ihm. »Wissen Sie, es gibt nicht viele Leute, die Zutritt zu diesem Lagerraum hier haben, und dass ausgerechnet Sie jetzt hier stehen und mir drohen, das ist schon ziemlich verdächtig.«

Er senkte den Kopf wie ein Stier und kam auf sie zu. »Lassen S' mi vorbei, Sie blede Trutschn.«

Sie wich nicht zurück, sondern sah ihm fest in die Augen. »Ich habe keine Angst vor Ihnen.« Sie deutete zur offenen Tür. »Wir gehen jetzt da hinaus, und ich rufe Herrn Herzinger an. Dem können Sie dann erklären, was Sie hier in diesem Raum zu suchen haben.«

»Des hätten S' gern, was?« Er rempelte sie grob mit der Schulter an und lief an ihr vorbei.

Carolin rannte ihm nach, aber Pechheim kam nicht weit, Paul stand auf einmal im Eingang. »Ist alles in Ordnung, Caro?«

Pechheim drängte sich an Paul vorbei nach draußen, Licht fiel auf sein Gesicht. Carolin stutzte, der Mann hatte ein veritables Veilchen. Paul sah es im gleichen Moment. »Ach, da schau einer an.« Er wandte sich um. »He Leute, kommt einmal rüber!«

»Lassen S' mich in Ruh«, rief Pechheim. »I hab damit nix zu tun!«

»Ich glaube doch«, sagte Carolin. »Sie wollten unbedingt die Eröffnung verhindern, und in Ihrem Eifer sind Sie völlig übers Ziel hinausgeschossen.«

Pechheim blieb stehen und fuhr sich durch die gegelten Haare. Bernhard, Stefan, Marc und Denise bogen um die Ecke. Paul hielt Pechheim den eingegipsten Arm vors Gesicht. »*Sie* waren das also.« Er warf Carolin einen Blick zu. »Ich glaube, wir rufen jetzt besser die Polizei.«

Carolin hatte das Handy schon in der Hand. »Herr Herzinger? Können Sie bitte zum Kulturzentrum kommen?«

»Was gibt's denn?« Der Revierinspektor klang ungeduldig und nach vollem Mund. Offenbar hatte sie ihn bei der Mittagspause gestört, doch darauf konnte sie jetzt keine Rücksicht nehmen.

»Wir haben da was für Sie«, antwortete sie. »Und bringen Sie bitte die Handschellen mit.«

Bevor er noch etwas sagen konnte, beendete sie das Gespräch. Pechheim versuchte, zu seinem Auto zu gelangen, aber die Leute von Pauls Team hatten ihn umringt und verhinderten, dass er auch nur einen Schritt tun konnte.

»Das ist Nötigung«, fauchte er. »Gengan S' weg, sonst zeig ich Sie an!«

Carolin lachte. »Haben Sie nicht verstanden? Ihr Spiel ist aus, Herr Pechheim. Herr Herzinger wird gleich hier sein, und dann werden Sie verhaftet.«

»Sie haben überhaupt nix gegen mich in der Hand.«

»Täuschen Sie sich nicht.« Sie hob die Finger und zählte ab. »Der unrechtmäßige Besitz der Schlüssel ist schon Beweis genug. Dann die angeschnittenen Bremsschläuche von meinem Fahrrad, die kann man bestimmt auf Fingerabdrücke untersuchen. Genauso wie den Lichtschalter in meinem Büro. Und den kaputten Griff der Glaser hat Peter Brunneder auch aufbewahrt.«

Pechheim wurde blass. »Des mit die Glaser war i net.«

»Dann war das Ihr Freund, dieser Burkovic. Aber das herauszufinden ist Sache der Polizei.«

»Nicht zu vergessen das Veilchen auf deiner Wange.« Paul gab ihm einen kräftigen Stoß, sodass er gegen Marc prallte. »Vorletzte Nacht an der Bühne, das warst doch auch du.« Er spuckte aus. »Du Arschloch.«

In diesem Augenblick bog der Streifenwagen um die Ecke. Herzinger sprang heraus und kam näher.

»Herr Revierinspektor, die Leit da halten mich fest. Des is Freiheitsberaubung!«

»Was ist da los?« Herzinger sah von einem zum anderen und verschränkte die Hände vor der Brust. »Was machen S' da?«

»Jemand hat die Bremsschläuche von meinem Fahrrad angeschnitten«, erklärte Carolin. »Und gerade eben habe ich Herrn Pechheim in diesem Lagerraum hier erwischt, in dem er definitiv nichts zu suchen hat.«

Paul deutete auf Pechheim. »Dass ich dem Typen, der mich in den Bühnenraum geworfen hat, eine gescheuert habe, wissen Sie ja schon. Und jetzt sehen Sie sich mal dieses blaue Auge an.«

Josef Pechheim wusste, wann er verloren hatte. Er sank in sich zusammen wie ein Luftballon, aus dem man die Luft abließ. »I waß ja selber, dass des alles a Bledsinn war.« Auf einmal sah er gar nicht mehr so selbstbewusst aus. »Aber des Ganze war net mei Idee.«

Carolin hob die Brauen. »So? Wessen Idee war es denn?«

»Des is a lange G'schicht.« Er rieb sich übers Gesicht.

»Wissen S', damals vor vier Jahren hat's net so aus g'schaut, als ob die Axamer mit ihrer Idee a Mehrheit finden tät. Die meisten haben so weitermachen wollen wie vorher, mit Partyzauber und Hüttengaudi. Ich hab an russischen Investor an der Hand g'habt, der hat grad des Hotel Persipan 'kauft und hätt gern in die Stadthalle investiert. Allan hätt i des sonst gar net stemmen können.«

Carolin nickte. »Das hatte mich ohnehin gewundert.«

»Und weiter?« Revierinspektor Herzinger hatte sich vor Pechheim aufgebaut und sah ihn finster an.

Pechheim hob in einer hilflosen Geste die Schultern. »Der Russ hat a ordentliche Parteispende getätigt, dafür haben mir mit unserer Fraktion seine Pläne im Gemeinderat unterstützt. Aber dann hat des Projekt von der Axamer g'wonnen, hauchdünn zwar, aber trotzdem, und der Rubinsky hat mir die Daumenschrauben ang'setzt. Ich sollt zuschauen, dass die Axamer bei der nächsten Wahl verliert, damit des mit dem Eventcenter doch noch klappt.« Er hob den Kopf und sah sie kläglich an. »Was hätt i denn machen sollen?«

»Man hat immer eine Wahl, Sepp«, antwortete Herzinger lakonisch und zog die Handschellen aus dem Hosenbund.

»Ich hab des alles doch net gewollt«, sagte Pechheim mit weinerlicher Stimme und hielt dem Polizisten die Hände hin.

»Augenblick noch.« Carolin trat auf ihn zu. »Sie geben mir erst noch die Schlüssel zurück. Sie haben ab sofort Hausverbot.«

Zögernd zog Pechheim den dicken Schlüsselbund aus der Hosentasche und reichte ihn Carolin. Ihr eigener war schon umfangreich, aber was Pechheim da zusammengesammelt hatte, war mindestens doppelt so viel. Sie wog ihn in der Hand.

»Ich glaube, ich sollte Frau Axamer einen Austausch der Schlösser vorschlagen.«

Pechheim lachte auf. »Des ist doch viel z'teuer«, widersprach er. »Die Gemeinde hat wegen ihr doch eh koa Geld mehr.«

»Vielleicht wäre eine entsprechende Spende vonseiten der Tanztenne angebracht.« Carolin hob den Schlüsselbund in die Höhe. »So als Zeichen Ihres guten Willens.«

Er schnappte nach Luft. »San S' jetzt komplett deppert?«

»Wieso?« Sie sah ihn unschuldig an. »Wäre Ihnen lieber, wenn sich das Finanzamt auch noch für Sie interessiert?«

Herzinger blinzelte Carolin zu, dann wandte er sich an Pechheim. »Kommst jetzt freiwillig mit, oder muss i di abführen?«

Pechheim ließ den Kopf hängen. »I kumm.«

Carolin sah ihm hinterher. »Ich hab das alles nicht gewollt«, hatte er gesagt, und das gab ihr zu denken. Hatte der Mann am Ende noch mehr angestellt – war er womöglich auch für den Tod von Professor Hutter verantwortlich? Immerhin hatte er an dem Abend direkt neben ihr gestanden, als man ihr das Tonic serviert hatte. Sie schüttelte den Kopf. Falls er damit etwas zu tun hatte, würde es die Polizei hoffentlich herausbekommen.

Das Todeskraut

Zwei Stunden später entschied Carolin, heute früher Schluss zu machen. Es war Mittwochnachmittag, die Bibliothek hatte geschlossen, und ihr Überstundenkonto war gut gefüllt. Nach den Aufregungen der letzten Tage hatte sie das Bedürfnis nach etwas Ruhe und einer wohltuenden Massage von Herrn Wiesmayr. Sie rief ihn an, doch nach dem dritten Läuten meldete sich der Anrufbeantworter, und sie legte wieder auf. Egal, sie wollte ohnehin erst nach Hause, vielleicht hatte Rosi eine Handynummer von ihm, unter der sie ihn erreichen konnte.

Carolin hatte Paul noch das Versprechen abgenommen, am Abend zum Essen zu Rosi zu kommen, bevor er von seinem Team in Beschlag genommen worden war. Julia schwirrte ebenfalls um ihn herum und verschwand zu Carolins Überraschung mit den anderen in dem großen schwarzen Truck. Schmunzelnd verließ sie das Gebäude und holte ihr Fahrrad aus dem Lager.

Das Wetter war noch immer grau und trüb, und ihre Rückenschmerzen verdarben ihr die Lust auf lange Ausflüge. Sie schob das Fahrrad hinüber zum Parkhaus und fuhr die elf Stockwerke mit dem Aufzug nach oben. Wie immer trat sie im obersten Stockwerk an die Fensteröffnung und bewunderte die Aussicht ins Tal.

Heute wirkte sie wie ein Aquarell in Grautönen: ein schwarzer Rahmen aus dunkel bewaldeten Hängen, darin die weichgezeichnete Geometrie der Häuser rund um die Kirchturmspitze, die wie ein erhobener Zeigefinger zur Andacht mahnte. Von den umliegenden Bergen war nichts zu sehen.

Seufzend wandte sie sich ab, stieg aufs Rad und fuhr nach Hause.

Vor Haus Sonnenschein parkte ein kleiner roter Toyota, und Carolin hörte eine schrille Frauenstimme aus der Küche, als sie das Haus betrat. Sie öffnete die Küchentür. Überrascht von dem Anblick, der sich ihr bot, blieb sie stehen.

Mitten im Raum saß Rosi auf einem Stuhl, um den Hals trug sie einen quietschgrünen Umhang. Hinter ihr stand eine groß gewachsene, stark geschminkte Frau mit wallendem hellblondem Haar, das gar nicht zu den dunklen Augenbrauen passen wollte, und schnitt mit einer Schere an Rosis Kopf herum.

Rosi winkte unter dem grünen Plastik hervor. »Kumm eina, Caro«, rief sie. »Des ist die Moni, mei Friseurin. Die schneid't mir grad die Haar.«

»Das sehe ich.« Carolin betrat die Küche.

»Nimmst dir an Kaffee«, sagte Rosi und deutete zur Kaffeemaschine. »I bin glei fertig.«

Moni griff nach einem Kamm und kämmte Rosis graue Haare aus. »Soll ich Ihnare Haar auch gleich machen?«, fragte sie Carolin.

Caro sah auf die Uhr. »Ich wollte eigentlich zu Herrn Wiesmayr, ich brauche eine Massage dringender als einen Haarschnitt«, antwortete sie. »Rosi, hast du vielleicht eine Handynummer von ihm? Ich erreiche ihn nicht.«

»Eh klar, is ja Mittwoch«, entgegnete die Friseurin. »Am Mittwochnachmittag hat der immer frei.«

»Ach so, das wusste ich nicht.« Carolin schenkte sich einen Kaffee ein und setzte sich auf die Bank. »Dann hätte ich tatsächlich nichts gegen einen Haarschnitt.« Sie strich sich mit der Hand die schwarzen Locken aus der Stirn.

»Der Wiesmayr hat ja in Deutschland g'lernt«, sagte Rosi. »Mir hat er amal erzählt, dass in Deutschland koa Arzt am Mittwochnachmittag offen hat. Deswegen macht er des a so.«

»Aber er ist doch gar kein Arzt«, meinte Carolin.

»Des ist doch wurscht, solang er die Leit g'sund macht.« Die Friseurin hielt Rosi einen runden Handspiegel hin. »Passt es so?«

»Ja, fein.« Sie musterte kritisch ihr Gesicht, dann berührte sie ihre Augenbrauen. »Kannst da nix machen, Moni?«, fragte sie.

»Was meinst?« Die Friseurin beugte sich über Rosi.

»Na, meine Augenbrauen, die werden immer dünner.« Sie strich sich über die Brauen. »Da schau her, wie schaut denn des aus.«

»Wieso malst sie net nach?«, schlug Moni vor.

»I schmink mi do net jeden Tag. So weit kummt's no.« Rosi schüttelte den Kopf. »Der Hochstrasser Ingrid hast doch a schon amal was Dauerhaftes g'macht. So a Mikrobleding oder wia des hoaßt.«

»Sei stad.« Moni warf einen Seitenblick auf Carolin. »Des mach i do nimmer.«

»Wieso denn net? Der Ingrid hat's doch g'fallen.«

»Der depperte Hutter hat mi im letzten Jahr anzeigt deswegen.« Das Gesicht der Friseurin hatte sich verdunkelt. »I hätt ums Haar mein Gewerbeschein verloren, und a Straf hab i a zahlen müssen.«

»Was hat der Hutter mit dir z'schaffen?« Rosi schüttelte den Kopf. »Des kann eam doch egal sein.«

»War's eam aber net.« Monis Kiefer hatten sich angespannt. »I hab seiner Frau die Augenbrauen g'macht, und die hat nachher behauptet, i hätt's verpfuscht.« Sie schüttelte den Kopf. »Naa, des brauch i net no amal.«

»Dann halt net.« Rosi stand auf, nahm den grünen Umhang ab und schüttelte ihn aus, anschließend fegte sie die grauen Haare zu einem wolligen Haufen.

Carolin setzte sich auf den Stuhl. »Nur ein wenig nachschneiden, bitte.«

Moni nahm eine Bürste zur Hand. »I bin jedenfalls net bös, dass die Herti den Hutter um'bracht hat.« Sie nickte nachdrücklich und begann, Carolins Kopf mit kräftigen Strichen zu bürsten. »Und dein Herr Wiesmayr kann a froh sein.«

»Wie moanst denn des?« Rosi sah hoch.

»Na, der Hutter wollt ihn do a anzeigen.« Moni striegelte jetzt Carolins Hinterkopf. »Weil er die Leit immer mit seine Salben und Kugerln behandelt hat.«

»Echt wahr?« Rosi deutete auf ihre Tropfen. »Dabei helfen dem Wiesmayr seine Sachen viel besser wie des Glumpert aus der Apotheken.«

»Eben.« Die Friseurin nahm die Schere zur Hand. »Der Hutter hat behauptet, der Wiesmayr wär a Kurpfuscher.« Es klapperte an Carolins Hinterkopf. »Woaßt eh, die Zeitl Maria putzt beim Wiesmayr, und die is Kundschaft bei mir. Die hat a paar Mal mit'kriegt, wie s' am Telefon g'stritten haben.«

»Des wär wirklich a Schand, wenn der Patrick aufhören hätt müssen«, sagte Rosi. »Und des alles nur wegen an so an Idioten.«

»Genau des hab i zum Wiesmayr a g'sagt«, antwortete Moni. Sie fuhr mit den Fingern durch Carolins Locken. »Haben S' schon amal überlegt zum Färben?«

Carolin schüttelte den Kopf.

»Halten S' still!«

Sie erstarrte. »Eigentlich mag ich meine Farbe sehr gern.«

»Ja eh.« Moni griff wieder nach der Schere. »Aber so a Rotton warert halt jetzt grad modern. Oder vielleicht blau?« Mit gekonnter Geschwindigkeit arbeitete sie sich an die Seiten vor. »Das tät der Farb a weng an Glanz geben. So is a bisserl langweilig, finden S' net?«

»Nein, das finde ich nicht.« Carolin rümpfte die Nase. Blaue Haare, sonst noch was?

»Is ja egal. Aber wann Sie's doch amal machen wollen, müsserten S' eh zu mir in Salon kommen. Haar-Moni auf der Badbergstraße.« Sie zog mit dem Kamm einen Scheitel. »Oafach anrufen, außer Mittwoch, da hab i immer zu.«

Rosi schwang den Besen, schwarze Locken mischten sich mit grauen Fransen.

Moni kämmte die Haare aus und hob ihren Spiegel vor Carolins Gesicht. »Was sagen S'? G'fallt Ihnen des so?«

Carolin musterte ihre neue Frisur von allen Seiten. Etwas anders als sonst, aber gar nicht schlecht, und ihre Haare hatten auch ohne Farbe neuen Glanz bekommen. »Sehr schön, Moni. Danke.«

Zur Feier des Tages hatte sich Rosi selbst übertroffen. Es gab Frittatensuppe als Vorspeise – keine Überraschung, wenn Rosi Palatschinken gebacken hatte, wie Peter ihr schmunzelnd verriet –, danach Zwiebelrostbraten mit Knödeln und als Nachspeise Apfelstrudel.

Paul langte kräftig zu, er konnte erstaunliche Mengen verdrücken, ohne jemals zuzunehmen. Carolin begnügte sich mit einer Portion und winkte ab, als Rosi ihr zum Apfelstrudel auch noch Schlagsahne aufdrängen wollte.

»Danke, Rosi, ich platze sonst.«

Rosi grinste. »Kriegst an Schnaps zur Verdauung.«

In diesem Augenblick ging die Küchentür auf, und Valentin Herzinger kam herein. Er war in Zivil, trug Jeans und einen Norwegerpullover. Seine Haare waren feucht vom Regen und kringelten sich noch mehr als sonst.

»Ich komm grad rechtzeitig, wie ich seh«, sagte er und umarmte seine Tante.

»Sitz di hin«, sagte Rosi. »Magst no was essen oder nur an Apfelstrudel?«

»Apfelstrudel bitte«, antwortete er, »'gessen hab i schon.« Er nickte grüßend in die Runde. »Ich hab ja net g'wusst, dass d' heut aufkochst.«

Carolin rutschte auf der Eckbank ein Stück weiter, und er setzte sich neben sie. Rosi brachte ihm ein Stück Strudel.

»Magst a Schlagobers?«

Er nickte, sie stellte die Schüssel vor ihm auf den Tisch, und er schaufelte einen Berg Schlagsahne auf seinen Teller. Peter stand auf und ging an den Kühlschrank.

»I hab an Sekt ein'kühlt«, sagte er. »Mir müssen auf die Bauabnahme anstoßen.«

Der Schaumwein perlte, hochstielige Gläser klirrten aneinander.

»Prost!«, rief Rosi. »Auf unser Kulturzentrum!«

»Auf dass jetzt nix mehr schiefgeht«, ergänzte Peter.

»Des Hauptproblem haben mir ja heut gelöst«, sagte Herzinger. »Der Pechheim wird eich kan Ärger mehr machen.«

»Was war mit 'm Sepp?« Rosi sah ihn erstaunt an.

»Haben S' der Rosi noch nix erzählt?«, fragte Valentin Herzinger an Carolin gewandt.

Carolin schüttelte den Kopf. »Vorhin waren wir nicht allein, da wollte ich nicht darüber sprechen.«

»Besser is.« Rosi schenkte Sekt nach. »Die Moni is die größte Tratschen im Dorf. Wenns d' der was g'sagt hättst, wissertens morgen alle.«

»Ja, den Eindruck hatte ich auch.«

»Die Haar-Moni?«, fragte Peter. »Oh ja. Die is a herzensguter Mensch, aber die red't viel z'viel, wenn der Tag lang ist.«

»Also, was is jetzt mit 'm Sepp?«, wollte Rosi wissen.

»So wie's ausschaut, steckt er hinter die ganzen Sabotagen auf der Baustell«, sagte Herzinger. »Er hat den Burkovic bezahlt, damit der ihm hilft, aber der streit natürlich alles ab.«

»Also war es Burkovic, der mich in diesem Lager eingesperrt hat?«, fragte Carolin.

»Mir können's ihm net wirklich beweisen«, antwortete Herzinger. »Der Burkovic hat net viel Fantasie, der hat immer nur Gelegenheiten wahrg'nommen. Da a offenes Fenster, dort a ausg'schaltene Sicherung oder die Aktion mit die vertauschten Fliesen. Im Grunde waren's immer nur Kleinigkeiten, des reicht net amal für a Anzeige wegen Sachbeschädigung.«

»Des mit dem kaputten Handgriff bei die Glaser war aber ka Kleinigkeit«, warf Peter ein.

»Des war a der Pechheim selber«, erklärte Herzinger. »Sehr subtil, erst des Gummi anschneiden und dann die Arbeiter beim Regen aufs Dach schicken.« Er trank einen Schluck Sekt. »Wie mir dann den Burkovic ausm Verkehr 'zogen haben, hat er Panik 'kriegt und alles Mögliche probiert. Und vor Ihnen«, er nickte zu Carolin hin, »hat er richtig Schiss g'habt, dass S' ihm draufkommen. Deswegen a die Aktion mit dem Fahrradl.«

»Ich habe ihn einmal mit Burkovic zusammen gesehen«, erklärte Carolin. »Daraufhin hat er versucht, mich zu bestechen. Seither hatte ich ihn schon in Verdacht.«

»Aber wieso hast denn nix g'sagt?« Peter sah sie überrascht an. »Mir hätten eam doch scho viel früher erwischen können!«

Carolin schüttelte den Kopf. »Ich werde doch niemanden beschuldigen, solange ich keine Beweise dafür habe.«

»So war sie schon immer«, warf Paul ein. »Ein störrischer Sinn für Gerechtigkeit.«

»Störrisch?« Valentin Herzinger lachte. »Ja, des passt.«

Carolin sah ihn empört an. »Bis jetzt habe ich doch immer recht behalten.«

»Ja eh.« Der Polizist wurde ernst. »Trotzdem dürfen S' net glauben, dass Sie a Detektivin sind, nur weil S' gern Kriminalg'schichten lesen.«

Carolin schnaubte. »Lesen bildet, Herr Inspektor! Vielleicht versuchen Sie es mal selbst mit einem guten Krimi?«

Er lachte und hob beschwichtigend die Hände. »Ich geb's ja zu, bei dem Tonicwasser haben S' wirklich die richtige Idee g'habt.«

»Aber Sie haben nicht die richtigen Schlüsse daraus gezogen«, gab sie zurück. »Schließlich ist Herta Krauskopf noch immer in Haft.«

»Des liegt doch scho lang nimmer in meiner Hand.« Er hob die Schultern. »Der Haftrichter hat Untersuchungshaft angeordnet, und da bleibt sie jetzt bis zur Verhandlung.« Er lachte trocken auf. »Außer der Pechheim is geständig und gibt den Giftanschlag auch noch zu. Dann darf sie natürlich gehen.«

»Könnt er des womöglich a g'wesen sein?«, mischte sich Peter ein. »Immerhin war er damals ja dabei.«

Herzinger schüttelte den Kopf. »Naa, net wirklich.« Er fuhr sich durchs Haar. »Er hat weder a echtes Motiv, noch hätt er die Mittel dafür g'habt. Der hat net amal an Garten.«

»Arme Herti.« Rosi erhob sich und räumte die Teller ab. »Hoffentlich geht's ihr gut.«

»Des kann halt keiner sagen, nachdem sie mit niemandem red't.«

»Mit dem Pfarrer hat s' doch g'redt.« Rosi kam an den Tisch zurück. »Und der sagt, sie is unschuldig.«

»Schön, wenn der das weiß.« Herzinger schlug mit den Händen auf den Tisch. »Aber solang sie des net dem Staatsanwalt erklärt, kann ich auch nix machen.«

»Was ist jetzt mit Josef Pechheim?«, fragte Carolin. »Kommt er wenigstens hinter Gitter?«

»Er hat a Anzeige wegen tätlichem Angriff, versuchter Körperverletzung und Sachbeschädigung«, antwortete der Polizist. »Aber er is auf freiem Fuß.«

»Was, der Depp derf frei umadumrennen, und die Herti sitzt im G'fängnis?« Rosi schlug die Hände zusammen. »Des is a verkehrte Welt!«

»Der wird zumindest nix mehr anstellen«, gab Herzinger zurück. »Mir haben auch sein russischen Freund vernommen, den Rubinsky. Der weiß natürlich von nix.

Aber wenn der Pechheim jetzt weitermacht, is er sofort dran. Der probiert nix mehr. Bestimmt net.«

Der Abend wurde dann doch noch ganz nett. Nach dem zweiten Glas Sekt schien Revierinspektor Herzinger auch die innere Uniform abzulegen, und von der Herablassung, die er als Polizist gern zeigte, war nichts mehr zu spüren. Er erzählte launig von den unrühmlichen Taten der Dorfbewohner, Peter steuerte Anekdoten aus seiner Zeit als Hausmeister des Gemeindeamts bei, und Paul gab Einblicke in den Berufsalltag eines Bühnentechnikers, der schon mit allen großen Namen der Branche gearbeitet hatte.

Die Runde löste sich erst gegen Mitternacht auf. Paul behauptete steif und fest, in seinem Truck besser zu schlafen als auf der Couch seiner Schwester, und bestand darauf, ein Taxi zu rufen. Zu Carolins Überraschung saß Julia Geschwendtner hinter dem Steuer. »Des g'hört meim Papa«, erklärte sie, und ihre Wangen glühten. »Aber der is krank, deswegn hülf i aus.«

Carolin nickte und schaute dem Wagen nach, bis er um die Kurve verschwand.

Der nächste Tag begann klar und versprach endlich besseres Wetter. Carolin konnte sich nicht so recht darüber freuen, sie hatte schlecht geschlafen und unruhig geträumt. Die letzte Bemerkung der Friseurin ging ihr nicht aus dem Kopf. Professor Hutter hatte Streit mit Wiesmayr gehabt, schlimmen Streit offenbar, der darin gipfelte, dass Hutter dem Physiotherapeuten seine naturheilkundlichen Behandlungen untersagen lassen wollte. In ihren Träumen hatte sich das mit ihrem Beinahe-Unfall mit dem Rad vermengt und sie schweißgebadet hochfahren lassen. Danach konnte sie nicht mehr einschlafen, sondern hatte grübelnd im Bett gelegen, den Kater als warmes Gewicht auf den Beinen.

Ihr Rücken schmerzte noch immer, als sie gegen sieben aus dem Bett kroch. Eine heiße Dusche brachte nur wenig Linderung. Auf der Ablage stand der Salbentiegel von Wiesmayr, sie nahm ihn mit ins Schlafzimmer. Was ihrem Knöchel geholfen hatte, konnte auch dem Rücken nicht schaden, beschloss sie, und unter einigen Verrenkungen verteilte sie einen großen Klecks Salbe auf ihrem Kreuz. Die Creme roch aromatisch nach Kräutern, sie prickelte auf ihrer Haut und wärmte die verspannten Muskeln. Mit frischer Kraft zog sie sich an, fütterte den Kater und eilte hinunter zu Rosi in die Küche.

Sie war spät dran, deshalb verzichtete sie auch heute auf Umwege, sondern nahm den kurzen Weg. Die Aussicht ins Tal sah aus wie reingewaschen, stellte Carolin fest, als sie im Parkhaus auf den Aufzug wartete. Die Almen waren noch ein bisschen grüner als sonst, und die bewaldeten Hänge schimmerten in tiefdunklem Türkis. Die felsigen Gipfel wirkten wie mit spitzem Bleistift in den blitzblauen Himmel skizziert.

Hatte das schlechte Wetter der letzten Tage die Besucher noch in die Bibliothek getrieben, so hielt die Sonne sie nun an der frischen Luft. Carolin war das ganz recht, sie hatte leichte Kopfschmerzen und war froh, dass es heute ruhiger zuging. Auch Julia sah nicht viel besser aus, sie hatte sich mit auffallend müden Augen in ihr Büro zurückgezogen und war nicht einmal zu einem gemeinsamen Kaffee erschienen.

Später am Vormittag tauchte Paul auf, um sich zu verabschieden. Er umarmte sie und drückte sie ungestüm an sich. »Tschüss, Schwesterherz«, sagte er. »Ich verspreche dir, diesmal dauert es nicht so lange, bis wir uns wiedersehen.« Dann verschwand er zu Carolins Überraschung im Nachbarbüro.

Paul und Julia? Nun, warum nicht. Wenn ihr Bruder dadurch öfter nach Bad Gastein kam, sollte es ihr recht sein.

Wenig später klopfte Julia an ihre Tür, schüchtern, wie es sonst gar nicht ihre Art war.

»Frau Magister?« Eine leichte Röte überzog ihre Wangen, ihre Augen glänzten. »San S' eh net sauer auf mi?«

Carolin schmunzelte. »Warum sollte ich sauer sein?«

»Na ja, z'erst mei Blödheit mit'm Sepp, und jetzt glei drauf mit Eanam Bruder.« Sie hob die Schultern. »I woaß ja selber, dass des komisch ausschaut.«

»Julia, du bist eine erwachsene Frau. Du musst dich nicht rechtfertigen.« Carolin lachte. »Aber wenn ich dir einen Rat geben darf: Nimm das mit meinem Bruder nicht zu ernst. Du weißt doch, was man von Seeleuten sagt, die immer unterwegs sind.«

»In jedem Hafen a Braut.« Julia warf ihre Lockenmähne zurück. »I woaß. Aber er hat g'sagt, diesmal wär's was anderes.«

Carolin schwieg dazu. Sie befürchtete, dass ihr hübscher kleiner Bruder genau das zu jeder Frau sagte. Aber bisher hatte es noch keine geschafft, ihn längere Zeit festzuhalten.

»Ich schlage vor, du gehst nach Hause und schläfst dich aus«, sagte sie stattdessen. »Heute ist so wenig los, das schaffe ich alleine.«

Julia unterdrückte ein Gähnen. »Dank schen, Frau Magister. Und pfüa Gott!«

Als Julia gegangen war, wurde die Stille in der Bibliothek fast erdrückend. Es war nicht wirklich still, das Gebäude selbst schien Geräusche von sich zu geben. Natürlich waren es nur die Ausstatter, die die Bestuhlung im Veranstaltungssaal vornahmen, sowie der Inspizient der Philharmonie Salzburg, der zusammen mit Manfred Federmoser und Peter Brunneder die Bühnentechnik überprüfte. Die dicken Stahlbetondecken, die bereitwillig jede Funkwelle schluckten, hatten kein Problem damit, Geräusche vom anderen Ende des Gebäudes bis in den letzten Winkel zu flüstern.

Da keine Besucher in der Bibliothek waren, wurde Carolin schließlich selbst zum Gast. Sie ging hinunter in den Büchersaal und schritt an den langen Regalreihen entlang, strich über Buchrücken und begrüßte einzelne von ihnen wie alte Freunde. Beim Regal mit den botanischen Schriften blieb sie an einem Band über heimische Alpenkräuter hängen. Sie nahm ihn aus dem Regal und trug ihn nach oben in den Heimatbereich, wohin er eigentlich gehörte. In Erinnerung an Rosis Bauerngarten schlug sie ihn auf, bevor sie ihn zurückstellte, blätterte durch die Seiten und stieß auf einen Eintrag zum Eisenhut. Flüchtig überflog sie den ersten Absatz. Offenbar gab es eine Unterart, die nur hier in den Alpen gedieh, weshalb er auch Eingang in dieses Werk gefunden hatte. *Aconitum tauricum* hieß er, Tauerneisenhut, im Gegensatz zum Blauen Eisenhut, *Aconitum napellus*, der in ganz Mitteleuropa verbreitet war.

Aconitum? Der lateinische Name erschien ihr vertraut, nur woher?

Unschlüssig ging sie wieder hinunter in den Büchersaal. Trotz Google und Internet suchte sie Informationen noch immer lieber zwischen Seiten aus Papier, und im Allgemeinen fand sie das richtige Buch auch schneller als den passenden Suchbegriff. Sie sah sich um, musterte Regal um Regal und wandte sich schließlich der kleinen Abteilung Medizin zu. Homöopathie, das war es. Sie schlug die letzte Seite mit dem Register auf und fand *Aconitum* als ersten Eintrag. Das Mittel der Wahl bei fiebrigen Erkältungen, genau. Sie erinnerte sich an ihren Hausarzt in Düsseldorf, der zwar kein Homöopath gewesen war, aber nach dem Motto »Hilft es nicht, so schadet es auch nicht« manchmal alternative Mittel verschrieben hatte.

Das also war Eisenhut? In geringster Dosierung in der Homöopathie verwendet, aber höchst gefährlich für all jene, die leichtfertig mit der Pflanze experimentierten. Vor allem jedoch: ein garantiert tödliches Mordwerkzeug im Fall Professor Hutter.

Das Röhrchen aus braunem Glas mit den weißen Kügelchen, das Wiesmayr ihr mitgegeben hatte, kam ihr in den Sinn. Pflichtschuldig hatte sie die Globuli zwei oder drei Mal eingenommen, dann hatte sie nicht mehr daran gedacht. Die Phiole war unbeschriftet gewesen, ganz so, als ob Wiesmayr die Milchzuckerkügelchen selbst herstellte. Was es für ein Wirkstoff war, hatte er nicht gesagt.

Sie stellte das Buch zurück und sah auf die Uhr. Es war gleich zwölf, nun würde bestimmt niemand mehr kommen. Vielleicht konnte sie ihre Mittagspause nutzen, um den Therapeuten aufzusuchen und sich den schmerzenden Rücken massieren zu lassen. Und möglicherweise erfuhr sie von ihm so ganz nebenbei etwas über die Verwendung von Eisenhut. Kurz entschlossen rief sie ihn an, und er konnte tatsächlich ein wenig Zeit für sie erübrigen. Wenn sie sofort kommen könne, würde er sich freuen, sie zu sehen, sagte er, also sperrte Carolin die Bibliothek ab und schwang sich auf ihr Fahrrad.

Die schmale Straße, die zum Haus des Therapeuten führte, wand sich über mehrere Spitzkehren nach oben, es ging am Ende steil bergauf, und trotz der Motorunterstützung war Carolin außer Atem, als sie bei ihm ankam. Das schmucke Holzhaus lag am Rand einer Senke, das rötliche Holz leuchtete in der Sonne, ein kleines blaues Auto parkte davor.

Als sie abstieg, öffnete sich die Tür, und Wiesmayr kam heraus. Eine junge Frau war bei ihm, ihr auffallend honigblondes Haar hatte fast den gleichen Farbton wie das Holz der Hütte. Der kugelrunde Bauch, über dem sich ihr Pullover spannte, deutete eine fortgeschrittene Schwangerschaft an. Wiesmayr legte die Hand auf ihre Schulter, sie lächelte zu ihm hoch.

»Danke, Patrick. Du bischt wirkli a Wunderheiler.«

Er schmunzelte. »Hauptsach, dir geht's besser«, antwortete er. »Und mach dir keine Sorgen ums Kind, es ist alles in Ordnung.«

Die Frau stieg in ihr Auto, setzte zurück, winkte noch einmal und verschwand um die erste Biegung. Patrick Wiesmayr kam näher und begrüßte Carolin mit festem Händedruck.

»Wollen S' des Radl nach hinten schieben?«, schlug er vor. »Wir müssen ja niemanden auf dumme Ideen bringen.«

Carolin nickte zustimmend. Es gab hier nichts, woran sie ihr Fahrradschloss anschließen konnte, deshalb folgte sie dem Therapeuten hinters Haus. Ein bunter Garten lag hier windgeschützt neben einer Steinwand, ein klassischer Bauerngarten, nicht unähnlich dem von Rosi. Die geschützte Lage hatte schon einige Stauden zum Blühen gebracht, Bienen umsummten die ersten Blüten. Im Schatten der Hauswand stand eine hölzerne Bank, ein aufgeschlagenes Buch lag darauf.

Carolin seufzte entzückt. »Was für ein wunderschöner Platz«, sagte sie.

Wiesmayr nickte und lächelte. »Ja, das ist mein kleines Paradies. Ich weiß es auch sehr zu schätzen.« Er deutete auf die Bank. »Lehnen S' des Radl einfach da an. Da nach hinten verirrt sich keiner.«

Neben der Bank gab es eine zweite, kleinere Tür, und Carolin folgte dem Therapeuten ins Haus. Sie durchquerten eine helle, freundliche Küche und gelangten in den Flur, der zu seinem Behandlungszimmer führte. Wie bei ihrem ersten Besuch fiel Carolin der Geruch des Hauses auf: Das Holz der Wände vermischte sich mit dem Duft von Kräutern, die Mischung erschien ihr schon ohne weitere Behandlung irgendwie wohltuend.

»Ich bin gleich bei Ihnen«, sagte Wiesmayr und hielt ihr die Tür auf. »Gehen S' nur schon rein, ich muss noch kurz telefonieren.«

Es dauerte länger als erwartet. Carolin setzte sich in den Sessel, der offenbar für Besucher gedacht war, dann stand sie wieder auf. Ein Blick auf die Uhr verriet ihr, dass es bereits nach eins war, sie hatte nicht mehr ewig Zeit. Da sie Julia nach Hause geschickt hatte, musste sie spätestens um zwei zurück am Kulturzentrum sein, um die Bibliothek aufzusperren.

Ruhelos wanderte sie durch den Raum und betrachtete die anatomischen Abbildungen und botanischen Zeichnungen an der Wand. Beinwurz, Engelskraut, Herrgottsblut, Dudelkolbe, Sturmhut. Lauter alte Namen, die heute nicht mehr gebräuchlich waren. Oder doch, Rosi hatte den Eisenhut auch Sturmhut genannt, fiel ihr ein. Sie rieb sich die Stirn.

Dann kam Wiesmayr endlich zurück. »Des Kreuz tut Ihnen weh, haben S' gesagt?« Er legte sein Telefon auf den Schreibtisch, nahm eine Maske aus der Schublade, diesmal war sie schwarz, und setzte sie auf. Mit einer einladenden Handbewegung deutete auf den Besuchersessel. »Setzen S' Ihnen.« Er selbst nahm auf einem Stuhl Platz und rückte ihn ihr gegenüber. »Geben S' mir Ihre Händ.«

Carolin gehorchte. Er umfasste ihre Hände warm und kräftig mit den seinen und schloss die Augen. Eine seltsame Kraft schien zwischen ihnen zu fließen. »Haben S' Ihnen ein wenig übernommen, oder?«, fragte er. Seine Daumen rieben über die Innenseite ihrer Handgelenke. »Zu viel aufg'laden auf Ihr Kreuz«, murmelte er.

»Ich habe meinem Bruder und seinem Team bei der Reinigung der Bühnenmaschinerie geholfen«, stellte Carolin richtig. »Dabei habe ich mich wohl überanstrengt.«

»Ja, ja.« Wiesmayr nickte. Seine hellblauen Augen schienen bis in ihr Innerstes zu sehen. »Immer für die anderen da und nie an sich selber denken. Das kommt davon.«

Carolin entzog ihm irritiert ihre Hände. »Ich dachte, Sie sind Physiotherapeut und kein Psychiater«, sagte sie spitz.

»Bin ich auch.« Er machte eine beschwichtigende Geste. »Ich bin ganzheitlicher Therapeut. Physiotherapie ist nur ein Teil davon, aber damit allein kriegt man so was nicht in den Griff.« Er nickte zu seinem Schrank hin. »Blockaden in den Muskeln kann ich wegmassieren, aber für Blockaden im Geist brauch ich andere Sachen.«

»Sie sind auch Heilpraktiker, nicht wahr?«

»Das darf man in Österreich net laut sagen, ohne dass einen einer anzeigen will.« Er schüttelte unwillig den Kopf. »Deshalb bin ich einfach Therapeut. Ein Heiler, wenn S' so wollen.«

»Und ein sehr guter, was man so hört.«

»Das stimmt«, sagte er schlicht. »Ich spür, was den Leuten fehlt. Das ist eine Gabe, das kann man nicht lernen.« Er nickte bekräftigend. »Das kommt direkt vom lieben Gott, wissen S'?«

»Und wenn Ihnen das jemand verbieten würde?«, fragte Carolin leise. »Was würden Sie dann tun?«

Er sah hoch. »Das lass ich mir nicht verbieten.« Seine Augen hatten sich verdunkelt. »Ich …«

In diesem Augenblick klingelte das Telefon, das auf seinem Schreibtisch lag.

Er verzog das Gesicht. »Entschuldigen S' die Störung, Frau Magister. Normalerweise schalt ich es aus, wenn ich eine Behandlung hab, aber jetzt ist eigentlich meine Mittagspause, da rufen die Leut an wegen Terminen.«

»Kein Problem.« Carolin war fast erleichtert über die Unterbrechung.

Wiesmayr erhob sich, griff nach dem Telefon und nahm das Gespräch an. »Ja, bitte, Wiesmayr hier.« Er zog die Maske nach unten. »Die Lavendeltinktur?« Er ging zu dem großen Schrank und zog eine Schublade auf. »Sorry, das ist schon bestellt, die müsst am Montag kommen.« Er schloss die Schublade wieder. »Einen Termin? Wart einen Moment, ich hab mein Buch nicht da.« Er ging zur Tür, das Telefon am Ohr. »Ich komm gleich wieder«, sagte er zu Carolin gewandt und verließ den Raum.

Carolin rieb sich über die Unterarme, Unruhe hatte sie erfasst. Was hatte Wiesmayr soeben gesagt? »Sorry, das ist schon bestellt.« Ihr Herz schlug plötzlich bis zum Hals. Das Gefühl eines Déjà-vu machte sich breit, aber diesmal war es keine Sinnestäuschung. Es war eine echte Erinnerung, und sie wusste auch, bei welcher Gelegenheit sie diesen Satz schon einmal gehört hatte. Der Kellner beim Empfang, der das Tonic mit einer eleganten Bewegung an ihr vorbeigeschwenkt hatte: »Sorry, das ist schon bestellt.«

Durch Carolins Gehirn schien ein Blitz zu zucken, sie schnappte nach Luft. Ein Naturheilkundler mit starkem Motiv, der mit seinen Pflanzenstoffen wahrscheinlich auch das Mittel zum Mord besaß. Aber hatte er wirklich die Gelegenheit gehabt? Carolin schloss die Augen. Auf einmal schien alles klar und logisch. Der Kellner mit Schürze, Maske und Kappe, die Gesicht und Haar verbarg. Wer achtete schon auf einen Kellner? War das tatsächlich Wiesmayr auf dem Empfang gewesen? Hatte er sich als Kellner eingeschlichen, um Hutter zu töten?

Sie rieb sich die Stirn. Es passte alles zusammen. Aber war er es wirklich gewesen? Und – viel wichtiger – würde man ihm die Tat auch beweisen können?

Ohne lange zu überlegen, erhob sie sich und ging zum Wandschrank. Von Wiesmayr war nichts zu sehen, sie vernahm nur seine entfernte Stimme. Leise zog sie die Schublade auf. Sie war bis zum letzten Platz gefüllt mit Schraubgläsern in unterschiedlicher Größe, die Deckel von Hand beschriftet. »Arnika« las sie da und »Enzian«, »Minze« und »Kamille«, aber auch noch nie gehörte Namen wie »Berg-Hias«, »Peterwurzen« und »Wolfsbeer«. Ihr Blick fiel auf ein Gefäß, das ein wenig aus der Reihe tanzte. »Tauern-Eisenhut« lautete die Beschriftung, und ihr wurde eiskalt. Sie nahm es heraus, es war mit einer dunklen Flüssigkeit gefüllt, die ölig im Glas schwappte. Beweis war das noch immer keiner, aber sie wusste, was sie nun zu tun hatte.

Sie stellte das Glas zurück, zog ihr Handy aus der Tasche und rief Revierinspektor Herzinger an. Sie ließ es so lange läuten, bis sich die Mobilbox einschaltete, aber er meldete sich nicht. In diesem Moment kam Wiesmayr zurück, das Telefon noch immer am Ohr, ein ledergebundenes Buch in der Hand. »Am Montag um drei können S' kommen, passt Ihnen das? Da hab ich die Tinktur wahrscheinlich auch schon da.«

Erst jetzt schien er zu bemerken, dass Carolin vor dem offenen Giftschrank stand. Sie ließ das Telefon sinken, auf einmal hatte sie Angst.

Aber Wiesmayr sagte nichts. Er beendete das Gespräch und schaltete demonstrativ das Telefon aus. »Machen Sie das auch, bitte«, sagte er. »Die Strahlen vertragen sich nicht mit meiner Medizin.« Carolin gehorchte mit zitternden Händen.

Er deutete auf die Liege. »Legen S' Ihnen hin und machen S' den Oberkörper frei. Ich werd Sie jetzt massieren.«

Carolins Gedanken rasten, jeder Nerv in ihr schien zu vibrieren. Aber äußerlich blieb sie völlig ruhig. Er hatte offenbar nichts bemerkt. Wenn sie nun mitspielte, sich von ihm behandeln ließ, als wäre nichts geschehen, dann hatte sie vielleicht eine Chance.

Sie zog den Pullover aus und legte sich bäuchlings auf die Liege, dann hörte sie das Schnalzen von Gummi. Als sie den Kopf drehte, sah sie, dass Wiesmayr dünne Handschuhe aus Latex überzog. Inzwischen trug er auch wieder die schwarze Maske, und Carolin war ganz sicher, dass er und niemand anderer der Kellner beim Empfang zur Bibliothekseröffnung gewesen war. Sie zuckte zusammen, als ein Klecks kalter Salbe auf ihrem Rücken landete, schloss die Augen und versuchte, die aufsteigende Panik zu unterdrücken.

»Ganz ruhig«, sagte Wiesmayr in diesem Augenblick. »Entspannen Sie sich einfach.« Er verteilte die Salbe entlang ihrer Wirbelsäule und begann, die Muskulatur an ihrem Kreuzbein zu lockern. Sehr angenehm war das, und langsam wurde sie tatsächlich ein wenig ruhiger. Seine Finger schienen wirklich eine magische Wirkung zu haben, denn nach einigen Minuten wurde ihr Rücken erst warm, dann heiß, er begann regelrecht zu glühen, aber auf eine angenehme Art. Wiesmayr massierte weiter, die Verspannung ließ nach, die Schmerzen schwanden, und ihr Geist driftete weg. Sie schrak auf, als er auf einmal zu sprechen begann.

»Ist das gut so?«, fragte er leise.

Die Worte tropften wie Honig in ihren Geist. Sie versuchte zu nicken, doch ihr Kopf wollte nicht so recht gehorchen. »Ja«, murmelte sie und seufzte verträumt. »Sehr gut.« Ihr Mund fühlte sich trocken an, aber es störte sie nicht. Bunte Farben erschienen am Rand ihres Gesichtsfeldes, und sie fragte sich, wie Wiesmayr das hinbekam.

»Haben S' mein Medizinschrank gesehen?«, fragte er beiläufig.

»Oh ja«, murmelte Carolin. »Machen Sie das alles selber?«

»Die Sachen, die bei uns wachsen, schon«, antwortete er. »Aber so was wie den Lavendel muss ich bestellen, der hat hier heroben zu wenig Wirkstoff.«

»Verstehe.« Sie schloss die Augen. Das Wort »bestellen« klang in ihr nach. Da war doch eben noch etwas gewesen. Sie versuchte, den Gedanken festzuhalten, aber er zerfaserte sofort wieder.

Wiesmayr knetete jetzt die langen Muskeln direkt an ihrem Rückgrat, sie streckte sich ihm wohlig entgegen, ihr war nun sehr warm. »Das fühlt sich toll an.«

»Wen haben S' denn vorhin angerufen?«, fragte er. Seine Stimme klang sanft, Carolin musste an das Schnurren von Ferdinand denken und an sein rotes Fell. Rot wie der heiße Feuerball, der über ihren Rücken tanzte.

»Nur den Herrn Herzinger«, antwortete sie schläfrig. »Das ist ein sehr, sehr netter Mann, wissen Sie?« Sie stöhnte lustvoll, als sich seine Finger in ihre Haut gruben. »Leider mag er mich gar nicht leiden. Deshalb ist er auch nicht drangegangen.«

Noch mehr Salbe klatschte auf ihren Rücken. »Wieso haben S' ihn denn ang'rufen?«

»Na wegen dem Eisenhut.« Hatte sie das jetzt wirklich gesagt? Oder doch nur gedacht?

»Ah so.« Seine Finger strichen fest und zart zugleich ihren Rücken entlang.

»Wissen Sie, er glaubt, dass ich als Ermittlerin nichts tauge.« Carolin seufzte verträumt. »Stellen Sie sich vor, er sagt immer ›Miss Marple‹ zu mir.«

Wiesmayr lachte warm. »Ach, wirklich?« Seine Hände waren inzwischen an ihrem Nacken angelangt. Carolin drehte den Kopf zur Seite und sah ihn an. Seine blauen Augen waren wie Eis, das Lachen hing im Raum und hatte nichts mit ihm zu tun.

Sie blinzelte. »Ich glaube, mir ist schwindelig.« Sie versuchte, sich aufzusetzen, er hielt sie mühelos nieder.

»Ganz ruhig, Miss Marple«, sagte er. »Entspannen Sie sich.«

Sie gehorchte, einfach weil alles andere auf einmal viel zu kompliziert erschien. Irgendwo ganz tief in ihrem Bewusstsein schrillte eine Alarmglocke, aber ein Meer von Farben, von Licht und Geräuschen spülte sie hinweg. Ein Arm umfing ihre Schulter, zog sie hoch und gab ihr Halt, sie spürte den Rand eines Glases an ihren Lippen.

»Trinken S' des.« Er war fürsorglich. »Des hilft Ihnen.«

Dankbar nahm sie einen Schluck, spürte Süße, trank, ihre Lippen wurden taub. Sie schob seine Hand weg, aber das Glas war unerbittlich. »Trinken S'!«

Die Süße war übelkeitserregend süß, ihr Magen revoltierte, sie keuchte auf. Er ließ sie los, sie sank zurück auf die Liege. Ihr Herzschlag vibrierte in jeder Faser, sie rang nach Luft.

»Was ist das?«, fragte sie mit schwerer Zunge.

»Nichts«, sagte Wiesmayr. »Gar nichts.« Er strich ihr zärtlich übers Haar. »Es wird nicht lange dauern, und es ist ein süßer Tod.«

Carolin wollte sich aufrichten, wollte nur noch fort von hier, wollte wieder sie selbst sein, aber ihr Körper gehorchte ihr nicht mehr. Tränen schossen ihr in die Augen, und hilflos weinend krümmte sie sich auf der Liege zusammen.

Heimkehr

Laute Geräusche schreckten Carolin aus einem trüben Dämmerschlaf, aber ihr Gehirn verstand sie nicht. Jemand rüttelte an einer Schulter, die nicht zu ihr zu gehören schien, eine Hand schlug in ihr Gesicht, einmal, zweimal, sie fühlte es nicht, hörte es nur, und das Geräusch verursachte eine Explosion in ihrem Kopf. Dann war wieder etwas an ihrem Mund. »Trinken S' das.«

Sie wollte die Hand wegschieben, aber sie war viel zu stark und zwang ihr eine kalte Flüssigkeit in den Mund. Wasser. Ihre trockene Zunge nahm es dankbar an, aber ihr Magen revoltierte gegen den salzigen Geschmack. Sie wurde herumgedreht, ihr Geist trieb in zähem Sirup und kam nicht hinterher, ein sommersprossiger Arm, ein Finger in ihrem Mund, jemand hielt ihren Kopf, und sie erbrach sich über einer dunkelblauen Hose. Dann wusste sie nichts mehr.

Als sie wieder zu sich kam, war die Welt weiß. Einen Moment lang dachte sie, sie wäre gestorben und das wäre das berühmte helle Licht, von dem der ein oder andere zu berichten wusste, der zurückgekehrt war. Doch dann klärte sich ihr Blick. Sie sah den Fernseher an der Wand, Chromstangen am Fußende eines Bettes, weißen Leinenstoff und darauf eine Hand mit einem Pflaster, unter dem eine Nadel mit einem Schlauch verschwand. Sie folgte ihm mit den Augen nach oben, eine

Infusionsflasche mit einer klaren Flüssigkeit, und dahinter ein Tisch, ein Stuhl, ein Mann.

Ihre Bewegung schien ihn aufmerksam gemacht zu haben, denn er hob den Kopf und sah zu ihr herüber. Herzinger. Carolin schluckte, ihr Mund war immer noch trocken. Sie blickte an sich herunter, sie trug ein blau gepunktetes Hemd, das vorne geschlossen war, immerhin.

»Wenn ich jetzt frage, wo ich bin, lachen Sie mich wahrscheinlich wieder aus, oder?«

»Bestimmt nicht.« Seine blauen Augen wirkten dunkel. »Sie sind im Spital von Schwarzach. Wie geht's Ihnen?«

»Gut, glaube ich.« Sie stützte die Arme auf und versuchte, sich aufzusetzen. »Was ist passiert?«

»Der Wiesmayr wollte Sie vergiften«, antwortete Herzinger. »An was können Sie sich denn noch erinnern?«

Sie ließ sich zurück ins Kissen fallen und rieb sich die Stirn. »Ich war bei ihm, um mir den Rücken massieren zu lassen«, erklärte sie. »Als er zu jemandem am Telefon sagte, er hätte irgendwas bestellt, hatte ich auf einmal einen Flashback. Es waren die gleichen Worte wie von dem Kellner beim Empfang. Damals, als Herr Hutter gestorben ist, wissen Sie noch?«

Herzinger nickte. »Ich erinnere mich daran.« Er schmunzelte, aber die kleinen Fältchen um seine Augen bewegten sich nicht.

»Da habe ich in seine Schublade geschaut und gesehen, dass er Eisenhuttinktur besitzt. Daraufhin wollte ich Sie anrufen, aber Sie sind ja nicht ans Telefon gegangen.« Anklagend sah sie ihn an.

»Ja, ich weiß. Das tut mir auch leid.« Er grinste schief. »Aber ich war grad im Auto. Und wie ich Sie zurückg'rufen hab, war Ihr Handy aus.«

»Wie haben Sie mich dann gefunden?«

»Das war reines Glück.« Er schaute ernst. »Ich hab die Herta Krauskopf nach Haus g'fahren, aber sie wollt unbedingt z'erst zu Ihnen in die Bibliothek. Und da war alles zu, obwohl's schon nach zwei war. Da hab ich mir schon gedacht, dass was passiert ist. Die Frau Krauskopf hat dann aufg'sperrt, und weil wir Sie net g'funden haben, hab ich in Ihrem Büro aufm Telefon die Wahlwiederholung 'drückt. Da ist der Anrufbeantworter vom Wiesmayr dran gewesen.«

Carolin nickte. »Das war sehr schlau von Ihnen.«

»Danke, Miss Marple.« Nun lachten auch seine Augen. »Ich bin sofort hoch zum Wiesmayr gefahren, aber wie ich bei ihm war, hat er net aufg'macht. Da bin ich einmal ums Haus und hab Ihr Radl g'sehen. Also bin ich bei der Hintertür rein, und da hab ich ihn direkt erwischt, wie er Ihnen irgendwas eing'flößt hat.« Er schüttelte den Kopf, seine Augen hatten sich wieder verdunkelt. »Sie waren da schon ziemlich bewusstlos.«

»Was hat er mir gegeben?«

»Tollkirsche war's. Und des Zeug auf Ihrem Rücken war a richtige Hexensalbe. Tollkirsche, Stechapfel, Bilsenkraut und Mutterkorn. Lauter psychoaktive Substanzen. Damit wollt er Sie wohl zum Reden bringen.«

»Ich schätze, das ist ihm auch gelungen.« Sie atmete tief durch und rieb sich über die Unterarme. Auf einmal fröstelte sie trotz der Wärme im Zimmer. »Konnten Sie ihn verhaften?«

»Ja klar.« Herzinger lachte. »Was glauben S' denn, wenn ich ihn praktisch in flagranti erwisch.«

»Und der Mord an Hutter? Können Sie ihm den nachweisen?«

Herzinger nickte. »Die Spurensicherung hat bei ihm eine von den Masken vom Eberhardter g'funden. War net amal großartig versteckt, sondern is einfach zwischen seine anderen Masken g'legen. Als ob er's drauf ang'legt hätt, dass mir sie finden.«

»Vielleicht war es ja so.« Carolin schloss die Augen.

»San S' müd, soll ich gehen?« Fürsorglich beugte er sich vor.

Carolin sah ihn an. »Ich bin müde, aber erst will ich wissen, wieso Sie Frau Krauskopf freigelassen haben.«

Er hob die Schultern. »Es hat mir koa Ruh lassen, dass der Pfarrer g'sagt hat, sie war's net. Warum sollt der denn lügen?« Er breitete die Hände aus. »Also hab ich den Toxikologen in Salzburg g'fragt, ob s' des Gift eigentlich mit die Proben vom Eisenhut aus dem Garten von der Herta abgeglichen haben. Des ist aber gar nie beauftragt worden, weil die vom LKA waren sich ja sicher, dass sie es war. Und wie sie's dann endlich g'macht haben, is außerkommen, dass der Eisenhut von der Frau Krauskopf ein anderer war als der, an dem der Hutter g'storben ist.«

»Der Tauerneisenhut.« Carolin nickte. »Natürlich.«

»Wieso wissen S' des jetzt schon wieder?«

»Ich habe davon gelesen«, antwortete sie und musste lachen. »Aber ich dachte, so etwas wissen Sie auch.«

Herzinger schüttelte den Kopf. »Naa, woher denn?« Er stand auf. »Ich muss jetzt gehen. Sie sollen no über Nacht dableiben, aber morgen dürfen S' heim.«

»Was ist mit der Bibliothek?«, fragte Carolin.

»Die Frau Krauskopf is ja jetzt wieder da.« Er wandte sich zur Tür. »Sie hat g'sagt, sie kümmert sich um alles.«

»Herr Herzinger?«

Er drehte sich noch einmal um.

»Danke.«

»Is scho recht«, antwortete er und grinste schief. »Auf Wiederschaun, Miss Marple.«

Als ob Herzingers Abgang der Startschuss war, begann kurz danach Carolins Telefon zu klingeln und hörte gar nicht mehr auf. Alle wollten erfahren, wie es ihr ging. Bruno Hunold war der Erste, dann kam Paul, der es von Julia wusste, und sogar Frau Axamer ließ es sich nicht nehmen, sie noch im Krankenhaus anzurufen. Je nach Gemütslage wurde sie bewundert, bedauert oder ausgeschimpft – Letzteres von Rosi, die der Meinung war, sie hätte sich völlig unnötig in Gefahr begeben.

»Aber ich wusste doch gar nichts von einer Gefahr, als ich zu ihm fuhr«, verteidigte sie sich.

»Ja eh.« Rosi klang energisch. »Aber wies d' des mit die Tinkturen g'sehen hast, hättst direkt abhauen sollen.«

»Ja, wahrscheinlich.« Carolin seufzte. »Es ist doch am Ende gut ausgegangen.«

»Du hast a riesiges Glück g'habt, Caro, und du solltest deim Herrgott dafür danken.«

Dem konnte Carolin nicht widersprechen. Aber während sie noch versuchte, so etwas wie ein ungeübtes Dankesgebet zu formulieren, fielen ihr die Augen zu.

Am nächsten Tag ließ sich Carolin von Peter Brunneder abholen. Bruno Hunold hatte ebenfalls angeboten, den Chauffeur für sie zu spielen, nein, er hatte sogar versucht, darauf zu bestehen, aber Carolin war es lieber, mit Peter zu fahren. Nicht dass der Arzt ihr unsympathisch war, ganz im Gegenteil, aber für ihren Geschmack bedrängte er sie ein wenig zu sehr. Sie war noch nicht so weit, sich auf eine neue Beziehung einzulassen, auch wenn sie ihn nett fand und ihn nicht vor den Kopf stoßen wollte.

»Immer langsam mit den jungen Ärzten«, murmelte sie, während sie die frische Kleidung anzog, die Rosi ihr eingepackt hatte.

»Wie geht's dir?«, fragte Peter, als sie im Auto saßen.

»Gut.« Ihr ging es tatsächlich wieder gut. Offenbar hatte ihr Körper den psychedelischen Horrortrip überraschend gut verkraftet. Sie hatte tief und fest geschlafen, und der Arzt hatte ihr heute Vormittag eine ausgezeichnete Konstitution bescheinigt.

Aufmerksam sah sie aus dem Fenster. Die Bundesstraße war gut ausgebaut und führte in weiten Kurven durch ein breites, grünes Tal. Als sie hier vor nicht einmal sechs Wochen mit der Bahn entlanggefahren war, hatte sie der Gegend kaum Beachtung geschenkt. Das Wetter war grau und trüb gewesen, und sie hatte immer mehr mit ihrer Entscheidung gehadert, je näher sie Bad Gastein gekommen war. Dann Peter, die Aussicht ins Tal, der Anblick der Jugendstilhotels und zuletzt das Kulturzentrum, das ihr so schnell ans Herz gewachsen war.

Sie seufzte beim Gedanken an die Erinnerung, und Peter warf ihr einen fragenden Blick zu. »Ist alles in Ordnung?«

»Ja, alles gut.« Sie lächelte ihn warm an. »Ich hab nur daran gedacht, wie ich hier angekommen bin und du mich abgeholt hast.«

»Ah so.« Er zwinkerte. »Ist ganz schön viel passiert seitdem, gell?«

Carolin nickte. Am Ende des Tals, da, wo sich die Hänge zu treffen schienen, tauchten die ersten Gipfel auf. Sie durchquerten Bad Hofgastein und umfuhren einen Kreisverkehr, in dessen Mitte genauso eine Gondel stand wie die, mit der sie auf den Stubnerkogel gefahren war. Ihr schien, als wäre das schon viel länger her als nur ein paar Tage.

Schließlich verließ die Bundesstraße den Talgrund und schwang sich nach oben. Die Häuser im Tal blieben zurück und wurden immer kleiner, die ersten großen Hotels tauchten am gegenüberliegenden Hang auf, und die Bezeichnung »Wolkenkratzerdorf« kam Carolin in den Sinn. Dann das Ortsschild von Bad Gastein – es fühlte sich an, als ob sie nach Hause kam.

An der Kreuzung, die zum Zentrum führte, fuhr Peter weiter geradeaus. Carolin sah ihn überrascht an. »Bringst du mich nicht zur Bibliothek?«

»Naa.« Er steuerte den Wagen um die Kurve. »Du bist in Krankenstand. Du bleibst heut daham.«

Carolin hob die Hände. »Weiß die Frau Axamer Bescheid?«

»Eh klar.« Er schüttelte den Kopf. »Die hat doch g'sagt, du sollst dich auskurieren.«

»Na dann.«

In ihrem Zimmer fand Carolin keine Ruhe. Ferdinand, der Kater, war verschwunden, so wie alles, was auf seine Anwesenheit hingedeutet hatte. Offensichtlich hatte Frau Krauskopf ihn gestern noch zu sich geholt, was auch sinnvoll war, weil sie selbst ja gar nicht hier gewesen war, um ihn zu versorgen, aber es störte sie trotzdem.

Verdammt, sie hatte nie ein Haustier besessen, hatte nie verstehen können, warum sich Menschen freiwillig an ein Tier banden. Aber nun, da Ferdinand nicht mehr hier war, fehlte er ihr. Verrückt.

Sie wanderte ruhelos durchs Zimmer, hinaus auf den Balkon und wieder zurück, kochte Kaffee auf dem kleinen Herd und legte sich schließlich aufs Bett, starrte an die Decke und langweilte sich.

Am Abend saßen sie alle zusammen in der brunnederschen Küche. Rosi hatte eingeladen, sie war der Meinung, sie müssten feiern: die Auflösung des Falles, die Festsetzung des Saboteurs und natürlich Carolins Rettung. So hatten sich neben Rosi und Peter Brunneder auch Annemarie Axamer und Valentin Herzinger zu ihnen gesellt.

Frau Axamer hatte edlen Sekt aus der Steiermark mitgebracht, »aus den Beständen der Gemeinde«, wie sie sagte, und Peter hatte ihn gleich eingekühlt. Dem Anlass angemessen hatte Rosi Wiener Schnitzel gebacken, die sie als goldenen Berg auf einer riesigen Servierplatte auf den Tisch stellte.

Weitere Beilagen gab es keine, nur die knusprige Panade zum Fleisch und eine große Schüssel mit Feldsalat, den Rosi Vogerlsalat nannte und der endlich die anhaltende Mundtrockenheit zu lindern schien, unter der Carolin noch immer litt.

»Auf unsere Frau Magister«, sagte Frau Axamer, als alle satt waren, und hob ihr Glas. Der hellgoldene Schaumwein perlte, die Gläser klangen.

»Auf unsere Miss Marple«, erwiderte Herr Herzinger, und seine Augen lachten. »Bleiben S' einfach so störrisch, wie S' sind.«

Carolin musste lachen, verschluckte sich, hustete, und Peter klopfte ihr fürsorglich auf den Rücken. »Langsam, Carolin, sonst derstickst uns no.«

Rosi wandte sich an Herzinger. »Valentin, jetzt erzähl doch amal, was der Wiesmayr g'sagt hat? Hat er a Geständnis abg'legt?«

»Du meinst, zum Mord am Professor Hutter?« Valentin Herzinger stellte sein Glas ab. »Da gibt's net viel zum Erzählen. Der Wiesmayr hat sich tatsächlich als Kellner eing'schlichen. Der Eberhardter arbeit' mit einer Leihfirma, da kennt keiner den anderen, deswegen war des net so schwer. So hat er dem Hutter des vergiftete Tonicwasser servieren können. Und damit mir auf a falsche Spur kommen, hat er den Rest vom Gift auf die letzten Broterln vom Buffet verteilt.«

»Aber dann hätte ja jeder andere auch vergiftet werden können.« Carolin riss die Augen auf.

Herzinger schüttelte den Kopf. »Das hat er vorsichtshalber erst in der Küche g'macht. Und es war ja auch net mehr so viel von dem Gift. Grad so viel, dass mir erst in die falsche Richtung ermittelt haben.« Er sah Carolin an und schmunzelte. »Sie haben scho recht g'habt. Es war genauso wie in *Morphium*.«

In diesem Augenblick ertönte die Türklingel. Rosi stand auf und sah die anderen verwundert an. »Warten mir no auf wen?«

Peter schüttelte den Kopf. »Zumindest haben mir sonst niemanden eing'laden.«

Rosi verließ die Küche und kam wenig später zurück, Herta Krauskopf im Schlepptau. Sie trug ein dunkles Kleid, in ihrem Ausschnitt blitzte das kleine silberne Kreuz. »Schauts amal, wer da kommt.«

Frau Axamer lächelte angespannt, Herzinger verzog die Mundwinkel. »Eigentlich sollt i Sie festnehmen wegen Behinderung der polizeilichen Ermittlungen«, sagte er.

»Des lasst schön bleiben, Valentin«, entgegnete Rosi und holte einen Stuhl für Frau Krauskopf. »Magst a an Sekt, Herti?«

Herta Krauskopf schüttelte den Kopf. »Ich hab nichts zum Feiern, ich muss nur der Frau Magister Halbach was sagen. Da passt der Sekt net dazu.«

»Sollen wir in mein Zimmer gehen?«, schlug Carolin vor. »Da können wir ungestört reden.«

»Nein.« Ihre Mitarbeiterin schüttelte vehement den Kopf. »Was ich sagen will, dürfen alle hören.« Sie zog den Stuhl heran und setzte sich.

»Also gut.« Carolin machte eine hilflose Geste, ihr war die Szene vor den anderen peinlich. »Bitte.«

Herta Krauskopf richtete sich kerzengerade auf, mit ihren dunklen Augen musterte sie nacheinander die Gäste am Tisch.

»Also, des war so«, begann sie. »Ich war von Anfang an kein Freund von der Idee mit dem Kulturzentrum, das haben S' ja wahrscheinlich mitbekommen.«

Frau Axamer nickte, Carolin schnitt unwillkürlich eine Grimasse.

»Ich wollt net weg aus meiner Schul. Ich hab immer geglaubt, ich kann da bleiben bis zu meiner Pension. Und dann ist die Frau Axamer«, sie nickte zur Bürgermeisterin, »mit diesen neuen Ideen 'kommen und hat mir ang'schafft, dass ich des mitmach. Ich wollt des aber nicht.« Sie schlug die Augen nieder. »Ich hab's net verhindern können, also hab ich's halt g'macht, aber ich war kreuzunglücklich die ganze Zeit.« Sie verschränkte ihre Hände wie zum Gebet. »Und wie dann Sie kommen san, Frau Magister, hab ich mich versündigt.«

Carolin hob den Kopf. »Versündigt?«

»Ja.« Frau Krauskopf schlug die Augen nieder. »Ich hab Sie net mögen, vom ersten Moment an net. Weil S' aus Deutschland kommen und net von da san. Und weil S' alles g'wusst und können haben, und i net. Und weil S' die Arbeit a no gut g'macht haben. Des war des Schlimmste.« Sie sah sie schuldbewusst an, in ihren Augen glänzten Tränen. »Ich hab innerlich an regelrechten Hass auf Sie entwickelt, ich wollt Sie einfach nur weghaben von da. Und des is a Sünd.« Sie wischte sich unwillig über die Augen. »Ich hab's net amal beichten können, weil i mi so g'schämt hab dafür.«

»Aber …« Carolin hob die Hände.

Frau Krauskopf ließ sie nicht zu Wort kommen. »Dann war der Empfang, und der Herr Professor ist g'storben. Und ich bin danebeng'standen und hab mir g'wünscht, dass Sie an seiner Stell da liegen täten.« Sie sah Carolin mit tränennassen Augen an. »Wie dann die Polizei 'kommen ist und mich verhaftet hat, war des die gerechte Straf dafür. Weil ich wollt ja, dass es Sie hätt treffen sollen, verstehen S'?« Sie griff nach dem Kreuz um ihren Hals. »Ich hab mich versündigt, und der Herrgott hat mich bestraft dafür.«

»Frau Krauskopf, Sie waren des doch gar net!« Valentin Herzinger sah sie mit fassungsloser Miene an. »Der Wiesmayr Patrick hat den Hutter getötet. Das hat gar nix mit der Frau Magister oder der Bibliothek zu tun g'habt.«

»Des war mir doch ganz egal.« Rosi reichte Frau Krauskopf ein Taschentuch, sie schnäuzte sich. »Ich hab gegen das Fünfte Gebot verstoßen, ›Du sollst nicht töten‹. Auch wenn ich's nur bei mir denkt hab, das macht kan Unterschied vorm Herrgott. Deshalb war's nur gerecht, dass ich eing'sperrt worden bin.«

Carolin schüttelte den Kopf. Sie verstand es nicht.

»Und wie mir der Herzinger dann g'sagt hat, dass Sie sich um den Ferdinand kümmern, da hab i g'sehen, dass Sie in Wahrheit a guter Mensch san. Und da hab ich mir 'denkt, ich hab's erst recht verdient.« Sie atmete tief durch. »So, jetzt wisst's es alle.«

»Hauptsache, Sie sind wieder da«, sagte Carolin und legte der Frau die Hand auf den Arm. »Darüber bin ich sehr froh.«

Frau Krauskopf wischte die Tränen weg. »Wirklich?«, sagte sie leise. »Sie täten mich trotzdem behalten?«

»Aber natürlich.« Carolin lächelte aufmunternd. »Wir brauchen Sie doch.«

Herta Krauskopf schniefte. »Ich hab da drüber die ganze Zeit im Gefängnis nachdenkt«, sagte sie. »Ich kann net so tun, als ob nix passiert wär.« Sie atmete tief durch. »Aber es ist gut, dass ihr alle da seids«, fuhr sie fort. »Dann brauch i's nur einmal sagen.« Sie sah die Bürgermeisterin an. »Frau Axamer, ich möcht mich pensionieren lassen.«

Carolin fuhr auf und wollte etwas sagen, aber Frau Krauskopf schnitt ihr mit einer Geste das Wort ab.

»Ich bleib noch übern Sommer, solang die Urlauber da sind, und ich arbeit natürlich noch mei Nachfolgerin ein.« Sie nickte zu Carolin hin. »Dann geh ich nach Afrika, da brauch ich net so viel Geld, dafür reicht mei Pension. Weil mei Schwester ist da in der Mission, und die bauen grad a neue Schul auf. Dabei werd ich ihr helfen. Vielleicht gibt's da sogar a Bücherei, wo s' mi brauchen können.«

»Nach Afrika? Was willst denn da?« Rosi schüttelte den Kopf. »Bei uns is doch viel schöner!«

»Des stimmt.« Herta Krauskopf senkte den Kopf. »Aber ich kann net in Gastein bleiben. Ich muss Buße tun vor dem Herrn. Und des kann i dort am besten.«

Carolin erinnerte sich an das Kruzifix im Wohnzimmer der Frau, an die Bilder mit den afrikanischen Motiven an der Wand und daran, wie herzlich Herta Krauskopf mit den Kindern umgegangen war. Sie lächelte ihre Mitarbeiterin warm an. »Wenn Sie meinen, dass es das Richtige für Sie ist, dann können wir Sie nicht aufhalten.« Sie hob ihr Glas. »Dann trinken wir doch auf Ihre Zukunft.«

»Danke.«

Rosi stellte ein Glas vor sie hin und schenkte ihr ein. »Was machst dann mit der Katz?«, wollte sie wissen.

Frau Krauskopf hob das Glas. »Das ist der andere Grund, warum ich 'kommen bin.« Sie sah Carolin an. »Ich möcht Ihnen ein Angebot machen.«

»Ein Angebot?« Carolin hob verwundert die Brauen.

»Sie brauchen doch a Wohnung, oder?« Frau Krauskopf deutete nach oben. »Des Gästeappartement is ja nix auf Dauer.«

Carolin sah sie überrascht an. »Ich fühle mich sehr wohl hier.« Sie lächelte zu Rosi hinüber.

»Des glaub ich Ihnen schon. Aber Sie sind doch inzwischen kein Gast mehr. Deswegen wollt ich Ihnen mein Haus anbieten.« Sie hob die Hand, als Carolin sie unterbrechen wollte. »Horchen S' zu. Ich will's Ihnen net schenken. Ich stell mir so eine Art Mietkauf vor. Dann hab ich genug Geld, mit dem ich in Afrika Gutes tun kann. Und Sie kommen zu an eigenen Haus in Bad Gastein.«

Carolin riss die Augen auf. »Das ist nicht Ihr Ernst.«

»Doch, Frau Magister. Mir ist des sehr ernst.« Sie senkte die Stimme. »Sie müsserten halt den Ferdinand dazunehmen. Der g'hört dann auch Ihnen.«

Vor Carolins Augen entstand das helle, freundliche Wohnzimmer, die gemütliche Küche, der Balkon mit der unfassbar großartigen Aussicht ins Tal und dem Strandkorb. Und Ferdinand, der Kater, den sie in der kurzen Zeit ins Herz geschlossen hatte.

Sie atmete tief durch und sah zu Rosi hin.

»Mi muasst net anschauen«, sagte Rosi und lachte. »Du bist a erwachsene Frau, du brauchst mi net.«

Carolin lächelte. »Ich habe es trotzdem sehr genossen, von dir bemuttert zu werden.«

»Und bevatert«, warf Peter ein.

Nun lachten alle. Frau Krauskopf hob das Glas. »Dann san mir uns einig?«

Carolin holte tief Luft, dann nickte sie. »Einverstanden.« Sie sah in die Runde. »Ich fürchte nur, dass ich dann endlich kochen lernen muss.«

»Des bring i dir a no bei!« Rosi klatschte in die Hände. »Dann bist jetzt bald a echte Goschdeinerin!«

Danksagung

Die Handlung dieser Geschichte sowie die darin vorkommenden Personen sind frei erfunden. Ähnlichkeiten mit tatsächlich lebenden Menschen sind zufällig und nicht beabsichtigt.

Die meisten Schauplätze im Buch sind dagegen real, allerdings sind manche verändert und nicht alle unter ihrem wahren Namen beschrieben.

Das Kulturzentrum mitsamt der zugrunde liegenden Historie ist vom zurzeit ungenutzten Kongresshaus im Ortszentrum inspiriert. Die im Buch beschriebene Nutzung ist jedoch meiner Fantasie entsprungen und beruht auf keiner realen Grundlage.

Mein Dank geht zuallererst an meinen Agenten Niclas Schmoll (Meller Agency) für die Idee, die zu dieser Geschichte führte, sowie für seine stetige Unterstützung in allen fachlichen Belangen. Darüber hinaus bedanke ich mich bei meiner Lektorin Julia Krug-Zickgraf für ihre kritischen Anmerkungen, mit deren Hilfe das Buch noch einmal besser werden konnte.

Auch meinen Testlesern sei hiermit gedankt: Floh Grün für seine inspirierenden Rückmeldungen schon während des Schreibens, Claudia Mann für ihre wertvollen Beiträge zu den Abläufen in einer Bibliothek, Martin Broscheid (Mediamotion) für den Schnellkurs in Bühnentechnik, aus dem sich eine wichtige Idee für die

Handlung ergab, Ulrike Ascher für ihren genialen Input zu einem Nebenplot, Claudia Wenzel-Hering für ihre wertvollen Hinweise zur Logik der Geschichte und nicht zuletzt Karen Aydin für ihre scharfe Analyse in letzter Sekunde. Besonderer Dank gebührt meinem Polizistenfreund Wolfgang, der wie immer ein Auge auf die Polizeiarbeit hatte, sowie Christine Ulrich und ihrem besonderen Sprachgefühl, die mich mit ihren Anmerkungen immer noch ein Stückchen weiterbringt.